By
Gloria Kempton

[美]格洛丽亚·肯普顿（Gloria Kempton）著
韩雪 译

这样写出好故事：人物对话

设计摄人心魄的对话，写出令人难忘的好故事

WRITE GREAT FICTION: DIALOGUE

Techniques and Exercises
for Crafting Effective Dialogue

图书在版编目（CIP）数据

这样写出好故事：人物对话 /（美）格洛丽亚·肯普顿（Gloria Kempton）著；韩雪译 . — 长沙：湖南文艺出版社，2018.11（2022.2 重印）

书名原文：Dialogue: Techniques and Exercises for Crafting Effective Dialogue

ISBN 978-7-5404-8862-8

Ⅰ.①这… Ⅱ.①格…②韩… Ⅲ.①文学写作学 Ⅳ.① I04

中国版本图书馆 CIP 数据核字（2018）第 229693 号

著作权合同登记号：18-2018-237

© 中南博集天卷文化传媒有限公司。本书版权受法律保护。未经权利人许可，任何人不得以任何方式使用本书包括正文、插图、封面、版式等任何部分内容，违者将受到法律制裁。

WRITE GREAT FICTION: DIALOGUE ©2004 by Gloria Kempton, Writer's Digest, an imprint of F&W Media Inc (10151 Carver Road, Suite 200, Blue Ash, Cincinnati, Ohio, 45242, USA)

上架建议：文学·创作

ZHEYANG XIECHU HAO GUSHI:RENWU DUIHUA
这样写出好故事：人物对话

著　　者：	[美]格洛丽亚·肯普顿
译　　者：	韩　雪
出版人：	曾赛丰
责任编辑：	薛　健　刘诗哲
监　　制：	蔡明菲　邢越超
特约策划：	李　荡
特约编辑：	蔡文婷
版权支持：	辛　艳
营销支持：	文刀刀　傅婷婷　张锦涵
版式设计：	梁秋晨
封面设计：	主语设计
内文排版：	百朗文化
出版发行：	湖南文艺出版社
	（长沙市雨花区东二环一段 508 号　邮编：410014）
网　　址：	www.hnwy.net
印　　刷：	三河市天润建兴印务有限公司
经　　销：	新华书店
开　　本：	880mm×1270mm　1/32
字　　数：	250 千字
印　　张：	10.5
版　　次：	2018 年 11 月第 1 版
印　　次：	2022 年 2 月第 6 次印刷
书　　号：	ISBN 978-7-5404-8862-8
定　　价：	42.00 元

若有质量问题，请致电质量监督电话：010-59096394
团购电话：010-59320018

谨以此书献给

生命中所有曾与我对话的人,
你们将会在接下来的内容中寻得自己的影子。

目 录 CONTENTS

这样写出好故事 - 人物对话

引言　*001*

第一章　**释放内在的声音**　*001*
　　　　——对话的目的

第二章　**无声的人物与故事**　*019*
　　　　——消除你的恐惧

第三章　**类型故事，主流故事及文学故事**　*039*
　　　　——对话的实质

第四章　**动力之轮**　*069*
　　　　——对话推动故事向前发展

第五章　**叙述、对话和行动**　*091*
　　　　——学着编织你的话语

第六章　**用人物自身的语言**　*115*
　　　　——向读者展现人物及其动机

第七章　**故事的发生地**　*141*
　　　　——利用对话展现故事的背景和环境

CONTENTS

这样写出好故事 - 人物对话

第八章 **刹车或油门** *167*
——对话作为控制节奏的手段

第九章 **增强张力与悬念** *189*
——利用对话加剧冲突

第十章 **一个漆黑的、风雨交加的夜晚** *207*
——利用对话奠定基调、烘托情感

第十一章 **嗯、啊、哦** *237*
——处理语言癖好的一些基本方法

第十二章 **唉！效果不理想的对话** *251*
——最常见的错误

第十三章 **标点符号和最后的考虑因素** *277*
——细枝末节的处理

第十四章 **创作对话的注意事项** *293*
——一些实用的建议

第十五章 **与读者建立联结** *311*
——你能让他们有所改变

附录：清单 *322*

致谢 *324*

引言

Preface

对话即交谈，仅此而已。在我们的意识里，日常交谈到底有多难，我们让它变得多难？我们力图使每个词都发音精准、表意严谨，使所用的语气或显露或隐藏自己的真实情感；我们竭力调整自己的身体姿态，使之与我们的言语相协调；我们不是在发表演讲，因此要确保给他人说话的机会。我们这样做时，又给自己造成了多大的压力……仅是想到这些，便令我筋疲力尽。当然，我们在便道上与邻居交谈时，绝不会给自己如此大的压力。但当我们为自己所塑造的人物设计对话时，压力便来了，这使我们的对话创作变得异常艰难。

创作对话本身并不难，是我们**使其变得困难**。

这便是我创作本书的前提。我的目的是将对话创作过程进行分解，使写作者们能更轻松自如地编写对话，如我们生来便进行的呼吸和交谈一般轻松自如。从开始呼吸的那一刻起，我们就在进行交谈，只是那时我们并非在用言语进行交谈。我们时常不按预想的方式交谈，正如我们此刻并未用自然的方式呼吸（许多人在四处走动时会屏住呼吸），因此，我们将对话再现于笔端时，常会思虑过甚而无从下笔。

不知从何时起，有人开始尽力教导我们**应该如何进行交谈**，于是我们便学会了如何交谈。我们言语得体，便会受到表扬，反之则会遭到批评。

"妈，你用不着大喊大叫，我能听见。"

"年轻人，别用那种语气跟我说话。"

"能再多给我加点土豆吗？"

"不能，苏茜（Susie），你应该说：请再多给我加点土豆，好吗？"

"妈，他就是个蠢货。"

"不许骂人，那样没礼貌。"

因此，我们理所当然地认为，我们知道如何得体地进行交谈，无须为日常对话过分担忧。但真的将对话再现于笔端时，我们却突然感到极度不自信，要直面自身的种种不足。潜意识里，我们要问自己的问题或许不是"我能写对话吗"，而是"我说得得体吗"。对于答案，我并不确定，但我确定我们可以做点有"禅意"的事情，使这一过程变得更容易：在创作任何一段对话之前，我们都务必记得要遗忘。

要遗忘什么？

要忘了我们正在创作对话。我们必须进入人物的内心，化身为这些人物。我们要让这些人物开口说话。在《寻得作家的声音：小说创作指南》(*Finding Your Writer's Voice:A Guide to Creative Fiction*)一书中，作者塔伊萨·弗兰克（Thaisa Frank）和多萝西·瓦尔（Dorothy

Wall）写道："杰出的模仿者要摒弃自己的说话方式，呈现出他人的声音。你在塑造人物时，要让自己被这个人物附体，抛弃头脑里那个无意识的声音，因为那个声音会让你用自己的方式说话，而你应呈现出这个人物的声音。"这听起来有些像通灵，我们从禅宗走向了新时代。只要这个方式奏效，你可以随意称呼它。

多年来，我一直在创作对话。故事的叙事手法、背景及情节都让我大伤脑筋，但对话却很少给我造成困扰。直到我指导其他写作者进行创作，听到他们说担心对话写得不"正确"时，我才知道对话也令人伤脑筋。

无论你从其他的写作导师和写作书中学到了什么，我可以告诉你，根本没有什么"正确的"方式，只有**你自己的方式**，你的方式就是"正确的"方式。身为作家，你的任务便是学会使用自身内在的声音，你需要用这种声音去创作一段对话，无论这段对话是出自谁之口。当然，你可以进行调查，阅读诸如此类的书籍，观看电影，聆听路人的谈话。但最终，我们塑造的人物来自内心，若要忠于自己，忠于笔下的人物，我们必须赋予他们一种声音，无论这些人物是虚幻抑或真实。

从打算创作此书之时起，我便开始思考为何对话对我来说从来不是一件难事。我意识到其中的原因是：很小的时候，在我刚开始阅读小说时，我便化身为书中的人物。我溜进他们的头脑之中，只有在读完整个故事后，我才会从中抽身而出。我九岁时开始创作属于自己的故事，早在那之前我便养成了一个有益的写作习惯：化身为自己笔下的人物。我轻易地进入这些角色，用他们的口吻说话。无论这些人物是理智是疯狂、是慈善是残忍、是平庸是古怪，我都是他们的化身。

你或许想知道,"但我如何才能做到呢?我要怎样进入自己所塑造的角色呢?要怎样进行实际操作呢?"在下文中,我将解答这些问题。一旦我们明白我们所塑造的人物并非超然于外,而是存在于我们自身内部,那么**如何**为任何一个人物编写对话都不再神秘难解。如果我们不是从外部审视这些人物,而是让他们从我们自身内部生长而出,创作对话便会成为一个自然而然的过程。

创作对话就是给存在于我们自身内部的人物赋予一个声音。我并不想让这听起来令人毛骨悚然——你不必进入一间昏暗的屋子,转三圈,同时重复着:"我爱绿鸡蛋和火腿。"

你需要做的仅是写出**真实的对话**。你一旦这样做了,便会从这类对话中找到满足感,此类对话会把你笔下人物的真实声音传达给读者。

我需要告诉你:创作对话没有"正确的"方式,也没有我们设想的那样困难,创作对话实际上应该是充满乐趣的。

我创作本书的两个目的便是:(1)提供一些具体的文学手段,帮你提醒自己忘记正在创作对话,这反而会让你放松下来,使人物的对话源于人物本身,而不是源于你在故事中的表达。(2)不断提醒你创作对话是一门充满乐趣的艺术,你可以自由地行使你的权利,为对话之外的部分增添色彩,并由此习得这门艺术。

你提醒自己忘记正在创作对话,你不愿再为此而苦恼,而是要学着体验内在的诸多声音并从中获得乐趣,在这一过程中,你会发现本书将成为你的绝佳助手。

释放内在的声音
——对话的目的

第一章

你在书店浏览小说类图书区。你搜寻着书名,从书架上随手拿起几本小说,看看封底,然后一本接一本快速翻阅这些书。不管你这样做是有意的还是无意的,猜猜看,你正在寻找什么。

空白。你的目光自然而然地被吸引到空白处。每页都有大量的空白。在非小说类作品中,空白意味着不时将文本分隔开来的副标题和边栏。在小说中,空白意味着对话。

你是否还记得中学时,老师让我们读的那些小说?《远大前程》(*Great Expectations*)、《包法利夫人》(*Madame Bovary*)及《蝇王》(*Lord of the Files*)。一页页大段的文字,一段段冗长枯燥的叙述。

对话不仅为页面留白,创造视觉上的吸引力,还令故事中的人物生动鲜活,创造情感上的吸引力。故事背景若通过对话场景展示,我们会兴趣大增。对话透露了人物的动机,展现了与其表面活动截然相反的目标。人物充满张力的对话能使读者了解人物的内心世界,并为故事发展制造悬念。对话场景一经展开便即刻加快了故事的节奏。通过对话,我们可以使读者对故事背景产生身临其境之感。精心编写的对话甚至可以传达故事的主题。有效对话传达了读者渴望了解的所有信息。这种对话正是我们作家梦寐以求的。

怎样创作出这种对话呢？

在接下来的章节中，我们将探讨如何创作出具有以上效果的对话。但现在，我们只需尽力弄清在对话场景中，我们应向读者传达什么。要学着创作出有效对话，我们首先要清楚什么是有效对话。

有效对话能与读者建立联结，使他们对我们笔下的人物感兴趣，关心这些人物的喜怒哀乐。有效对话能同时达到多重目的，接下来我们将逐一看一下这些目的。

◎ **塑造人物形象 / 展现人物动机**

我们通过对话将人物介绍给读者。对话、面部表情和肢体语言共同向读者展现了我们所塑造的人物形象。在现实生活中，我们也是通过这种方式互相结识的。我们开始交流，有时交流很顺畅，有时却出现障碍。通过对话，我们判断我们是否喜欢某个人。同样，读者也通过对话判断他们是否喜欢我们塑造的人物。读者倾听他们的对话，观察他们之间的交流，以此判定他们是正面人物、反面人物或是亦正亦邪的人物。我们为笔下人物创作的对话能够激起读者对这些人物的喜爱或厌恶之情，这一切尽在我们的掌控之中。

若一个人物极力控制自己的语气，每一个词都发音清晰、利落冷硬，这说明他可能正处于爆发的边缘，时刻压抑着自己内心熊熊的怒火。相反，若人物的声音是温暖亲切的，这表明他的内心应该充满安全感、幸福感。一个说话如连珠炮似的人物可能正在逃避自我，一个语速异常缓慢的人物或许正感到自我怀疑、经历消沉期或缺乏社交能力。

故事中的每个人物都受到某种东西的驱使——为了得到想要的东西，

他们都有自己的目的、动机和理由。动机从内部驱使人物去追寻他想要的东西，因此，在某种意义上，动机是故事最重要的元素。它是背后的推动力，是人物要达成目标的理由。没有动机，便没有故事。这就是动机的重要性。假设，你正在创作一个儿童故事，主人公的目标可能是赢得拼字比赛。那动机是什么呢？想要得到父亲的认可。这也可能是一个成人故事，目标变了，但动机或许是相同的。

揭示人物动机最有效的方式便是让人物自己开口说出来。在现实生活中，情况也总是如此。我记得有位朋友曾对我说，有人暗示她，她做了无礼的事情。她对我说："我不想让任何人觉得我不友好。"

我立刻明白，她实际上并不在意她是否友好，她在意的是别人怎样看待她。她在意的是自己的形象。对此，我并没有做什么有价值的论断。我无须这样做。她已自己开口说明她的动机——想给别人留下好印象。我们一直都在这样做。每当你笔下的人物开口说话，他们便开始透露自己的真实动机。这是你应该做的，这很棒。你希望你编写的对话能把人物的动机传达给读者。读者也正是由此得到信息，形成对人物的印象。相较行为举止而言，动机更能展现人物的本质，因为行为举止是外在的，而动机是内在的。有效对话塑造了人物的内在本质，是刻画人物的一种有力手段。

肖恩·狄龙（Sean Dillon）是杰克·希金斯（Jack Higgins）的小说《风暴中心》（*Eye of the Storm*）里的反面人物，他是个恐怖分子，已经从事恐怖活动二十年，据克格勃特工约瑟夫·马克耶夫（Josef Makeev）所言，"他从来就没进过牢房"。马克耶夫在做卧底抓捕他未果后，与另一名克格勃特工迈克尔·阿伦（Michael Aroun）谈起了这名恐怖分子，他曾经还是一名演员。下面的对话场景展现了这位反面人物的动机。

"就像我说的，他从来没被逮捕过，一次都没有。他和他许多的爱尔兰共和军朋友不一样，他从来不会吸引媒体的注意。我怀疑除了那几张年少时的快照，人们根本没有他的照片。"

"他当演员时也没有照片吗？"

"或许有，但那大概是二十年前的事了，迈克尔。"

"你觉得，如果我出大价钱，他会不会接这单生意？"

"不会，单单是金钱从来就不会让他觉得满足。狄龙一直在乎的就是任务本身。该怎么说呢？这听起来很有趣。对他来说，演戏就是一切。我们给他提供一个新角色，或许可以在街头演，但也还是在演戏。"他一边笑着，一边开着奔驰车汇入绕凯旋门行驶的车流。"等着瞧吧，先等拉希德（Rashid）的消息。"

人物在与其他人交谈时，并不会总是坦承自己的动机，这通常是因为人物本身甚至也不清楚自己行为背后的动机。这种情况经常发生在反面人物身上。因此，经由其他人物之口透露反面人物的动机是一种有效的方式。

◎ 奠定故事基调

无论什么类型的故事都会激起读者的情感。或者说，如果你想抓住读者的注意力，你的故事就应该激起他们的情感。这种情感上的吸引力最终奠定了故事的基调。正是这种情感基调一直吸引着读者，让他们一页接一页地读下去。基调可以是背景,可以是人物及其动机,也可以是情节发展的快慢。

对话是你可以用来奠定故事基调的一种手段。在推理或恐怖故事中,对话应该唤起读者的恐惧。在爱情故事中,对话应该充满爱情萌芽阶段那种温暖暧昧的感觉。在主流或文学故事中,随着对话场景的展开,基调可能是任何一种我们想要制造的气氛和想要唤起的情感。人物在交谈的同时即在交流感情。作为作者,你负责奠定故事的基调。当然,有时随着人物之间的交谈,基调会发生些许改变,但你可以主导对话,从而控制基调。

在安娜·昆德兰(Anna Quindlen)以第一人称视角创作的小说《亲情无价》(*One True Thing*)中,埃伦·古尔登(Ellen Gulden)是一位正面人物,她的父亲乔治·古尔登(George Gulden)是一位反面人物,两者之间充满了敌意。埃伦的母亲患了癌症,正日益衰弱,父亲劝说她回家照顾母亲。埃伦十分不情愿地答应了,她对此事的态度很快变成了故事的基调。在下面的对话场景中,我们开始看出她的态度。

"埃伦,我们没有理由发生争执。你的母亲需要帮助。你爱她,我也爱她。"

"让我看看你是怎么爱她的。"我说。

"你说什么!"

"让我看看你是怎么爱她的。把你的爱表现出来。你难过吗?你在意吗?你哭过吗?你怎么让她落到今天这个地步?她开始觉得不舒服时,你为什么不带她去看医生?"

"你的母亲是个成年人。"他说。

"她当然是成年人。但你只是不想扰乱你自己的小天地,你需要她在身边,把一切都打点好,这难道不是你真正想要的吗?就像现在她做不到了,你就需要我留在身边。你让我回到这里,面对这个烂摊子,你想让我改变,完全变成另外一种人,变成护士、朋友、知己、家庭主妇,承担所有的角色。"

"别忘了,你是我们的女儿。你永远都是我们的女儿。"

"哦,老爸,用不着让我觉得内疚。"

随着故事的发展,我们看到情节中的种种事件使埃伦发生了彻底的转变,在故事的结尾,她已与从前判若两人。但这种基调贯穿了故事的始终,作者经常用对话来展现这一基调。

◎ 增强故事冲突

我们可以用对话来提高主人公所面临的风险,让他处于困境之中,从而推动故事向前发展。你笔下的人物拥有一个目标。他渴望得到某种东西——极其渴望。在电影《外星人 E.T.》(ET) 中,一句台词令人记忆犹新:"E.T. 呼叫家园。"这行仅有三个词(指英文单词)的对话包含了 ET 最关心的事情。这个小家伙只想回家,不顾一切地想回家。

现在,由你来负责为主人公设置层层障碍,让他不能轻易得到想要的东西。这些障碍既来自人物自身,也来自外部。其他人物与主人公作对,主人公也给自身造成牵绊。这就叫故事冲突,你可以通过对话去展现、增强这种冲突。你应该用对话不断提醒读者,你笔下的人物是多么急切地渴望达成他的目标。

每个对话场景都需要在某种程度上，推动冲突向前发展。从对话开始到对话结束，我们面临的状况要有所改变。每当我们笔下的人物开口交谈，情况都会进一步变得更糟。主人公变得越来越绝望。反面人物似乎越发感到胜券在握，我们对此很清楚，因为是我们赋予他自信的语气。各种次要人物不断提醒主人公要记得他的目标，记得他的英雄之旅最终驶向何方。对话不是静止的，而是用每个场景去推动故事向前发展。

在祖德·德弗罗（Jude Deveraux）的爱情悬疑小说《高潮》（*High Tide*）中，女主人公菲奥娜（Fiona）被诬陷谋杀罪。菲奥娜是个白领，她去拜访一名身价不菲的客户罗伊·赫德森（Roy Hudson），她到了他的船上，罗伊便开始对她图谋不轨。她极力反抗，最终筋疲力尽睡倒在船上，半夜醒来时，她发现罗伊的尸体在她的身上——他那**一动不动的**冰冷尸体。男主人公埃斯·蒙哥马利（Ace Montgomery）和菲奥娜在下面的对话场景中，谈起了这桩谋杀案。

她深吸了一口气。"我想知道发生了什么。"她尽量平静地说，"我被当作谋杀犯通缉，报纸——"

"不，是我们被当作谋杀犯通缉。"他将冷冻食品放回了冰箱，朝橱柜里看着，"你知道怎么做薄饼吧？"

听到这句话，菲奥娜垂下手臂，握紧拳头，张开嘴，要发出一声尖叫。

她还没来得及发出一点声音，埃斯便用手捂住了她的嘴。"你到底在干什么？"他质问，"如果有人听到了，他们可能就会来调查。"他慢慢地松开了手，朝厨房操作台的方向点了下头。"现在，我来做早餐，你去坐下来。"

她没有动："帮帮我，如果你不告诉我发生了什么，我就会喊破喉咙。"

"你真的没法控制住自己不发火，对吧？你没想过去看看心理医生吗？"

听到这话，菲奥娜又张开了嘴，但这一次他没有动，只是若有所思地看着她。

菲奥娜闭上了嘴，眯着眼睛看着他："我们为什么不去警察局，老好人先生？就在几小时前，你还告诉我不能逃避法律的制裁，让我去跟警察自首。但现在你也被控告了，我们就躲起来了。"

"薄饼上要蓝莓吗？"

"我要的是答案！"她冲他大喊。

这是一部爱情悬疑小说，因此德弗罗在增强每个场景中的冲突时，要达到双重目的：她要推动谋杀这一情节的发展，还要增进男女主人公之间的关系。菲奥娜对着埃斯大喊，要得到有关谋杀案的一些答案。被当作嫌犯，她怕得要死。她也被气得要死，因为埃斯不对她坦诚相见。因此，在这一场景中，这两重目的都达到了。你或许也知道，在爱情故事中，男女主人公最初通常都互相厌恶。这一点通过对话展现出来比主人公直接用内心独白告知我们，要有趣得多。

◎ 制造张力和悬念

作为写作导师,我多年来在工作中接触到许多创作虚构和非虚构类作品的写作者,我发现对话场景中最常见的问题便是缺乏张力和悬念。对话中都是无关紧要的内容。人物只是在闲聊、寒暄、举行茶话会。这太无聊了。

对话的目的毫无例外都是为当下制造张力,为未来设置悬念。作为小说家,你应该记得这一点。无论何种场景、何种体裁,张力和悬念都是必备要素,通常都是场景的核心。成功的作家都明白这一点。罗宾·库克(Robin Cook)便是这样一位作家,他创作出了许多成功的医学悬疑小说。他的故事中充满了一个接一个富有张力的对话场景。下面的选段出自他的小说《致命的治疗》(*Fatal Cure*)。这一选段表明对话场景中的张力和悬念能抓住读者的心,让他们一直读下去,即使有迫在眉睫的事情,也无法停下来。

主人公安吉拉(Angela)要寻找一名凶犯,这是一项私人任务。说这是私人任务是因为她的丈夫戴维(David)刚刚发现了一具尸体,这具尸体就埋在他们新房子的地下室里。在这一场景之前,她曾质问警察局长,认为警方在搜索嫌犯的过程中表现得无能冷漠。

"你竟然把我看作一个歇斯底里的女人。"安吉拉说着上了车。

"那样激怒当地的警察局长显然是不理智的,"戴维说,"别忘了,这是一个小镇。我们不应该树敌。"

"一个人被残忍地杀害了,尸体被丢在我们的地下室里,警察对谁是凶手漠不关心。你愿意让事情就这么算了吗?"

"霍奇斯(Hodges)是死得很惨,"戴维说,"但那跟我们无关。这个问题应该由警方解决。"

"什么?"安吉拉喊道,"这个人在我们家被打死,就在我们的厨房。不管你愿不愿意承认,这件事都跟我们有关,我要找出凶手。我不想让杀人犯在这个小镇继续逍遥,我要做点什么。我们首先应该做的就是多了解一下丹尼斯·霍奇斯(Dennis Hodges)。"

在这一场景中,库克让安吉拉和戴维就此案应如何处理,采取了截然对立的态度,从而制造了张力。悬念来自安吉拉决心要**做点什么**,不能让杀人凶手在她所住的小镇继续逍遥。她将自己的承诺大声说了出来,我们知道她绝不是说说而已。她将会采取行动,我们会继续读下去,看看她做了什么。

有效对话自始至终、毫无例外地在制造张力。

◆ 尝试一下

带上一个笔记本,去商场、公园或咖啡馆偷听别人的谈话。这些谈话很有可能相当平淡乏味。现在,请创作一个对话场景,让你刚刚听到的谈话变得有目的性。

◎ 加快场景节奏

作为故事的作者,我们有许多可用的写作手段,如叙述、情节、描写和对话等。当你考虑如何为故事设定节奏时,描写和叙述将会使故事缓慢、平稳、顺畅地向前推进。情节和对话会加速故事的节奏——对话甚至比情节更为有效。当人物开始交谈时,故事便开始向前发展。通常情况是这样的,虽然我们总会看到我之前提到的无聊的闲谈场景。但我们此处讨论的是有效对话——能够达到目的的对话。

对话是控制故事节奏的一种手段。让我们再回到安吉拉和戴维的故事里——在这一场景中,戴维正跟女儿聊他在地下室里发现的尸体。第一段是叙述性的,节奏比接下来的对话场景要缓慢。

> 快七点钟了,安吉拉问戴维是否能把卡罗琳(Caroline)和阿尔尼(Arni)送回家,戴维很乐意这样做,尼基(Nikki)也跟着一起去了。把两个孩子送到家后,戴维很高兴能跟女儿有时间独处。他们先聊了学校和她的新老师。接着他问,她是否会经常想起地下室里发现的尸体。
>
> "有时会。"尼基说。
>
> "这让你有什么感觉?"戴维问。
>
> "就好像,我再也不想进地下室了。"
>
> "我能理解,"戴维说,"昨晚我去取柴火的时候,也有点害怕。"
>
> "你害怕?"

"是啊,"戴维说,"但我有一个小计划,这可能会很有趣,或许也会有所帮助。你感兴趣吗?"

"当然!"尼基兴致勃勃地说,"什么计划?"

"你不能告诉任何人。"戴维说。

"没问题。"尼基保证。

戴维一边把车往家开,一边大致说了一下他的计划。"你认为怎么样?"他说完后问道。

"太棒了!"尼基说。

"记住,这是个秘密。"戴维说。

"我发誓我会保密的。"

在这个场景之后的叙述段落中,戴维走进屋,打了个电话,我们得知由于之前父母的死亡,他一度感到很痛苦。在此,作者开始用叙述向我们提供必要信息,故事因此慢下来。在对话场景之后,叙述让故事重回先前的缓慢节奏。为什么对话比叙述要推进得快?因为话语在人物之间快速往复,这就如同网球在球场上被打来打去。

在上面的选段中,哪部分节奏更快,我们一目了然。当然,我们有时想让场景慢下来,因此我并没有说运用对话总是最佳方式。但如果你需要加快一个场景的节奏,这就是你的目的,那么对话便能帮你达到这一目的。

◎ 补充少量的场景 / 背景信息

你是否觉得很难用有趣的方式将场景和背景融入故事?在这方面,

对话又能帮你一把。

在行动开始之前，作者都倾向于用叙述来为读者设置每一个场景，这并不是必要之举。场景中的行动一经展开，你就可以利用对话将此时我们需要了解的场景和故事背景穿插进来。下面的场景来自乔伊斯·卡罗尔·奥茨（Joyce Carol Oates）的小说《我们是马尔瓦尼一家》（*We Were the Mulvaneys*），叙述者帕特里克（Patrick）和妹妹玛丽安娜（Marianne）已有几年的时间未曾见过对方。他询问了妹妹在大学里的表现，她回答说她还有两三门未修完的课程。我们来听一下，玛丽安娜怎样描述她现在居住的小镇基尔本，看一下稍后作者怎样插入对当前场景（帕特里克的房间）的一些细节描写。

"嗯——"玛丽安娜感到局促不安，拉着自己又硬又直的短发，"发生了点事，很突然。"

"什么事？"

"合作商店里发生了紧急事件，就在感恩节之后。商店的副经理阿维娃（Aviva）生病了——"

"商店？什么商店？"

"哦，帕特里克，我一定跟你提过——不是吗？在小镇基尔本，我们有一个绿岛零售店，卖加工食品，新鲜的加工食品，夏天卖鲜货，还有烘烤食品——南瓜核桃面包是我的最爱。我——"

"你在商店里工作？一周多少小时？"

玛丽安娜低下了头，不想面对帕特里克质问的目光。"确切地说，我们不是用小时计算的。"她说。她坐在帕特里克的沙发上（这沙发不是从家里带来的，而是公寓里自带的，有点褪色破旧），帕特里克坐在她对面的写字椅上，坐姿相当盛气凌人，他跷着二郎腿，姿势既显得放松又咄咄逼人。

我毫无疑问有权去询问，除了我还有谁会问呢？

"那你们是怎么计算的？"

"绿岛合作商店不是——一个正式的运营机构，不像一个公司。它更像一个——嗯，家。人们互相帮助，各尽所能，各取所需。"

在此，我们把小镇当作一个角色，去了解**它是谁**，同时也得知一些具体细节。事实上，场景和背景被融入对话之中就会变得有趣起来。读者通过叙述者的观察去感受场景，通过人物，这一切的确变得很有趣。当然，前提条件是存在**张力**。

◎ 传达主题

在回忆录《写作这回事》（*On Writing*）中，斯蒂芬·金（Stephen King）写道："当你在写一本书时，你日复一日地去观察、辨认那些树。当你写完后，你需要退一步去审视那片森林……对我来说，似乎每一本书——至少每一本值得一读的书——都是关于**某种东西的**。"

这**某种东西**更易被人们称作主题。你的故事是**关于**什么的？你想让故事向读者传达什么？主题最简单的形式就是故事的冲突和解决。

我们需要用各种细节将主题编织进故事之中，让其不时地闪现，以展示故事的全部内涵。对话无疑是一种可以让全部内容显现出来的元素。人物在交谈、细语、呼喊、低吼、抱怨、讥讽、哀叹，而读者在倾听。如果你能不露痕迹地把主题融入对话之中，那么读者将会以一种不同于叙述的方式，听到这一主题。

现在，我们来看一下《亲情无价》。作者安娜·昆德兰在这部小说中用娴熟的技法就"某种东西"展开创作，使主题贯穿于故事的叙述之中。至故事的结尾，埃伦因母亲被谋杀而站在证人席上，作者用对话再现了主题。检察官刚刚问，她是否爱自己的母亲。下面是她的回答：

> "简单地回答，是的。但谈论自己的母亲，这种说法太简单了。那绝不仅仅是爱——那是，是一切，不是吗？"似乎所有人都会点头认可。"当有人问你，你来自哪里，答案就是母亲。"这时，我的双手交叉在胸前，穿蓝色套装的女士转动着戒指。"当你的母亲不在了，你的过去就遗失了。这是远非爱所能表达的。即使爱不在了，那也比你生命中其他东西要重要得多。我的确爱我的母亲，但直到她不在了，我才知道我是多么爱她。"

这不是完整的主题，但无疑是主题的重要组成部分，当埃伦说出这些话时，读者非常清楚她在谈论什么，因为这些是我们生活中共通的主题。相较于用枯燥的、阐释性的长篇大论去传达主题，对话这种方式不仅更快捷有效，而且更能激起读者的情感，让他们产生更坦诚、私密之感。当然，你需要小心，不要仅为了让读者得到**你的信息**就让人物进行道德上的说教。如果你想在书中传达一种哲理或观点——这是你应该做的——那么让你笔下的人物来探讨这一观点是很自然的事情。如果在其他场景中，主题通过其他各种方式融入了故事，那么在任何一个场景之中，人物有关主题的对话都会显得很自然。用对话将故事的主题传达给读者吧。

以上提到的所有内容，我们在接下来的章节中都会详细讨论。要用对话去达到目的，从而在情感上吸引读者，我们要学的还很多。

但在学习创作对话的具体细节之前，我们需要消除些许恐惧，从而让你能自如地使人物登场，使他们释放真我。在下一章中，我们会应对这些恐惧。

练习

以下练习是为了让你有机会去实现对话的目的，通过小说人物来释放你内在的声音。

▲ 练习一

塑造人物形象/展现人物动机。考虑正面人物和反面人物的背景。创作一个场景，使两者同时现身其中，无论他们是否愿意，他们都不得不和对方交谈。在这一场景中，寻找一种方式为对话加入点动机，从而使我们与这两个人物产生共鸣。

▲ 练习二

奠定故事基调。将两个人物置于一个能增强故事基调的背景之中。恐怖故事中阴暗骇人的走廊，爱情故事中阳光明媚的海岛沙滩，又或者你想把它们反转，创造出与众不同的东西——爱情故事中的阴暗走廊或恐怖故事中的海岛沙滩。创作一个对话场景，聚焦于你在整篇故事中想传达的情感基调。

▲ 练习三

增强故事冲突。两个人物正就道德问题发生争论，如堕胎、死刑、协助自杀或你所选择的某一热点问题。创作一个能加剧两者之间冲突的对话场景。随着他们的持续争论，展现出冲突的不断激化。

▲ 练习四

制造张力和悬念。两个人物身处车祸现场，事故并不严重。反面人物尚未拿到驾照，在没有保险的情况下，便带着家人出来兜风。创作一个对话场景，使其对两个人物的未来而言都充满张力和悬念。

▲ 练习五

加快场景节奏。在你所创作的故事场景中，找到一小段呆板的叙述，将其转化为对话，以加快场景的节奏。避免使用过多的叙述或情节；试着只用对话去构建大部分的场景，这样你便能发现对话是如何使场景节奏迅速加快的。如果你还未能写出自己的故事，就去书架上找一本小说来完成这个练习。

▲ 练习六

补充少量的场景/背景信息。在你自己的作品或你读过的小说中，找到一行能够展示故事背景的对话。如果这行对话出自其他作家的小说，那就研究一下作者是怎样设法把少量的背景信息插入对话之中的，以使其在人物对话中显得毫无违和感。

▲ 练习七

传达主题。从书架上抽出至少三本书，看看是否能找到一两行传达故事主题的对话。如果找不到，那就自己创作一行对话，来清晰传达你认为故事是有关什么的。

无声的人物与故事
——消除你的恐惧

第二章

这样写出好故事 - 人物对话

◎ 无声的人物与故事——消除你的恐惧

"你在小说中,打算要写点对话吗?"作为一名写作导师,这是我第一次不得不问写作者这个问题。新手作家经常会使用过多的对话,但极少数情况下,他们完全不写对话。

"嗯,当然了。"卡罗尔一边仔细阅读她的手稿,一边不自在地移动着身体。

"我们进行到第三章,所有人物之间都只是擦肩而过,没有进行交谈。"在之前阅读卡罗尔小说的前两章时,我已经注意到了这一点,但我们当时正忙于其他问题,我没抽出空将这一问题提出来。

"是的,嗯,我知道我应该马上加一些对话。"她翻了几页,"我有一个问题:在第五页的这句话中,逗号应该放在哪儿?"

我不是个心理治疗师,但我知道卡罗尔正在回避对话这一话题——一再地回避。她从来就不想谈论此事。结果就是,当我最终迫使她谈论这一问题时,对话使她感到恐惧。她害怕她笔下的人物一旦开口交谈,便会显得很蠢,而不是像她想象中的那样深沉神秘。她不想让他们开口说话,驱散这种神秘感,使他们变成蠢货,她尤其不想让自己显得很蠢。这是我第一次让别人直面这一问题,但我觉得无论是对非小说作家还是小说作家来说，这都是一个普遍问题。我注意到非小说作家在大多数情况下，避免使用对话，他们觉得没有这个必要。小说作家明白在某种情况下，他们不得不使用对话，但这样做时却诚惶诚恐。

创作对话恰巧是我一直喜欢做的事情。我猜想部分原因是通常我塑造的人物都与我很像。我在小说中从未冒很大的风险——创作一个我不曾经历的故事，塑造一个我不能成为的人物。我能理解对话带来的恐惧，尤其是当你不得不塑造一个说方言或有语言障碍的人物时，又或者这个人物生活在一个你从未经历过的世界，那个世界可能如地球上的另一个地方一样真实，也可能如在科幻或奇幻小说中描绘的那样，完全存在于另一个星球。

本书的前提即是学着释放我们内在的声音，创作出能将故事传达给读者的对话，所以无论我们正在塑造何种人物，我们都必须首先弄清，那些存在于意识和潜意识中的障碍，那些障碍使我们不能立刻投入，进行对话创作。对话使我们心怀恐惧，给我们造成阻碍，使我们在写作时无法放松，对话还令我们产生误解，使我们为了创作出"正确的"对话而倍感压力。这就是为什么卡罗尔在创作对话时，会感到束手无策。好消息是：当恐惧和误解浮出水面，我们便可以直面它们，进而决定不再受其驱使。若想写出精彩的篇章，无论是对话、说明、情节还是描写，你都需要放松下来，不为技巧而感到担忧。本书的目的便是：向你展示如何与自己的声音自在相处，使你放松下来；教你一些技巧，使你能够进行练习，从而自如地运用这些技巧。

娜塔莉·戈德堡（Natalie Goldberg）在《写出我心》（*Writing Down the Bones*）中告诉我们："不要思考。抛弃逻辑。"她接着写道，"……目的是迅速穿越回灵感初现的地方，在那里，能量没有受到社会礼仪和自我监督的阻碍，你可以写出头脑中真实的所见所感，而不是头脑中认为自己应该看到什么或感到什么。"

我们的恐惧和误解使我们不能穿越回灵感初现的地方。如果心中充满恐惧，我们便别无选择，只能写出恐惧带给我们的东西。娜塔莉所说的"能量"流动受到了阻碍，因此我们无法写出头脑中"真实的所见所感"。驱散恐惧的唯一办法便是让其浮出水面——现在让我们行动起来。

◎ 辨认你的恐惧

下面是一系列有关对话最常见的恐惧。

· 如果我让人物开口说话，而他的话听起来很蠢，读者对他的看法与我的期望完全不同，那该怎么办呢？

· 如果我笔下的人物开口说话，而他们的话听起来千篇一律，那该怎么办呢？

· 如果我笔下人物的言谈与读者的期望不符，那该怎么办呢？

· 如果我编写的对话平淡乏味，并没有推动故事向前发展，那该怎么办呢？

· 如果我编写的对话生硬呆板——读者能看出明显的编写痕迹，而不是让我笔下的人物自然交谈，那该怎么办呢？

· 如果我让人物开始交谈，而他们脱离场景，不受控制，那该怎么办呢？

· 如果我叙述得不够充分，读者无法跟上对话的节奏，或更糟的是，如果我叙述过多而使对话节奏过于缓慢，那该怎么办呢？

你应该注意到以上所有的恐惧都以"如果……"开头。这就是恐惧的本质。它总是有关或许、可能会发生的事情，而绝不是将必然发生的事情。

你要诚实面对。当你着手创作一个对话场景时，你是否经历过至少一种上述的恐惧？本书的目的便是让你能轻松自在地创作对话，令恐惧无处可存。一旦你感到自在放松，你便会发现恐惧已不复存在。

我始终认为，应对恐惧的最好办法就是直面恐惧，无论哪一种恐惧都是如此。因此，让我们接受上述恐惧，逐一对其进行分析，以消解恐惧对我们的控制力。

如果我让人物开口说话，而他的话听起来很蠢，读者对他的看法与我的期望完全不同，那该怎么办呢？ 好吧，如果他很蠢，又能怎么样呢？就算这真的发生了，你也可以换种方式看待此事，并且这种情况很少发生。我们笔下的人物的话一般听起来并不像我们想象的那样愚蠢。通常的情况是我们认为他们的话听起来很蠢，这才是问题所在。当我们谈话时，我们害怕自己的话听起来很蠢，于是我们把这种恐惧投射到我们所塑造的人物身上，这或许才是真正的症结。但人们就是在交谈——有时言辞愚蠢，有时妙语连珠。你是否认识某个人，说话时总是妙语连珠，或总是言辞愚蠢？有时，我说出的深奥话语令自己都感到惊讶，而有时，我听起来却像《周六夜现场》（*Saturday Night Live*）里最愚蠢的人物。我想要表达什么？

我想说，无论你笔下的人物听起来是否愚蠢，那都是纯粹主观的看法，他们必须继续交谈。因为那才是人物应该做的事情。小说中的人物就应该交谈。

你必须对你笔下的人物了如指掌。比方说，你要塑造一个硬汉。你认为他很霸气，你希望读者也跟你有同样的看法。你想让你笔下的正面人物和读者都害怕这位老兄。然而，他一出场，说起话来却像爱发先生①（Elmer Fudd）："那只兔几（兔子）到底在哪儿？"是的，情况可能糟透了，但我们设想的也是最糟糕的情况。你有三个选择：（1）毙掉这个人物，重新创作一个反面人物，一个真正的硬汉；（2）让他为故事增加一些滑稽成分；（3）你创作时别喝酒，酒后写出的都是胡话。

更糟的是，你怀疑你笔下人物的话听起来可能很蠢，但你对此并十分不确定，那该怎么办呢？首先，试着把你创作的对话大声读出来。如果不起作用，你就试着读给别人听，最好是读给另一个作家，一个"很酷的"作家听。很酷的人总能辨别出别人的蠢话。我这样说有点开玩笑的意味。这有点像第六感。

言归正传，我知道这是个严重的问题，但这不是世界末日。我们可以在第二稿中把这个问题纠正过来。继续写下去吧。

如果我笔下的人物开口说话，而他们的话听起来千篇一律，那该怎么办呢？这的确是个问题。有时候，我希望自己是个演员，只需费心扮演好一个角色。当你不得不扮演十个角色，而他们有时又在同一场景中出现时，这就有点像精神分裂，你塑造的人物的话听起来很有可能千篇一律，除非你对每个人物都有着十分透彻的了解。毕竟，是你在创作这个故事。这是你的声音。而你只有一种声音。

至少我们是这样想的。你曾对孩子发过脾气吗？示过爱吗？在大企业里工作过吗？在所有这些场合，你的声音都始终如一吗？不会吧。你

---

① 爱发先生是《乐一通》系列作品中的卡通人物，和兔八哥是一对冤家。

可以扮演不同的角色，你的声音会根据每个角色而有些许改变。不是你这个人变了——是你的声音变了。你需要明白这一点，这样你才能塑造出形态各异的人物，确保他们听起来不会千篇一律。

你坐下来开始创作，进入了某一人物的头脑之中——最有可能就是叙述者的头脑。但在实际的创作过程中，你仍需要跳来跳去，扮演场景中的每一个角色。你不得不做一切对你有利的事情。我曾听芭芭拉·金索沃（Barbara Kingsolver）在《奥普拉脱口秀》(*Oprah Winfrey Show*) 中谈论她怎样对《毒木圣经》(*The Poisonwood Bible*) 进行了五次创作，每一次都采取一个不同人物的视角。瞧，这就是严谨的创作，确保她能了解笔下的每一个人物及人物对故事情境的看法。我并不建议你采取这种极端的做法，但请做你必须做的事情。如果你就是没办法进入人物的头脑之中，那就找一个跟你笔下人物相似的人，多跟他相处，直到你能改变自己的声音，使其听起来像这个人物的真实声音。你或许应该尝试从不同人物的视角来创作某一场景，这样你便能进入场景中每一个人物的内心。也许你只需要将这个方法多尝试几次，便能"得到"每一个人物独特的声音。

你也可以暂停一下，重新拿出一张纸，从那个使你遇到麻烦的人物的视角，开始疯狂地创作。不要思考你写了什么，只管写。让情绪迸发，平静地写，让情绪复位，然后放松下来。你要暂时化身为那个人物，让他对你谈谈他对经济状况或邻居的看法，说说他在酒吧的工作或对色情作品的沉迷，然后回到你要创作的场景。我保证这个人物拥有他自己的声音，绝不与其他人雷同，因为你其实已经在关键时刻暂时**变成**了他，处于他的头脑之中。我有时希望写作者们在创作反面人物时能多采用这种方法，这样他们笔下的反面人物就不会总是让人觉得缺乏深度。

你要确保笔下的人物拥有截然不同的职业和生活经历，这或许会对你有所帮助。当然，你并非总是能做到这一点。比如，叙述者可能是一名小学教师，一些次要人物可能就是他的同事。在这种情况下，你或许应该回到人物特写，确保为每一个人物增添一点与众不同的特质，这种特质会在与其他人的对话中显现出来。故事也许发生在爱达荷州，但一个人物却可能来自南部。另一个人物在业余时间也许是一名爵士乐手。花些时间去构思你笔下的人物，这能确保他们之间不会彼此雷同。

如果我笔下人物的言谈与读者的期望不符，那该怎么办呢？ 从我们将人物介绍给读者的那一刻起，读者就开始在头脑中形成对他们的印象，因此，我们要尽快让人物开口交谈。如果等待得太久，读者已在头脑中形成对人物的印象，那么当人物真的开口说话时，读者就会感到惊讶，因为这个人物的说话方式跟他想象中的完全不一样。你是否曾暗恋过某人，而当你听到他说话时，你的期待就破灭了？

在高中时，我曾经跟一个海军士兵"相爱"。他长得很帅，情书写得超浪漫，还会送我各种有情调的礼物。他休假回家时（噢，这有点不堪回首），出现在我家门口，然后开始说话——他实在是口齿不清。我一直想把这一点忽略掉，而他开口说话时，幻想瞬间就破灭了，我被击垮了。他真的是个好人，但我就是没办法接受他的口齿不清。

你在叙述中将人物描述得活灵活现，而他们最终开口说话时，却跟读者的期望完全不符，那时你的读者就经历了我曾经的感受。因此，如我之前提到的，人物一经登场，你就应该让其开口交谈。

此外，你还必须描绘人物的外貌，这与他的说话方式密不可分。如果他经常穿着西装，打着领带，那么他的言谈就不太可能像个农民。同样，如果他总是穿着工装裤，他就不大可能会谈论最新版本的微软操作系统。我说可能，因为一切都不绝对。但如果你想打破一种刻板印象，你需要用某种方式暗示你的读者，这样当你笔下的人物开口交谈时，读者才不会产生质疑。除了外貌，你还要确保为他创作一个适宜的背景。你笔下的人物就像一整套设备，当他开口说话时，如果设备的某个部件不匹配，读者只会感到惊讶。

◆ 搞定你的故事

如果你眼下正在创作一个故事，问问自己：

·我害怕什么？

·如果我笔下的人物的话听起来很蠢，千篇一律，或听起来平淡乏味/生硬呆板，又或者脱离场景，那最糟的情况会怎样呢？

·如果最糟的情况发生了，我能补救吗？怎样去补救呢？

现在冲破你的恐惧吧。听取苏珊·杰弗斯（Susan Jeffers）的建议——不管怎样，感受这种恐惧，继续创作吧。

如果我编写的对话平淡乏味，并没有推动故事向前发展，那该怎么办呢？ 有这种恐惧是可以理解的。在现实生活中，有时我们说了某些话，然后就停止了交谈，转身离开，我们意识到我们与他人并未按预想的方式进行交流。所有人都遇到过这种情况。但其他时候，我们却妙语连珠，这使我们自己都感到惊讶。我们在现实生活中的对话总是能推动我们的

生活或"故事"向前发展吗？

事实就是我们转身离开了，而知道本"应该"说些什么。这种情况难道不令你感到懊恼吗？

如果我们想让人物的对话有趣，能推动故事向前发展，我们就必须对故事了如指掌。我们必须清楚地知道我们想让人物做什么，用什么方式去做。我们必须了解人物在每一个场景中的意图，我们已为人物设计好了情节，对话中对情节没有任何帮助的词语统统要删掉。让人物兜圈子会导致情节平淡乏味。如果你让人物和情节一直保持在正轨上，你就不必为这一问题感到担忧。

所以你要冷静下来。这其实是第二稿中应该考虑的问题。如果初稿中的人物的话听起来平淡乏味，我们可以在第二稿中再检查一下对话，并将其修改过来。通常在人物的话听起来还未平淡乏味之前，我们就已经知道我们想让他们说什么、他们说话的感觉应该是怎样的。有时，你需要做的仅此而已。即使平淡乏味，那也不是世界末日。我们发现这一问题，并将其与我们期望的人物形象加以比较，一旦我们有了参照物，我们就知道该做些什么。因此，从这层意义上来看，平淡乏味也没有那么糟糕。

如果我编写的对话生硬呆板——读者能看出明显的编写痕迹，而不是让我笔下的人物自然交谈，那该怎么办呢？ 这一问题确实存在，因此算得上是最令人忧心的恐惧之一。我的确偶然读到过许多生硬呆板的对话，我立刻意识到作者太过努力，他正努力地编写对话。

对话必须源自人物本身及他在故事中的需求，而不应出自作者讲述故事的需要。你能明白两者之间的差异吗？

我们认为故事中需要达成某一目标，并着手去实现这一目标，这时我们就会编写出生硬的对话。事实是，我们编写对话是出于我们讲故事的需要，而并非源于我们正在创作的场景中的人物本身。我们绝对可以改变这种状况，只要我们放手，不再力图去操控整个故事。

如果你是那种在开口说话前就把每一个措辞都想得清清楚楚的人，那么这很可能是你在创作对话过程中遇到的最大挑战。我有一位最近才踏上创作之路的朋友。她是个非常精于算计的人。在对话过程中，你甚至能感觉到她的脑筋在不停转动，在说话之前，她会仔细思考每一句话。在阅读她创作的第一个故事时，我在对话中发现了同样的问题，这一点也不令我感到惊讶。

许多人一坐下来开始创作，就带着各种束缚。摆脱束缚的其中一项便是不再操控故事，这样我们笔下的人物才能自己把故事表演出来。有时，只有当重读故事时，我们才会发现对话很生硬。当问题出现时，我们能认识到问题，这点是非常重要的。如果我们能认识到这一问题，我们便能将其纠正过来。

如果我让人物开始交谈，而他们脱离场景，不受控制，那该怎么办呢？ 这的确很糟，不是吗？让我们笔下的人物失控，故事也便随之失控，是这样吧？究竟是谁告诉我们要时时刻刻掌控故事，尤其是在创作初稿时？如果弗雷德（Fred）的对话把他带向了另一个女人，一个刚刚登场的人物萨莉（Sally），那该怎么办？现在到底该怎么办？最糟的情况会怎样？你或许应该重新写一下大纲，或仔细思考一下整个故事，看是否忽略了某件本该发生的事情。那样的话就太糟糕了。

这种情况在对话中很容易发生。人们开始说一些他们并未料想到的事情，情况有点失控，有时人们甚至最终争吵起来。当然，这在故事中也并非完全是件坏事。事实上，这通常是件好事，因为这意味着张力和冲突，这无疑有助于故事的发展。所以，继续写吧。让你笔下的人物开口交谈，不要进行干涉。如果你是故事中的一个人物，你会希望有人一直在背后盯着你，确保你说"正确的"事情吗？你甚至没有办法做自己。让你笔下的人物展现真实的自我吧。一种了解人物的方式便是让他们登场，在对话场景中释放自我。

当然，你或许有一个大纲，你期望笔下的人物能遵循此大纲。这就有点像你打算跟你的配偶、朋友或老板进行一次有目的的谈话，而你发现你所说的事情完全不在计划之中。有时情况进展顺利，有时却不行。但事实是事情发生了，但并不总是在你的掌控之中。通常，话语脱口而出，你已经来不及收回来。偶尔，你会发现自己说错话而及时打住，但大多数时候，你只是继续说下去，要么把自己变成一个傻瓜，要么说出一些自己都完全没有预料到的隽言妙语。这完全取决于你当时的状态。你笔下的人物也是如此。他们的状态就是你的状态。放松下来，让他们在自己的位置上展现自我。如果有需要的话，你总是可以在另一稿中，再将他们带回你的控制之中。

如果我叙述得不够充分，读者无法跟上对话的节奏，那该怎么办呢？更糟的是，如果我叙述过多而使对话节奏过于缓慢，那又该怎么办呢？

节奏确实是一件令人头疼的事情。什么是过多？什么又是不够充分？在第八章中，我们会详细讨论，但就眼下来说，这的确是一个令人担忧的问题。

你必须要有节奏感，清楚什么是适度、什么是过度。有些场景中只需要对话——不加叙述或行动的对话。有些场景需要大量的额外叙述，以便我们能了解对话的实质。其他一些对话需要加入行动，从而使其不至于拖沓。有时，这种完美的平衡很难达到，但我们不应该被这种恐惧吓倒。你练习得越多，就越容易达到这种完美的平衡。如果你尺度把握得有点不当——叙述、行动过多或对话过多——你会在改写的时候发现这一问题，因为你一直在提防这一问题。

对话与现实生活中的谈话以同样的方式运作。我们交谈、思考、行动。这一切都是在潜意识层面完成的。创作对话也应该如此，如果你时时刻刻都为你正在做的事情感到担忧，你编写的对话听起来就会笨拙、呆板、不自然。最终，当你对创作对话感到得心应手时，你就不会再问这个问题，因为你本能地知道，在整个场景中，这里需要加点叙述，那里需要加点行动，这里需要加行对话，而那里需要加个表明人物身份的提示语。

还记得卡罗尔吗？我不知道她是否克服了对创作对话的恐惧。她不再写小说了。我想她可能是对此感到厌倦，这是可以理解的。没有对话的故事确实令人感到厌倦。这应该成为你恐惧清单上的第一条：如果我非常害怕创作对话，我便不再编写任何对话，那该怎么办？

不要绝望。你**将**会对创作对话感到得心应手，因为你是一个讲故事的人，而所有故事都需要对话才能让读者感到生动鲜活。你将会克服你的恐惧，因为你正全身心地投入故事创作。

在下一章中，我们将要探讨我们所需创作的不同对话类型，以便我们在各种体裁的小说中都能让笔下的人物对话听起来很真实。与此同时，继续阅读。最重要的是继续写下去。

练习

还记得苏珊·杰弗斯的作品《感受恐惧，从容面对》(Feel the Fear and Do It Anyway) 吗？你应该采取这种方式，应对创作对话时的恐惧。你应该练习去挑战它们，直到信心压倒恐惧。在本书稍后的章节中，我们将会阅读已发表的选段，讨论那些在此过程中对你有帮助的具体建议。要大胆地创作对话，你越经常挑战你的恐惧，在创作过程中，你就越不常感到恐惧。让我们逐一面对上述恐惧，给自己机会去进行练习。

▲ 练习一

如果我让人物开口说话，而他的话听起来很蠢，读者对他的看法与我的期望完全不同，那该怎么办呢？

相较说话而言，写作的妙处便是你有无数次修改的机会。我们可以不断地改写，只要我们需要，可以一直改下去。

聚焦一个你正在创作的故事中的人物，或者聚焦一个你正在构思的全新故事中的人物。你在故事中赋予他一个特定的角色，把这个人物置于聚光灯之下，了解他想要什么，让他在场景中有一个目标，确定你清楚地知道你想让读者怎样看待他。现在开始吧，创作一个对话场景，进入这个角色，以便你能塑造出真实的他。在场景结束前，不要想这个人物的言谈是愚蠢还是机敏。

现在重新读一下你写的东西。他的话听起来蠢吗？有多蠢？如果他的话听起来真的很蠢，那你或许要"毙掉"他，再创作另一个人物来代替他。如果他的话听起来只是有一点蠢，你大概可以修改一下对话，把听起来蠢的部分删掉。如果这股蠢劲就是摆脱不掉，那他可能就是个愚蠢的人物，你需要接受这一点。你也该考虑一下，这或许是你的问题。不，我的意思不是说你很蠢，但或许你并没有客观地看待你的故事。让其他人读一下，给你一些反馈。那些你认为话语听起来蠢的人物可能说起话来也还好。

▲ 练习二

如果我笔下的人物开口说话，而他们的话听起来千篇一律，那该怎么办呢？

去了解你笔下的人物。将自己置身于所有的角色之中，正面人物、反面人物及所有的次要人物，无论这个人物多么不讨人喜欢，你都要采取同样的做法。从第一人称视角进行人物特写，让你笔下的人物自己告诉你，他们是谁。你是怎样了解现实生活中的人物的？花时间和他们相处。你花的时间越多，就越了解他们，你可能很快就几乎记不起你们还未熟识的时光。如果你完全无法进入某一角色，就毙掉他，用一个新的人物来代替他。

在你的故事中，创作一个场景，里面包含你笔下的所有人物。现在，每次采用一个人物的视角来创作这个场景，将重点放在对话上，让对话成为记录事件的主要方式。如果没办法把所有人物都置于同一场景之中（或许他们生活在不同的时代），那就让这个身处异处的人物回忆过去或畅想未来，从而来到其他人物共同经历的那一场景。你应该做的是为所有人创设同一事件，但要展现出每个人物的不同体验。让每个人物用自己的话语，向你讲述这一事件。他们可能会使用俚语、方言或某些其他人物绝不会想到去用的词句。

重新读一下这些场景，你笔下的人物听起来都很相似吗？你是否已经创作了人物图？如果还没有，那就赶快弄吧。这样，你就可以提取某些外在或内在特征，把这些特征注入言谈相似的人物的对话之中。这将会达到我之前在本章中提到的效果——人物的生活有着不同的侧面，他们可以将其中的某些不同之处带入对话之中。如果你不能一次就达到目标——从每个人物的视角去创作同一场景——那就一遍遍地写下去，直到你真正了解这些人物。

▲ 练习三

如果我笔下人物的言谈与读者的期望不符，那该怎么办呢？

正如我之前建议过的，如果你让笔下的人物立刻开口说话，这个问题便迎刃而解了。但为了练习，请考虑以下状况：

你把人物刻画成一名曾受教于哈佛大学的女性。她是名物理学家，有两个孩子，刚刚离了婚，她正和朋友们外出吃午饭，抱怨着自己的老板。她突然说"哼，让我抓住个小机会，我就会让他看看，我才不是二百五"或其他诸如此类缺乏教养的台词。

你感到震惊，她怎么会说出这种话？很明显，这话出自你内心的某个地方，你曾有一个粗鲁的老板、丈夫、父亲或其他什么人。好吧，所以这个人物通常不会说这种话。创作小说在很大程度上就是解决未解决的问题。有时，我们需要放任某个人物，而有时又需要控制那个人物。作家的部分职责就是知道什么时候该做什么。不管怎样，你需要让这个人物摆脱那个话题，在其他书中进行讨论，或许在一本非小说类的作品中。又或者你可以让她大胆地试一下，之后再来收拾残局。回到你笔下这位受过哈佛教育的人物——在这种情况下，你要把她带回控制之中，就把那一行对话进行改写，使其听起来像是一个明智的人在抱怨老板。你或许可以这样写："他似乎认为如果我们不像他一样，每天工作十二小时，就不算为公司尽心效力。我想在下一次员工会议上，我应该说一下这一问题。"你懂我的意思了吧。

▲ 练习四

如果我编写的对话平淡乏味，并没有推动故事向前发展，那该怎么办呢？

如果平淡乏味，或许你笔下的人物需要找点乐子。但每个对话场景都需要推动故事向前发展，这一点是绝对必要的，所以关于这个问题，你需要采取一些措施。如果你认识到你编写的对话不能推动情节发展，那么你已经超越了许多写作者，他们完全没有意识到他们正在编写漫无目的的对话，大部分的对话对故事的总体发展而言，毫无益处。

在你正在创作的故事中，找到一个你认为并未对故事发展起到多大作用的对话场景。这个对话场景可能提供了一些人物的背景信息，透露了一点人物的本质，但你知道这远远不够。每个场景都需要使故事不断发展。现在，将这一场景重新改写一下，记住一点——怎样使对话完成三重任务：刻画人物形象、提供背景信息及推动情节发展。在这样做的同时，你要保持对话生动、充满张力。这个任务并不是太艰巨，对吧？

▲ 练习五

如果我编写的对话生硬呆板——读者能看出明显的编写痕迹，而不是让我笔下的人物自然交谈，那该怎么办呢？

正如我之前提到的，消解这种恐惧的关键就是放松，不要太过努力。如果你非常努力地不去想一个香蕉，猜猜看，你发现自己正在想什么？对此，前人给出的建议你已经听过。当涉及对话时，情况也是如此——你越力图不去写糟糕的对话，你写出的对话就越糟糕。这里的糟糕主要是指对话听起来并不像是出自这些人物之口。以下练习是为了帮你在人物开口交谈之时，集中精力放松下来。

从一个你正在创作或已经完成的故事中，选一个你认为生硬的对话场景进行改写，在写作过程中不要关注人物说了什么，而是把注意力集中在放松自己上。下定决心不要在意你的人物的话听起来如何或他们说了什么——你之后可以进行补救。当然，这可能导致你陷入另一种恐惧——担心你笔下的人物的话听起来很蠢。但我们正在做的这些练习是每次只单独应对一种恐惧，以便你能将其摆脱，从而在创作之路上更进一步。

▲ 练习六

如果我让人物开始交谈，而他们脱离场景，不受控制，那该怎么办呢？

我们通常无法理解，我们笔下的人物是我们自身的延伸，所以如果他们说的话在我们意料或计划之外，我们不应该试图压制他们。要不加审查地让人物展现真我，这样我们才能摆脱这种恐惧。重要的是，要继续写下去。你总可以改出第二稿、第三稿……我们笔下人物的对话或许太过露骨、易受诟病、过于极端，这使我们在亲朋好友面前感到很难堪，但我们之后可以对这些人物的对话进行修改。

从你目前正在创作的小说中选取一个失控的人物，或者为你想要创作的小说构思一个新的人物，为他创设一个没有限制的场景。这里的限制是指你为他所做的计划。对他放手。让他对自己或其他人物畅所欲言。不要力图借他之口说话，不要打断他想说的话，跟随着他。这将会将你引向一个全新的故事灵感，一个更深刻、更接近"真相"的灵感。允许你笔下的人物做真实的自己，这将会消除你的恐惧，使你不再害怕他们会脱离场景或——但愿不会——故事本身。你要不加控制，让人物引出故事，这种做法不是世界末日（注意我在本章中多次使用这种说法）。这不但不是世界末日，反而是你在创作之路上成长的标志。

▲ 练习七

如果我加入的叙述或行动不够充分，读者无法跟上对话的节奏，或更糟的是，如果我加入得过多而使对话节奏过于缓慢，那该怎么办呢？

什么才叫够充分——一切都充分？你凭感觉来判断。如果你认为你不足以凭感觉判断，不要为此担忧，你很快就会有足够的能力。你越经常这样做，这对你来说就越容易。

　　创作一个没有行动、叙述或人物身份提示语，而只有对话的场景。当你完成以后，回到这一场景，不时地插入一些叙述和行动，以扩充这一场景，创造一股叙事流。弄清楚你增加了多少东西，这是否阻碍了对话？还是刚好适度？你是否还需要增加更多的东西，从而使读者能够领会人物在这一场景中的意图？什么时候该做什么，这取决于故事的需要，没有什么固定的法则。

类型故事、^①
主流故事及文学故事
——对话的实质

第三章

这样写出好故事 - 人物对话

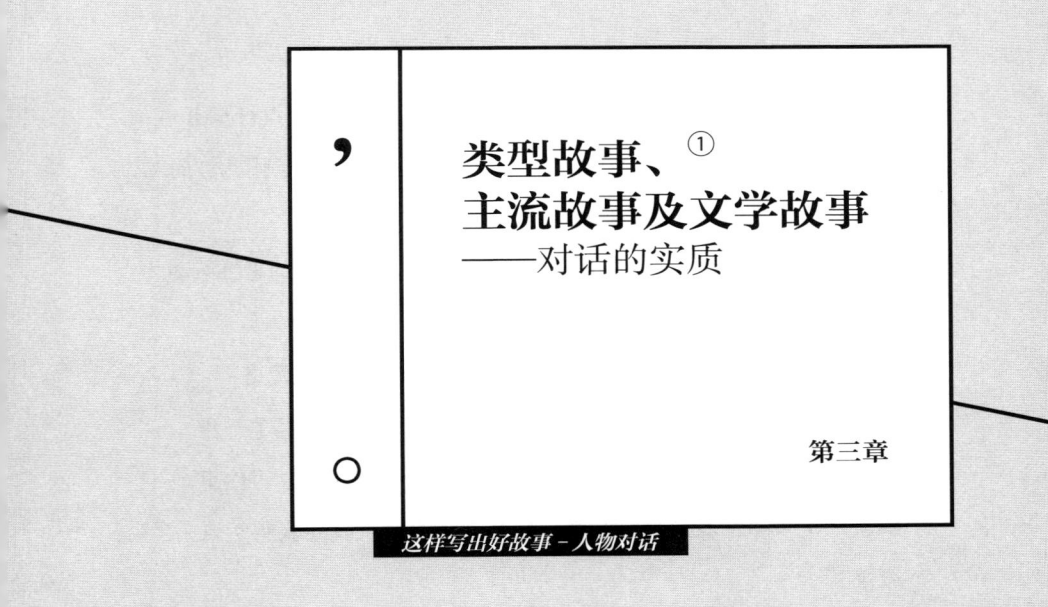

① 类型故事（或类型文学）是指题材明显相同、受众群体相对固定的文学创作形式，强调小说要适合大众的阅读习惯，寻找通俗文学与纯文学的结合点。

让我想想，至周二下午，我必须让霍默（Homer）从 A 点行至 B 点，沿途他必须与阿莫斯（Amos）交谈，交代他们把赃物藏在了哪儿。周二晚上赃物必须被转移，所以时间所剩不多了。

作者先生要开始创作小说中的下一个场景，这些就是他的思维活动。

我要让他在 711 便利店里遇到阿莫斯。他开始动笔写道：

"哦，阿莫斯，嘿，老兄，过得怎么样？"霍默拿起了一盒牛奶扔进篮子里。阿莫斯没有马上回答，于是霍默说："你用飘柔还是多芬？我看看，今晚一整晚都待在家，我想我得买点腰果。"

"你今晚要干吗？"阿莫斯问。

"当然是看比赛，你难道不看吗？"

"还不确定。"阿莫斯咕哝道，"我遇到了一个女孩。我可能去她家。她人很好。"

谁会在意呢？

谈谈赃物吧——我们知道这是一部动作/冒险或悬疑惊悚小说，所以没人会在意腰果、比赛或阿莫斯遇到的女孩。我们在意的是赃物、他们怎样及时地转移赃物及霍默如何从 A 点到达 B 点。

　　本章的重点是声音，要确保我们的声音与我们正创作的故事类型相吻合。

　　每位作者都有自己独特的声音，这一点在故事的对话中表现得尤为明显，因为无论我们是否想承认，我们创作的每段对话中都留有自身的痕迹，即使我们认为自己已远远超越了这一层面，情况也依然如此。如果我在早晨与伴侣发生了争吵并且问题尚未解决，那么我在下午开始创作对话场景时，猜猜看会发生什么？突然，我笔下的人物就吵了起来。

　　你已经听到有作者说人物就是"脱离场景"。情况并不完全如此。他们"脱离"是因为我们有未解决的问题，我们笔下的人物决定在我们的创作过程中，把这些问题演完。每当有作者决定要将一个真实的故事"小说化"，认为他们其实是在向读者隐瞒真相的时候，我总是哑然一笑。这就好比一头大象把头塞在床下，认为没人能看到它。

　　每位作者都有一个声音，同样每个故事也都有一个声音。这便是出版界为我们将故事分类的原因之一。故事主要分为三大类：**类型故事、主流故事及文学故事**。类型故事包括一些子类：奇幻故事、科幻故事、推理故事、恐怖故事、动作/冒险故事、悬疑故事、惊悚故事、爱情故事和少年故事。这些故事的含义都不言自明，但新手作家经常会问主流故事和文学故事之间的区别。

　　主流故事是为了大众，而非特定受众而创作的当代故事。这类故事或挑战读者的信仰体系，或呈现一种新的生活愿景，或提出一些引起争议的问题，或激起反思，或颠覆常规，有时则同时达到以上效果。

文学故事是先锋派的实验性故事，融合了非常规、反传统的写作风格和写作技巧。这类故事通常轻情节发展，而重人物刻画。

记住上述分类，放手去写，找出我们的作品符合哪种类别，我们属于哪类作家，这才是唯一明智的营销观念。我们一旦这样做了，便开始领悟读者期望从我们的故事中得到什么，更具体一点，从我们所创作的那类故事对话中得到什么。作为一名写作导师，我在工作中接触到许多创作小说的新手，在我看来，他们中的许多人并不"了解"不同类型的故事需要不同种类的人物、张力、节奏、主题和对话。一个快节奏的动作冒险故事在每一个场景中都需要一个快节奏的对话，以保持故事快速向前发展。同样，在一个文学故事中，对话也需要与其他故事元素的节奏相匹配——故事需要发展得更缓慢。

读者因某些具体原因而选择某种类型的故事。有些读者想来一场奇幻之旅，而其他人则想来一场充满意外曲折的惊悚之旅。有些人读小说或许是因为他们在潜意识里想了解自己。有些人只是想放松一下，读些别人的问题，换个心情。如果我们不清楚读者想要什么，我们就无法在自己所选择的类型里，写出令读者深感满意的作品。我们笔下人物的对话应尽可能地与故事节奏相匹配。本章将探讨所有的故事类型及我们作为作者为了讲述这些故事而采取的声音。

为了帮助我们更好地了解读者对故事的期待，尤其是对我们为人物编写的对话的期待，我冒着落入俗套的风险，将故事类型归为七类：**神奇类、隐晦类、描写类、阴暗类、急促类、启发类及未经审查类。**

◎ 神奇类

《霍比特人》(*The Hobbit*)、《魔戒》(*The Lord of the Rings*)、《星际迷航》(*Star Trek*)及《绿野仙踪》(*The Wonderful Wizard of Oz*)等作品中的语言吸引着那些寻求魔力的读者。"愿原力与你同在"这句话,若换在主流小说或文学小说中,听起来就会荒唐可笑。因为现实生活的人绝不会那样说话。主流故事和文学故事的读者知道何为真实,何为虚幻。

在创作主流故事和文学故事时,我们需要遵循现实。科幻及奇幻故事的作者可以描写虚幻的东西,但这并不像听起来那样简单。我们中有些人有能力创作出神奇类对话,但有些人却不行。如 J.R.R. 托尔金(J.R.R. Tolkien)等作家创作出的神奇类对话听起来特别真实。但你能想象霍尔登·考尔菲尔德(常译为:霍尔顿·考尔菲德)(Holden Caulfield)对妹妹说,"愿原力与你同在"吗?即使他有此类的暗示,J.D. 塞林格(J.D.Salinger)也不会像今天这样声名显赫。

神奇类对话不仅出现在科幻和奇幻类故事中。一名优秀的爱情小说家也能成功地写出此类对话。神奇类对话拥有一种诗意的韵律,奇幻、科幻及爱情故事的作者应该不断练习,直到自己能写出并且写好此类对话。有时,对这三类故事的作者来说,神奇类对话似乎内化于他们的身体之中——他们有时在日常交谈中也使用此类对话。

我并非如此,我了解自己。为故事创作对话的其中一部分便是了解我们自己,清楚我们适合讲述哪类故事。奇幻故事作家、科幻故事作家或爱情故事作家,你知道自己属于哪一类吗?你是否思考过这个问题?

让我们来看一下 J.R.R. 托尔金在《魔戒》中编写的这段对话,彻底弄清我们在讨论什么。你完全了解自己吗?

山姆（Sam）带着十二个霍比特人，大喊着冲了过来，将恶人抛在地上。山姆拔出了剑。

"不要，山姆！"弗罗多（Frodo）说，"即使是现在，也不能杀他。因为他从未伤害我。无论如何，我都不想他在这种恶意中被杀死。他曾经很伟大，属于一个我们不应妄加伤害的高贵种族。他堕落了，我们无法拯救他，但我将饶恕他，希望他能得到救赎。"

萨鲁曼（Saruman）站了起来，盯着弗罗多。他的眼神很奇怪，混杂着惊奇、敬意和仇恨。"你成长了，半身人，"他说，"是的，你成长了许多。你睿智而残忍。你夺走了我复仇的喜悦，现在我必须带着痛苦离开，这都拜你的仁慈所赐。我憎恨这种感觉，也憎恨你！好吧，我会离开，不再打扰你们。但别期望我会祝你健康长寿。因为你既不会健康也不会长寿。但那不是我的错。我只不过是把这预言出来。"

他走开了，这些霍比特人给他让出一条路，但他们仍紧握着武器，指节因用力而泛白。巧言（Wormtongue）迟疑了一下，然后跟上了主人。

是什么使这一对话场景产生了预期的效果？是什么使它被归为神奇类对话？

是对话中明显的**戏剧性**。首先，来看第一段中那句**将恶人抛在地上**。这不算是对话，但它可以成为对话。这无疑具有戏剧性。抛？恶人？

作者没有使用缩略形式，你注意到了吗？语言近乎是莎士比亚式的。"不要杀我。(Do not kill me.)" "他从未伤害过我。(He has not hurt me.)" "我不希望他被杀死。(I do not wish him to be slain.)"

　　是对话中**雄辩生动的表达**。"你夺走了我复仇的喜悦,现在我必须带着痛苦离开,这都拜你的仁慈所赐。"

　　是对话中**坦白直率的言辞**。"但别期望我会祝你健康长寿。因为你既不会健康也不会长寿。"

　　如果你想创作奇幻或科幻故事,你必须精通神奇类对话。怎样才能精通呢?通过练习。你要阅读大量的科幻/奇幻类故事,并用本章结尾的练习向自己发起挑战。

　　在爱情故事中,神奇类对话呈现出略显不同的形式,但仍然是神奇的,因为它超越了我们在本世纪正常社会生活中的交谈方式。许多爱情小说的作者无法达成这种超越性,无法写出神奇类对话,这便是我没有大量阅读爱情小说的原因之一。他们尝试了,但效果却是矫揉造作,而不是神奇。我认为罗伯特·詹姆斯·沃勒(Robert James Waller)创作的下面这段对话可圈可点,这是《廊桥遗梦》(*The Bridges of Madison Country*)的男、女主人公罗伯特和弗朗西丝卡(Francesca)之间的一段对话。

　　他要开口说话,但被弗朗西丝卡打断了。

　　"罗伯特,我还没说完。如果你拥我入怀,把我抱上卡车,强迫我跟你走,我会毫无怨言。你哪怕只是跟我说一句,我也会跟你走。但我认为你不会这样做。因为你太善解人意,太了解我的情感,而我在这里有情感上的责任。

"是的,这枯燥乏味。这就是我的生活。缺少浪漫、激情,没有厨房里烛光下的翩翩起舞,没有被一个男人怜爱的美妙感觉。最重要的是没有你。但在这里,我有该死的责任感。对理查德(Richard)的责任,对孩子们的责任。我的离开,仅是我的身体离开这里,对理查德来说就够难熬了。单是这一点或许就会摧毁他。

"除此之外,还有更糟的,他的余生将不得不在此处人们的窃窃私语中度过。'那就是理查德·约翰逊(Richard Johnson)。他火辣的意大利小妻子几年前跟一个长发摄影师私奔了。'理查德将因此而遭受痛苦,只要孩子们住在温特塞特一天,他们就会听到人们在背后嘲笑。他们也将遭受痛苦。他们会因此而恨我。

"尽管我需要你,希望跟你在一起,成为你的一部分,但我不能让自己从种种真实的责任中抽身而出。如果你在肉体或精神上强迫我跟你走,正如我之前说的,我都无法反抗。我对你的感情让我无力反抗。尽管我说过我不会夺走你脚下的路,但出于我对你自私的渴望,我会跟你走。"

好吧,谁会那样说话呢?我认识的人都不会。对即兴说话来说,这些话说得相当精彩,相当,嗯,神奇。神奇是因为对话完全合乎情理,所用语言如此富于表现力,我们都为此感到惊叹,然而同时我们也完全清楚如果换作我们,我们所说的话会很平庸老套,比如,"不行,我不能再跟你厮混了。要是让理查德发现,我就死定了。"在一个爱情故事中,神奇类对话在某种程度上与我们自身的浪漫情愫相联结,使我们对弗朗西丝卡的经历感同身受。我们能够相信那些话。

为何弗朗西丝卡的对话如此成功，能使我们产生情感上的共鸣？首先，是因为**细节**。作者用言语描绘了一幅幅画面。弗朗西丝卡没有说"他的余生将不得不在此处人们的流言中度过"而说"他的余生将不得不在此处人们的窃窃私语中度过"，这在读者的脑海中勾勒出了一幅图画，当镇民在私下谈论罗伯特和弗朗西丝卡的时候，我们能够看到、感受到理查德的痛苦。

"如果你拥我入怀，把我抱上卡车……"
"他火辣的意大利小妻子几年前跟一个长发摄影师私奔了……"

神奇类对话还包含**隐喻**。"尽管我说过我不会夺走你脚下的路……"弗朗西丝卡此时谈论的是罗伯特的自由。

神奇类对话是充满情感的对话。弗朗西丝卡能够表达出她的渴望，她渴望罗伯特带给她的一切，她也能表达出自己对理查德和孩子们的同情，如果她离开他们，与罗伯特消失在夜色中，他们将会遭受痛苦。她能够同时拥有这两种将她一分为二的情感。这是神奇的。

正如我之前所说的，我相信大多数的作者要么有、要么没有创作此类对话的能力。我们的头脑必须能用神奇的术语、句子和习语进行思考。对那些能以这种方式创作的作者，我无比敬畏，敬畏到大多数时候，我都将神奇类对话留给他们去创作。但我偶尔也会尝试一下。如果你认为你有这种能力，那就大力培养它；如果没有，就不断尝试。绝不要低估了你的浪漫基因。

◎ 隐晦类

文学及宗教故事中的大多数对话都是有关抽象观点和模糊概念的，拥有读者不能立刻破译的双重含意。这便是作者的意图。有时，其他类型的小说中也会有少量的隐晦类对话，因为出于情节的需要，某些事情应处于隐藏或保密状态。少量的此类对话将一些潜在的信息植入读者的头脑之中，帮助传达故事的主题，如果作者最后能够成功地完成故事，这些对话将最终产生意义。有些作家在这方面极有天赋。恰克·帕拉尼克（Chuck Palahniuk）便是其中之一。下面三段对话出自他的小说《搏击俱乐部》（Fight Club），此刻这些对话毫无意义，听起来甚至像一个疯子在满口胡言，但当被编入故事之中，最终却构成了一个令人满意的解答。在第一段对话中，主要人物没有名字，因为他与另一个自我，泰勒·德登（Tyler Durden）合为一体，他刚刚得知，在他离开的几天里，他的公寓爆炸了。在接下来的场景中，看门人正向叙述者讲述他对事态的看法。

"许多年轻人试图引起全世界的注意，于是就成了购物狂。"看门人说。

我给泰勒打了电话。

泰勒位于纸街出租房里的电话响了。

哦，泰勒，把我放出来。

电话响了。

看门人俯身靠近我的肩膀说："许多年轻人不知道他们真的想要什么。"

哦，泰勒，请救救我。

电话响了。

"年轻人啊，他们觉得他们想要整个世界。"

把我从瑞典家具中放出来。

把我从聪明的艺术品中放出来。

电话响了，泰勒接起了电话。

"如果你不知道自己想要什么，"看门人说，"你最终就会拥有一大堆你不想要的东西。"

我们并不完全清楚看门人在谈论什么，因为这段对话发生时，故事才进行到第四十页，我们才刚刚开始了解叙述者的主要矛盾，他对虚无的消费文化感到失望，他挣扎着要寻得一个答案。在下面一则对话中，马拉（Marla）发表了两段隐晦的评论，她是叙述者恼人的女友，两人分分合合，她总是不断地提醒我们，为何我们的消费文化如此虚无。

"你知道，安全套是我们这代人的水晶鞋，遇到陌生人时，我们就穿上它。你整晚地跳舞，然后把它扔掉。我指的是安全套，不是陌生人。"

她东拉西扯地谈了一会儿她满怀善意的最新发现，以及人们如何丢弃枯死的圣诞树，过了一会儿，她继续说：

"动物处理中心是最佳去处，"马拉说，"在那儿，所有的动物，人们爱过又遗弃的小猫小狗，甚至年长的动物，都在你身边跳来跳去,希望引起你的注意,因为三天之后,它们就会被注射过量的苯巴比妥钠,然后被丢进大的宠物炉里。"

"睡一大觉,用'狗狗谷'的方式。"

"即使人们足够爱你,救了你的性命,他们还是会将你阉割。"马拉看着我,好像我就是那个让她烦闷的人,她说,"我没法赢得你的爱,对吧?"

此时,马拉并未令我们大彻大悟,因为我们对她正在谈论的事情毫无头绪。稍后,一切都会明朗起来,变得与"泰勒"生活中面临的问题直接相关。

在最后一个例子中,一名警探开始给叙述者打电话,询问公寓爆炸案。他们正在通话,警探刚刚问他是否认识能自制炸药的人。"泰勒"在叙述者的背后,低声地给他建议。

"灾祸是我的进化论的自然组成部分,"泰勒低声说,"通向悲剧和死亡。"

我告诉警探,是冰箱炸毁了我的公寓。

"我正切断自己与肉体力量和财产的联系,"泰勒低声说,"因为只有通过毁灭自我,才能发觉自身更强大的精神力量……那个解放者销毁了我的财产,"泰勒说,"正为拯救我的精神而战。那清除了道路上所有财产的导师,将会给我自由。"

此时,意义还不是很明确,但稍后叙述者与决心自毁的那部分自己

（他的自我）达成一致。

隐晦类对话是间接的、微妙的、模棱两可的，这使之与其他对话区别开来。如果想看看大量这样的例子，你就读一下《圣经》中耶稣的话，数量足够令你感到吃惊。没错——马太（Matthew）、马可（Mark）、路加（Luke）和约翰（John）都使用了大量隐晦类对话。故事带有双重含义，有不同的理解方式，这取决于读者想听到什么。

为了创作出隐晦类对话，你不能做一名黑白分明的思考者。你必须从多种角度去看待这个世界。为什么呢？为什么文学和宗教故事，甚至某些主流故事中的隐晦类对话会产生如此之好的效果？因为这些类型的故事传达了一种启示，而读者又不想被说教，不想被告知应该相信什么或思考什么。但他们通常并不介意他们目前的信仰体系受到挑战。隐晦类对话不会直截了当地做出一个具体陈述，而是带着各种隐含意义，读者必须自己去发掘，隐晦类对话尊重读者的智慧和能力，让他们自己总结出故事的主旨。当人物之间就某一主题展开对话，而不是将某种道德观念硬灌进对方的脑子里时，读者将会更易接受故事中的真理。

练习创作一段对话，其中的人物有所保留，对真正问题有所回避，并且这段对话能用不止一种方式去理解。

要写好隐晦类对话并不容易。一不小心，我们最后写出的东西就是在布道、说教，都是教条主义的废话，这会使读者纷纷失去兴趣。但如果写得好，能融入情节，隐晦对话便能阐明主旨，为整个故事赋予意义。

◎ 描写类

在文学、主流及历史故事中，对话是交代故事的来龙去脉和背景的主要手段，也是进行描写的主要手段。至少情况应该是这样的。可这其中的许多故事却充满了大段无聊的叙述，读者不得不费力地在叙述中寻找情节。在此类故事中，即使情节开始向前发展，作者也经常变本加厉，而将情节打断。作者正醉心于研究故事发生的时间，这我能理解，但他可以用更有趣的方式将其透露给我们，对读者来说，最吸引人的方式就是对话。描写类对话的目的便是给读者提供所需信息，让其能结合背景或人物生活的时代，去理解人物及故事情节。这便是作者的目的。但作者的目的不能以牺牲人物的目的为代价，这是作者经常犯的错误。描写类对话仍能保有张力和悬念，并且可以融入行动场景之中，这样一来，我们既能获得所需信息，故事也不会停滞不前。

我们来看下面这一描写类对话场景，这段对话出自芭芭拉·金索沃所著的《毒木圣经》。在南非，利娅（Leah）刚刚安顿小妹妹在小屋外的秋千上坐好，正在给她梳头，这时，乡村教师阿纳托尔（Anatole）来访。他正努力地向利娅解释刚果目前的局势，但结果并不理想。

我让梳子的边缘沿着露丝·梅（Ruth May）的头部中央梳下去，然后仔细地分出头缝。父亲曾说过，在独立后，利奥波德维尔附近的贫民窟将在美国的帮助下步入正轨。或许我太傻了，才会相信他的话。佐治亚州的亚特兰大附近有着同样破旧的棚屋区，那里是黑人和白人的分界线，就处于美国的正中心。

"他们在南方做的事，你们在这里也会做吗？宣布成立自己的国家？"我问。

"总理卢蒙巴（Lumumba）说不行，绝对不行。他已向联合国申请派兵，来帮助恢复统一。"

"会有一场战争吗？"

"我想在某种意义上，已经开战了。莫伊塞·冲伯（Moise Tshombe）有比利时人和雇佣兵为他效力。我想不打上一仗，他们是不会离开的。加丹加不是他们攻击的唯一地方。在马塔迪、蒂斯维尔、博恩代和利奥波德维尔，有另一种形式的战争。人们对欧洲人感到很愤怒。他们甚至伤害妇女和小孩。"

"他们为什么那么痛恨白人？"

阿纳托尔叹了口气："那些都是大城市。在鱼龙混杂的地方，只有麻烦。人们已见过太多欧洲人的行径，知道他们拥有什么。人们幻想独立后，生活马上就会变得公平。"

"难道他们就不能耐心点吗？"

"你能吗？如果你饿着肚子，却看见窗外有整篮整篮的食物，你会继续耐心等待吗，比恩（Beene）？还是你会扔块石头出去？"

这段描写类对话交代了重要的背景信息和故事情境，而没有打断情节的发展。如果作者仅通过叙述去交代此类信息，情节就会被打断。在文学、历史及主流故事中，人物之间有趣的描写类对话会使故事持续向前发展。

为了使读者了解故事发生的大环境及来龙去脉，你或许需要插入大量的背景信息，如果你只采用叙述的方式，读者可能觉得是在观看一部纪录片。如果你正在创作此类故事，就寻找各种方式，通过人物之间的交谈来**展示**故事的来龙去脉、背景情况/或文化情境，读者会因此沉浸于故事之中。

当然，在任何一段描写类对话中，你都应该加入叙述者的想法和反应，但如果将这种叙述融入对话之中，而不是通过大段无聊的陈述性文字来呈现，读者就会很容易接受。

我们可能想把整个局势的来龙去脉交代给读者，因此我们有时就会让笔下的人物说起来没完，这是创作描写类对话易犯的错误。有时，我们想将自己了解的所有情况都透露给读者，便决定在一段对话中涵盖所有，于是对话就一页页地进行下去。

相较于其他类型的小说，文学小说的受众较小，我认为原因之一便是其中充斥着大段大段的叙述性描写。我在想，如果更多的文学、主流及历史故事的作者减少叙述性描写，而增加描写类对话，那他们是否会吸引更多的读者呢？你不必只是为了让小说能符合其中的某种类型，就牺牲掉有趣的对话。

◆ 尝试一下

[1] 无论你在创作哪一类型的故事，把人物从故事中移出，放入另一种类型的故事之中，然后为他们编写三页对话。他们或许会令你大吃一惊。你将会以一种从未料想过的、或许你并不想要的方式去了解他们。

[2] 塑造三个人物——一个浪漫人物、一个科幻人物及一个恐怖人物。将他们置于同一场景之中，然后编写三页对话。

[3] 挑战你自己去创作一个短篇小说，小说的类型是你从未尝试过的，要特别注意你为主人公设计的对话。

◎ 阴暗类

作家创作恐怖及推理故事的目标就是要吓到我们，他们可绝不含糊。偶尔，主流小说中也会有恐怖及神秘元素，需要运用阴暗类对话。

了解一段对话的目的，将会使你在对话创作过程中更具创意，因为你知道对话不仅仅是点缀。在阴暗类对话中，你可以让其保持张弛有度，但人物的作用是使读者始终处于一种悬而未决、提心吊胆的状态。这种效果通常是通过一种不祥的语气来达到的，这一语气带着悬念，或预示着某些东西即将到来。这些东西可比在花园中散步更刺激，是会出现在你最可怕噩梦中的那类东西：那些致伤、致残、致死，令人毛骨悚然的东西。阴暗类对话总是预示着潜在的危险，这如阴云一般笼罩着主人公。

下面的例子出自斯蒂芬·金的作品《闪灵》(*The Shining*)，让我们一起来看一下。丹尼（Danny）是不讨喜的主人公杰克（Jack）的儿子，他正与幻想出的朋友托尼（Tony）对话。父亲精神错乱，为了应对与他一起生活，丹尼想象出了托尼。在"现实"中（你永远无法分辨斯蒂芬·金小说中的现实与虚幻），托尼实际上就是几年后的丹尼，一个悬于他和父亲之间的人物，这一切都发生在丹尼的想象之中。在这一场景中，托尼正设法警告丹尼，他的妈妈将受到伤害，很可能会死去。

他开始挣扎，周遭的黑暗和走廊开始晃动。托尼的轮廓变得模糊不清、难以辨认。

"不！"托尼喊道，"不要，丹尼，别这样！"

"她不会死的！她不会！"

"那你就必须帮助她，丹尼……你正在自己思想深处的某个地方，我所在的地方。我是你的一部分，丹尼。"

"你是托尼。你不是我。我要妈妈……我要妈妈……"

"不是我把你带到这儿的，丹尼。是你把自己带到这儿的。因为你知道真相。"

"不——"

"你一直都知道。"托尼继续说，他开始渐渐走近。这是他第一次这样做。"你正在自我深处，这里不受任何干扰。我们单独在这待一会儿，丹尼。这是一个无人可及的高地。所有时钟在这里都停止转动，没有合适的钥匙，来给它们上发条。房门永远紧闭，无人曾在房间里驻足。但你也不能停留太久。因为，它要来了。"

"它……"丹尼恐惧地低语，这时，那无规律的重击声似乎越来越近、越来越响。这股不久前还在远处的恐惧，现在正向他逼近。

托尼看起来似乎是朋友，但我们对此并不确定，这是这段阴暗类对话成功的原因之一。托尼是个变形人，其原型出自约瑟夫·坎贝尔（Joseph Campbell）的作品《英雄之旅》（The Hero's Journey）。对主人公来说，他到底是敌是友，读者一直蒙在鼓里。主人公始终无法完全信任这个变形人，所以只要他开口说话，我们就在不断质疑他，想知道他说的是否是真话。在这段对话中，托尼带来了坏消息。丹尼到底应不应该相信他？隐晦性是这段对话成功的另一个原因，这使我们一直读下去，想弄清托尼到底在谈论什么。这段对话成功的最后一个原因是：托尼无疑带来了一个不祥之兆，某种东西正威胁着要颠覆丹尼的世界，要永远改变他。阴暗类对话的效果在很大程度上取决于人物的语气，但你还可以用背景及行动去加强这种恐怖感。

在神秘和恐怖故事中，阴暗类对话的目的是使故事尽可能阴郁。这些故事的读者对黑暗事物和超自然事物很感兴趣，而集黑暗和超自然性于一身的事物最合他们的胃口。黑暗笼罩之处，读者通常处于意识和无意识之间。在这一区域，人物和读者都在光明与黑暗、真实与虚幻之间摇摆不定。众所周知，可怕的东西有时会出现在我们的幻想之中。恐怖和推理故事的作者知道如何利用这些幻想，使其在故事中，变得比现实更真实，我们阅读这类故事时，会感受到这其中的恐怖。人物的对话反映了这种基调。

◎ 急促类

此类对话的目的是使读者始终处于一种迫不及待的状态，一页页地读至凌晨。你应该记住的词是**悬念**。急促类对话就是要制造悬念，读者购买动作/冒险类小说或悬疑惊悚小说的目的就是寻找悬念。他们希望每一页都充满悬念，让他们感到脊背发麻、头皮发凉，紧张到咬指甲。作为作者，你的职责就是让读者感受到这种效果，你要让人物互相交谈、表达自我，从而增强这种效果，持续不断地增强这种效果。

让我们以迈克尔·克莱顿（Michael Crichton）的作品《侏罗纪公园》（*Jurassic Park*）为例，看一下对话如何在悬疑惊悚小说中产生理想的效果。这段对话中有三个人物，他们正设法到达湖对岸，而不让最危险的霸王龙发现。但这时，莱克斯（Lex）开始咳嗽，不停地咳嗽。

莱克斯剧烈地咳起来，声音很大。在蒂姆（Tim）听起来，这声音像枪声一般，回荡在水面。

霸王龙慵懒地打了个哈欠，像狗一样用后腿搔着耳朵。它又打了一个哈欠。饱餐一顿后，它昏昏欲睡，现在正渐渐醒来。

在船上，莱克斯正发出小声咽口水的声音。

"莱克斯，**别出声**！"蒂姆说。

"我控制不了。"她低声说，接着又咳了起来。格兰特（Grant）使劲地划着船，小筏子快速地驶向湖中央。

岸上，霸王龙摇晃着站了起来。

"我控制不了，蒂米（Timmy）！"莱克斯沮丧地尖声叫道，"我控制不了！"

"嘘！"

格兰特拼尽全力划着船。

"反正这也没什么大不了的，"她说，"我们划得够远了。它又不会游泳。"

"**它当然会游泳，你这个小傻瓜！**"蒂姆对她喊道。岸上，霸王龙已从船坞上下来，跳进水里。它在湖中有力地游着，追赶着他们。

"好吧，可我怎么知道？"她说。

"谁都知道霸王龙会游泳！所有书里都是这么说的！总之，所有两栖动物都会游泳！"

"蛇就不会游泳。"

"蛇**当然**会游泳。你个傻瓜！"

克莱顿在整篇小说中都使用这种急促类对话。即使对话暂停了，不久后也会重新开始。我个人认为，对话是这部小说成功的原因之一。这些真实的人物一再地陷入真正的麻烦。这种紧张感正是悬疑惊悚小说和动作／冒险小说的读者们所需要的，因此，如果你的作品是面向这些读者的，你就必须带给他们这种紧张感。

我们陷入困境，对出路毫无头绪，感到越来越害怕、气愤或悲伤，这时，我们的呼吸就会变得急促短浅，因此，这类对话被称作**急促类**对话。创作出有效的急促类对话的关键是：

· 删掉大部分的描写和解释性叙述，让场景主要由对话组成。

· 插入少量行动，如克莱顿在上文中所做的那样，这样场景便会不断向前推进，发生真正的位移，但行动不能过多，不能使我们失去对人物话语的控制。

· 使用简短的言语对话，让情感迸发出来，不要采用冗长的演讲或沉思性的话语。

· 弄清在人物说话时，读者最关心的是什么。

· 适当隐瞒对话中的信息，使悬念贯穿场景的始终。

你是这样做的吗？你对创作这类对话感到得心应手吗？无论是短篇故事还是长篇小说，在所有的虚构作品中，每段对话都需要保有某种程度的张力与悬念，但对悬疑惊悚和动作／冒险类小说而言，张力与悬念却是核心。

◎ 启发类

对于沃利·兰姆（Wally Lamb）的作品《她的解脱》(*She's Come*

Undone），《纳什维尔田纳西人报》(*Nashville Tennessean*) 是这样评论的："只要沃利·兰姆愿意，他便可以比肩那些文学巨匠：他极具天赋……这部小说达到了佳作水准——它触动心房，充实头脑，让我们了解到生活这一'简单'行为所蕴含的复杂意义。"

这实际上是对主流故事及文学故事极为精准的定义。兰姆的小说中充满了大段对话，这些对话传达了某一主题。当然，在主流或文学故事中并不是所有对话都要传达主题，但大部分的对话却是如此。这是主流故事、文学故事与类型故事之间的差异造成的，大部分的类型故事是以情节为主线，而主流和文学故事是以人物为主线，都与某一主题相关。

在本章中我们已经了解到，这类故事的读者想让思想观念受到挑战，想得到启发，去思考看待问题的其他方式，从而动摇自己的信仰体系。这便是他们选择阅读此类小说的意图。

对传达某一主题的故事而言，其背后一定要有某种普遍真理作为支撑，在下面的选段中，你将会看到这一点，这段话选自哈珀·李（Harper Lee）所著的《杀死一只知更鸟》(*To Kill a Mockingbird*)。这部小说中的普遍真理便是"人人生而平等"，几乎每一页都体现出了这一真理。

有些作者呕心沥血地创作，确保故事中的每一句话都有助于传达更广泛的主题，使故事表达更普遍的真理。并非所有作者都是如此，但有些作者却在这样做，如果你是其中一员，你应该确保叙述者的大部分对话，能够通过某种方式给读者及其他人物以启发，最终使他们发生转变。此类故事中的人物超越自身，思考某些更宏大的事物。他们谈论这些事物，在对话中进行质疑。

下面一段对话出自《杀死一只知更鸟》，在此，哈珀·李从两个层面向读者发起挑战——种族主义及不公正——通过对话，她相当成功地做到了这一点。在这段对话中，阿提库斯·芬奇（Atticus Finch）正就鲁滨孙（Robinson）诉尤厄尔（Ewell）一案做最后陈词：

> "她没有触犯法律，她只是违反了一个严苛的、由来已久的社会准则，这一社会准则严苛到，任何人只要违反了它，便被认为不适合生活在我们中间，便会遭到驱逐。贫穷与无知是残忍的，她是其受害者，但我不会同情她：她是白人。她完全清楚自己所犯过错的严重性，但她的欲望强烈到要去违反这一准则，她坚持要犯错。她一再坚持，我们已大致知道她接下来的反应。她做了每个孩子都曾做过的事情——她设法隐藏自己犯错的证据。但在此案中，她不是一个隐藏偷来赃物的孩子：她攻击受害人——她不得已要把他从身边除掉——他必须从她眼前，从这个世界消失。她必须毁掉犯错的证据。
>
> "她犯错的证据是什么？汤姆·鲁滨孙（Tom Robinson），一个大活人。她必须把汤姆·鲁滨孙从身边除掉。汤姆·鲁滨孙的存在让她每天都会想起自己做过什么。她做过什么呢？她勾引了一个黑人。"

阿提库斯沿着这一思路，继续说了一阵，然后对自己的陈词做总结：

> "……但这个国家有一种能让人人生而平等的方式，有一种人类机构，能让乞丐与富人平等，让愚人与智者平等，让无知

者与博学者平等。先生们，这个机构就是法庭。它可以是美国最高法院，可以是最基层的地方治安法院，也可以是你们现在效力的荣誉法庭。所有的人类机构都不完美，我们的法庭也自有其缺陷，但在这个国家，法庭是最重要的天平，在法庭上，人人生而平等。"

主流故事及文学故事中的对话常常能传达主题。阿提库斯正在向其他人物和读者讲述故事中蕴含的更普遍真理。在读这段对话时，我们的思维必然超越我们日常生活的格局。启发类故事对话有时令我们局促不安，必定会刺激我们的头脑，时常超越我们的舒适区，使我们感到震惊。如果你创作的是主流故事或文学故事，你应该创作出此类对话，达到和超越这种效果。

◎ 未经审查类

少年故事中的未经审查类对话当然是出自少年之口，但这绝不意味着其中充斥着嘻哈词汇、时髦话和怪异的词句。我称之为未经审查类，仅是因为，成年人在说话时，总是不时对自身进行审查。青少年还未学会这一招，因此他们之间的对话更直白、尖锐、坦诚。少年故事的读者期待的即是真实性，所以，记住，你笔下的少年人物与众多的成年人不同，不会在说话时斟酌措辞。对少年故事中的对话而言，最重要的就是真实，其他类型故事中的对话也是如此。真实性在所有故事中都同样重要；只是我们要注意，不要让所有人物说起话来都像刚刚从"我最酷星球"上下来——这听起来很假，就像他们不用少年的语气说话一样假。如果他们不说时髦话，听起来就会很假，而这种过分夸大的对话也不比那真实。在少年小说《牛仔裤的夏天》(*The Sisterhood of the Traveling Pants*) 中，作者安·布拉谢尔斯（Ann Brashares）编写了精彩的未经审查类对话。下面的例子便来自这部小说，少女埃菲（Effie）和莉娜（Lena）正在交谈，两人都不像来自"我最酷星球"，但对话却或许令成年人大跌眼镜，这就是你要追求的效果。在这段谈话中，埃菲竭力让莉娜承认她爱上了某个男孩。读读看：

"你爱上了科斯托斯（Kostos）。"埃菲指责道。

"不，我没有。"就算莉娜之前不知道她爱上了科斯托斯，现在也知道了。因为她知道撒谎的感觉。

"你也爱上他了。可悲的是，你胆小到什么都不敢做，只会闷闷不乐。"

莉娜又开始伪装。像往常一样，埃菲又将她复杂痛苦的心情一语道破。

"就承认吧。"埃菲紧逼着。

莉娜是不会承认的。她穿着睡衣，双手固执地交叉在胸前。

"好吧，不用承认，"埃菲说，"反正我知道那是真的。"

"那你就错了。"莉娜幼稚地反驳。

埃菲坐在床上，表情严肃："莉娜，听我说，好吗？我们在这儿没多少时间了。你恋爱了。我以前从没见你这样。你必须勇敢点，行吗？你得去找科斯托斯，告诉他你的感觉。我发誓，如果你不这么做，你会为自己的胆小后悔一辈子。"

莉娜知道这是实话。埃菲公然揭开了真相，莉娜甚至不再费力反驳。"但是，埃菲，"她说，用声音掩饰内心的痛苦，"如果他不喜欢我，怎么办？"

埃菲思考着这个问题。莉娜等待着，期望能得到肯定的答案。她希望埃菲说科斯托斯当然也喜欢你。他怎么会不喜欢你呢？但埃菲没有这样说。

她反而握住莉娜的手："所以我让你勇敢点。"

为什么这段对话能达到理想效果，为什么我们称其为未经审查类对话？因为少年们直言不讳。成年后，即使我多次"恋爱"，但需要提及此事时，我也从未对朋友直接说**"如果他不爱我，怎么办？"**我将来也绝不会这么做。我或许会思考这个问题，感受这个问题。但我绝不会大胆到去对任何人说。我几乎对自己都不想承认。少年之间总会直接指出对方的"问题"，而成年人则会尽力保持友善。**"你胆小到什么都不敢做，只会闷闷不乐。"**你最近一次向朋友直言这一问题是什么时候？编写未经审查类对话时，你可以随心所欲。我们可以直接写出他们头脑中想到的东西，因为他们通常不假思索地将其脱口而出。编写未经审查类对话就是讲述事实，对作者来说，这感觉太棒了。你仅需要放松下来，然后动笔去写。

创作特定类型的对话并非如此程式化。有时，不同种类的对话会相互交叉，跨越类别。例如，恐怖故事中的人物可能在透露其他人物的信息时，突然使用描写类语言。安妮·赖斯（Anne Rice）的小说中既有阴暗类对话又有描写类对话，或许还有启发类对话，因为她写的是主流恐怖故事。因此，正如做其他事情一样，我们不能，也不应该力图使我们的对话符合某一刻板模式。但读者最初为什么要选择你的小说——因为他想读一部快节奏的、充满悬念的故事，又或者一部深刻的、富有启发性的故事，你需要对此有所了解，这一点很重要，不容忽视。你创作出的对话应满足这一需求，这是你始终要面对的挑战。

当然，你所创作的故事类型，决定了你所编写的对话类型。你开始构思故事，首先会做出一些决定，这应该是其中之一。你不会希望故事写了一大半，才发现对话类型与节奏或人物不符，这些都早已由故事类型决定了。

在下一章中，我们将探讨如何利用对话推动故事不断向前发展，从而使读者迫不及待地阅读故事。

▲ 练习一

神奇类。选定故事类型——爱情故事、科幻故事或奇幻故事——将男女两个人物置于花园之中。如果你从未创作过恋爱场景，就坚持试一下。不要太过坚持哦！如果神奇的微风想吹离花园，就随它去吧。我们都知道许多情侣在亲热时，并不会交谈，而你笔下的人物却会这样做。他们会说出最不可思议的话语，甚至连自己都觉得不可思议。编写三页（或尽可能多的）神奇类对话，这些话是你希望自己有勇气对爱人说出口的，或希望爱人用来回应你的。目标便是要真实，所以不要用老掉牙的台词。记住，我们所举例子中的神奇类对话带给你什么样的感觉、听起来是怎样的：它是戏剧性的、有条理的、表达生动的、直白的、注重细节的、隐喻性的及充满感情的。

▲ 练习二

隐晦类。一群人物——四到五名家庭成员——正在谈论另一名不在场的家庭成员。有外人指控此人性侵。叙述者正面临一个更重大的问题。你决定此问题是什么，然后创作五页隐晦类的对话场景，不要直截了当地阐明他们在讨论什么。你可以使用暗喻、明喻及夸张等手段。他们谈论这一更重大的问题，谈论家庭成员之间的爱，但他们就是不提他被指控什么罪名及这对整个家庭来说意味着什么。记住，隐晦类对话是间接的、微妙的、模棱两可的，是有多重含义的。

▲ 练习三

描写类。对话中有两位女性人物，一位是房地产经纪人，另一位是卖房者。卖房者想要卖掉一座老旧的维多利亚式住宅，她们正在房子里到处看，讨论怎样才吸引买房者，哪里需要装饰一下。房地产经纪人总是下意识地羞辱卖房者，她们的关系变得越来越紧张。任选其中一位女性作为叙述者，编写三页气氛紧张的描写类对话，将重点放在房产和住宅的某些细节上（如果你不熟悉维多利亚式住宅，又不想做功课，那就选择另一类型的住宅）。就这一情境，编写一段描写性对话，将大量的场景和背景信息融入人物的言谈之中，从而使读者了解这一地点。

▲ 练习四

阴暗类。对话中有父亲和儿子两位人物，他们正在后院的帐篷中睡觉，突然父亲感到一种非自然物体的存在，他从前就不止一次有过这种感觉，但那都是他独处的时候。他知道他必须保护儿子。编写两页阴暗类对话，随着时间分分秒秒的流逝，存在物变得越来越真实，越来越阴暗，父子之间展开了对话。记住，重点要放在这类对话的基调上。对话中要始终存在一种潜在的威胁，一种父亲或儿子又或者两者都能感觉到的东西，但他们却不清楚这种东西是否真实存在。

▲ 练习五

急促类。一位女性人物正打电话给911,说有人闯进了她的屋子。从这一人物的视角编写两页急促类对话,确保我们能听到对话双方的声音,随着行动和悬念的升级,也要保证我们能了解这一人物的思维活动。在此类对话中,你的重点应该放在节奏和情感上,这种情感可以是恐惧、愤怒,或悲伤。让场景在这种简短的、充满爆发力的对话中展开。

▲ 练习六

启发类。一男一女两位人物,刚刚打完高尔夫球,正走在路上,要去酒吧喝一杯。他们都是高中老师,正讨论当今年轻人的性行为。他们无意中听到了男女学生之间的对话,女老师注意到学生们都摆出一副满不在乎的态度,这尤其令她感到困扰。男老师对此的态度是,男孩不坏,女孩不爱,并没有感到特别担忧。编写一个三页的启发类对话场景,既给读者也给人物带来挑战。这类对话的重点是言语本身。故事的寓意、主题及内涵都要通过言语传达。

▲ 练习七

未经审查类。三个女孩正走在放学回家的路上,她们聊起了男孩,突然,其中两个女孩意识到她们迷上了同一个男孩。两人都能说出具体事件,证明男孩对自己情有独钟。她们都受到了来自对方的威胁,气氛开始变得越发紧张。以其中一个女孩的视角,编写三页未经审查类对话,来展现她越发焦虑的情绪。记住,未经审查类对话注重的就是真实。让每个女孩用心说话,而不是用头脑说话,心才是情感所在的地方,我们都知道十几岁的女孩多么容易感情用事。

动力之轮
——对话推动故事向前发展

第四章

这样写出好故事 - 人物对话

我叹了口气，放下小说手稿。这部小说的作者真的认为她能吸引读者吗？这两个人物就坐在早餐桌前，一边吃着碗里的麦片，一边聊着当天的待办事项。叙述者嘎吱嘎吱地嚼着玉米片，注视着房后的空地，嘴里说着如此深奥的话："我在想，金杰（Ginger）打了犬瘟热疫苗，我们能让它进屋吗？""你觉得《法律与秩序》今晚会重播吗？"嘎吱，嘎吱。我要怎样委婉地告诉她，她的对话需要稍微改进一下呢？

我决定问问每周来上小说写作课的学生们，要怎样使这段对话变得精彩。

"嗯，假设这位女士正注视着后院，这时，一艘宇宙飞船降落了。"一个学生提议。

"假设这位女士正毫无重点地说个没完，而她的丈夫平静地告诉她，他有外遇了、想离婚或有异装癖。她一直不停地说，甚至没有听到他说的话。"

"假设这位女士正在说话，认为今天只是普通的一天，而她没有注意到丈夫的脸已经泡在早餐麦片里了。他刚刚心脏病发，死掉了。"

这些都是相当棒的主意。我为班上的同学感到骄傲。他们都知道对话应该有意义。对话需要以某种方式推动情节向前发展，否则便没有任何价值。

作为一名写作导师，我总能读到毫无意义、毫无价值的对话。不断地将这一问题指出来，感觉很苛刻，写作者们并不总是能理解为什么他们所写的对话没有用。但对话要跟主题和情节相关，包含张力与悬念，同时还能推动故事向前发展（一个离谱的任务），除非能做到这些，不然为什么要费心写对话？究竟为什么还要写一个故事呢？

◎ 提供动力的对话

写出静止的故事，可能会有损你高雅小说家的声誉。你要确保写出的对话能够推动情节发展，这一点很重要，我再怎么强调都不过分。对话仅仅是达到目的的手段——它绝不是目的本身。就其本质而言，对话仅是一种小说元素，是用来推动故事向前发展的一种手段。这就意味着，你要让你的人物卷入冲突之中，用对话去增强他们的冲突。

你笔下人物之间的冲突通过主题和情节展现出来，这一点我们将在本章的实例中看到。主题是内在的，而情节是外在的。我班上的写作者经常会对我说："为什么要有主题？难道我就不能只写一个精彩的小故事吗？"有时，甚至关于情节，他们也问同样的问题："情节？为什么需要情节？"

要尽力说服你相信故事既需要主题，也需要情节，这真是个苦差事。当然，你可以索性忽略这两个小说元素——如果说，你的故事只写给自己看。我并不一定是对的，但让我胡乱猜一下，如果你正在读这本书，你很可能想着，有一天会把自己所写的短篇故事和长篇小说出版。如果我猜得没错，那么在你的故事中，主题和情节就缺一不可。

对话是一种小说元素，你可以用其推动情节发展，将主题融入每一个场景之中。要做到这一点，你需要将人物置于一个活跃的谈话场景之中，让这一场景达到至少以下一种或所有目的：给人物提供与冲突相关的新信息；呈现新障碍（叙述者必须克服这些障碍才能达成目标）；让场景中的人物进行某种互动，从而深化故事的主题；引入情节中使人物发生转变的关键时刻；展开讨论，从而提醒人物（和读者）记起他在场景及故事中的目标；加速情感及故事的发展，从而增加悬念，使人物面临的局势更加紧迫。

是的，这听起来很离谱——怎么可能用对话达到所有这些目的呢，并且是在每一个场景之中？你要清楚对话的全部目的，并不断提醒自己，对话场景必须达到某些目标，使故事持续向前发展，一旦你这样做了，事情就没那么困难了。

◆ 搞定你的故事

以什么标准去判断对话是否推动情节向前发展？你怎么知道对话是否推动故事向前发展？问自己下列问题，从而找到答案：

· 如果我怀疑一段对话没有推动故事发展，于是将其删掉，那是否会觉得少了些什么呢？缺少了这段对话是否对故事有任何影响呢？

· 这段对话是否与其他的场景要素相排斥呢，比如与故事发展相排斥？

· 对话段落怎样深化了故事的主题？

· 这段对话是否为即将到来的事件增加了悬念，为主人公加大了风险？

- 对话怎样使主人公在故事中的欲求更加清晰？
- 对话段落给主人公呈现了何种内在和外在的障碍？
- 关于主题和情节，对话透露了哪些新信息？
- 对人物的转变而言，对话怎样起到关键性作用——让他们更加渴望自己想要的东西，让他们想要放弃，还是让他们下定新的决心？

这些问题的答案将会帮助你判断，你所编写的对话段落是否对故事发展起到了应起的作用。每一对话场景都应在某种程度上改变人物所面临的状况，使他们要么接近、要么远离自己的目标。如果你非常清楚故事的主题，你笔下的人物便只会谈论在接下来的故事情节中重要的事情，这样主题便能通过更清晰、更明确的途径传达。

◎ 提供新信息

有一对夫妻是我交往了十二年的朋友。最近，我给他们打电话，感谢他们送我生日礼物，想问问他们什么时候能聚一下，但我的话音刚落，埃伦便说："我们不会再聚了，我们分手了。"

你是否有过这种经历呢？你很放松地跟某人聊天，突然，那个人话锋一转，说出了一些让你吃惊的话，甚至或许在某种程度上改变了你的生活。

这才是你编写的对话段落应有的开局，在那些无关痛痒的时刻，你向对话中投入一枚重磅炸弹，使情节完全发生了逆转。叙述者得到一些新信息，这使他用全新的视角去看待其他人物，或对故事情境有了不同的看法。在《写出轰动小说》(*Writing the Blockbuster Novel*)中，作者艾伯特·朱克曼（Albert Zuckerman）将其称为关键场景，并说在每部小说中，平均至少需要十二个关键场景。它们并不一定全是对话场景，但让对话场景起到关键性作用，能确保对话推动故事向前发展。

在《毒气室》(*The Chamber*)中，作者约翰·格里森姆（John Grisham）引入了一个关键性对话段落，这立刻颠覆了主人公的世界。亚当（Adam）是一名律师，他年轻，缺乏经验，很天真，正在熟悉行业规则。由于缺乏经验，他总是做出一些对公司中资历更老、经验更丰富的律师造成威胁的事情。在这段对话中，亚当得到了一点新信息，这使他陷入了危机，严重阻碍了他想让祖父获得死缓的这一目标，这无疑推动了故事向前发展。

"进来，进来。"古德曼（Goodman）说着，把亚当请进亚当自己的办公室，随手关上了门。到现在为止，他还没露出过笑容。

"你在这儿干吗？"亚当问，他把公文包扔到地板上，走到办公桌前。他们面对着对方站着。

古德曼摸了摸他修剪整齐的花白胡子，调整了一下领结。"恐怕，有点突发状况。可能是个坏消息。"

"什么？"

"坐，坐。这可能得花点时间。"

"不用。我这样站着挺好。什么事？"如果他需要坐下来聊，这一定是件很糟糕的事情。

古德曼摆弄着他的领结，摸了摸胡子，然后说道："好吧，事情发生在今天早上九点。你知道，人事委员会由十五个股东组成，他们几乎都是年轻人。当然，整个委员会有几个下设的专门小组，有负责招聘的，有负责培训的，有负责解决争端的，以及其他各种小组。你或许能猜到，有一个是负责裁员的。裁员小组今早开了会，猜猜谁负责主持全局。"

"丹尼尔·罗森（Daniel Rosen）。"

"丹尼尔·罗森。很显然，这十天来，他一直在拉票，做裁员小组的工作，让他们辞退你。"

一个人物刚刚向另一个人物宣布了某个消息，这个消息可能会令他一直以来的辛苦努力都付诸东流，这推动了故事向前发展。如果公司解雇了他，他就没有任何能力去救他祖父的命。这确实是件生死攸关的事。

格里森姆对此非常擅长——在对话场景中，他为主人公设置层层障碍，使其目标越发难达成。如果你还没准备好，你或许应该读读他的小说，学一下他是怎么做的。

◎ 呈现新障碍

在对话中，人物实现目标所面临的障碍与新信息起着相同的作用，两者都打断了叙述者的行程，给他制造了需要立刻应对的冲突。他或许会用语言表达他的不安，又或许不会，但他必须**做点什么**，因此，故事被推着向前发展。如果他选择用语言表达自己的不安，你就可以让他在场景中与其他人物直接发生冲突，因为那个人物将障碍摆在了他眼前。

叙述者喜不喜欢那个人物都没有关系——他不喜欢的是那个人物把障碍摆在他眼前，使他不能实现目标。

在出自《毒气室》的那一场景中，格里森姆决定就在对话中展开一场冲突。随着场景的发展，亚当变得越来越不安，他对种种障碍的理解开始加深。古德曼代表理性的声音。在场景中，你将障碍呈现给主人公时，重要的是他对这些障碍的看法。这些障碍或许是不可逾越的，又或许不是，但如果主人公**认为**是不可逾越的，那它们就是不可逾越的，至少暂时是这样。主人公与其他人物展开对话时，你应该让他在大多数的时间里处于这种状态，因为这能制造悬念和张力，推动故事向前发展。

面临障碍时，每个人物的反应各异。有的人会放声大哭，而有的人却把障碍当成挑战，撸起袖子开始行动，去解决问题。有的人开始委托他人处理，有的人与他人勾结密谋。有的人在对话中，就开始思考各种选择，然后就没完没了地继续思考。有的人会受到惊吓，想要逃避困境，而有的人则会灰心丧气，选择放弃。也总有人物会抓狂，他已经被惯坏了，开始抱怨父母，迁怒周围人。所以，了解你笔下的人物是至关重要的，这就是原因所在。只有了解你笔下的人物，你才会知道，当每个人物在对话场景中面临障碍时，他会如何反应，进而决定故事的走向。

◎ 增加悬念

随着故事不断向前发展，你需要让人物觉得一切都变得越来越糟，以此来为读者不断增加悬念。对话便能很好地达到这一效果，因为对话中的人物就活跃在当下，然后行动突然被打断，命运变得悬而未决，读者眼看着人物面临的风险越来越大。我们对此很清楚，有时，人物对此也很清楚。

玛格丽特·阿特伍德（Margaret Atwood）在她的小说《强盗新娘》（*The Robber Bride*）中，始终能成功地做到这一点。托尼是主要人物，而反面人物齐尼娅（Zenia）非常聪明，善于操控他人，总是要阴谋诡计，让人猝不及防。她总是忙来忙去，但忙的都不是什么好事。这是一个明显以人物为主线的故事，读者能够严密观察齐尼娅的一举一动。其他人物对她的行为只是略知一二，因为这类人物总表现得像你最好的朋友，你不愿相信，一路走来，她竟是你最大的敌人。以下的这段对话，反映了齐尼娅一贯的说话方式，她操控着对话的进程。

"你会因为什么而自杀？"齐尼娅说道。

"自杀？"托尼惊讶地说，她似乎从来没想过这件事，"我不知道。我想我不会自杀。"

"如果你得了癌症呢？"齐尼娅说，"如果你知道你要遭受极大的痛苦，慢慢死去呢？如果你知道微缩胶卷在哪儿，而对方也清楚你知道，他们对你严刑拷打，逼你交出来，然后不管怎么样都会杀了你呢？如果你牙里藏着氰化物，你会用它自尽吗？"

最终托尼意识到，齐尼娅就在自己的眼皮底下，把她的男朋友夺走了，她记起了她和"朋友"之间的另一段谈话。

她记起了自己之前和齐尼娅进行的另一次交谈，那时，她们在克丽丝蒂（Christie）家喝咖啡，齐尼娅还是她最要好的朋友。

"你宁愿从其他人那儿得到什么？爱、尊敬还是畏惧？"

"尊敬，"托尼说，"不，是爱。"

"我可不是，"齐尼娅说，"我会选择畏惧。"

"为什么？"托尼说。

"这更有用，"齐尼娅说，"这是唯一有用的东西。"

看看这一简短的回忆场景透露了多少信息。齐尼娅想说的是，她希望别人畏惧她，如果她能让别人心生畏惧，她就能控制他们，得到她想要的东西。这才是故事的真正主旨：一个人怎样使他人心生畏惧，从而控制所有人。只要他们意识不到她的所作所为，她就是女王。这是一个以人物为主线的故事，所以阿特伍德反复利用对话场景去制造悬念，以展现齐尼娅不断增强的控制力，让故事随着每一个场景向前发展。托尼最终醒悟，但齐尼娅已经对她造成了巨大的伤害。我十分欣赏阿特伍德的做法，她没有让托尼在每一个场景后对齐尼娅进行分析，那样便会淡化其带来的恐惧感。她只是观察、稍微思考一下、感到不安，然后继续——直到齐尼娅提出下一个奇怪的问题。

以下各种情况都能引发悬念：叙述者对场景中的其他人物产生"说不出的感觉"；叙述者突然意识到事情并不像表面上看起来那样；叙述者得到一些新信息，这些信息预示着他得不到想要的东西；他或许得知某人的目的跟他原来预想的不一样；他或许就在对话过程中做出一个决定，让我们知道情节现在要发生逆转；他或许在对话场景中思考某事，并知道这件事不能大声说出来。每当场景中有人物感到吃惊，觉得受到了威胁或攻击（威胁是真是假并不重要，重要的是人物觉得是真的），失去了某些东西，认为事情不公平的时候，悬念都会出现——有一百种设置悬念的方式。只要悬念与情节和主题有着错综复杂的联系，你就是在用对话推动故事向前发展。

◎ 深化主题

"某些时候，正义之路需要海盗的存在。"这是杰弗里·拉什（Geoffrey Rush）扮演的人物在电影《加勒比海盗：黑珍珠号的诅咒》（*Pirates of the Caribbean：The Curse of the Black Pearl*）中所说的台词。

我并不是为了自娱自乐而跑到电影中去寻找主题，并且在拥挤的影院里把它们指出来，让朋友们感到厌烦，但当听到人物说出一句台词，而那明显是影片的主题时，我就有点兴奋。我是一个讲故事的人，所以在观察其他作者怎样讲故事时，我就能从中得到乐趣，无论那位作者是一名小说家，还是一名剧作家。

某个人物在对话段落中宣布了故事的主题，这就给其他人物机会去做出反应，推动情节向不同方向发展。这种方式可能很奏效，因为尽管我在《加勒比海盗》中，辨认出了主题，感到"恍然大悟"，但是观众可能未必能做到，他们在潜意识里把这当作一个关键时刻，屏住呼吸，等着看其他人物将做何反应。

在小说《恋恋笔记本》（*The Notebook*）中，作者尼古拉斯·斯帕克思（Nicholas Sparks）利用一个次要人物阐明了故事的主题——人物晚年时持久的爱。这些人物住在老年之家，挪亚（Noah）的妻子阿莉（Allie）患了老年痴呆症。他的爱人甚至不再认得他，但他还是每天去陪她。他上次去的时候，她吓坏了，尖叫着让他离开。护理人员立刻出现了，告诉他探访妻子的时间到此为止。在这一场景中，夜班护士逮到他偷偷溜到大厅，想去阿莉的房间。

"挪亚，"她说，"你在干什么？"

"我在散步，"我说，"我睡不着。"

"你知道你不应该这么做。"

"我知道。"

但我没有动。我心意已决。

"你不是真的在散步，对吧？你要去看阿莉。"

"是的。"我回答。

"挪亚，你记得你上次在晚上见她的时候，发生了什么吧。"

"我记得。"

"那你就该知道，你现在不该这么做。"

我没有直接回应，而说："我想她。"

"我知道你想她，但我不能让你见她。"

"今天是我们的结婚纪念日。"我说。这是真的，差一年金婚。今天是四十九周年。

"我知道了。"

"那我能去看她了吧？"

她把目光移开了一会儿，语气也变了。她的语气现在更温和，我感到很吃惊。在我眼中，她从来就不是感情用事的人。

"挪亚，我已经在这儿工作了五年，之前还在其他老年之家工作过。我见过许多夫妻与不幸和悲伤抗争，但我从没见过谁，像你处理得这样好。医生、护士，这里的所有人都没见过。"

她停了一小会儿，好奇怪，她的眼中盈满泪水。她用手指抹去眼泪，继续说：

"我试着去想象你的感受，你怎么能日复一日地坚持去看她，但我甚至连想都不敢想。我不知道你是怎么做到的。有时，你甚至战胜了她的疾病。医生想不通，但我们护士很清楚。是爱，就那么简单。这是我见过的最不可思议的事情。"

这段对话是怎样推动故事发展的？这段对话并不是特别深奥，但护士这一次要人物，在挪亚身上看到了他四十九年来对妻子深沉持久的爱，这一场景向读者阐明了这一点。小说再有几页就要结束了。我们之前一定都感到了这份爱，但护士却将其用语言表达出来，并且能够默许挪亚去看他的妻子。这段对话是对主题——持久的爱——的简要概括，并推动场景和故事向前发展，最终走向结局。

◎ 展现人物的转变

从故事的开头至结尾，我们笔下的人物应该一直在发生改变，至少是微妙的改变。我们创作小说的原因之一便是展现人物如何变得更好或者更坏。要创作出一个颇具改造性的场景、使人物发生永久的改变并且令读者意识到这一点，我认为这并不是一件轻而易举的事情。要完成这件事，我们笔下的人物必须说出更多意味深长的话语。下面的场景来自派特·康罗伊（Pat Conroy）所著的《霹雳上校》(*The Great Santini*)，真正使本·米查姆（Ben Meecham）发生转变的是行动，而不是对话，但行动之后的对话表明他的转变是多么巨大。这不仅改变了本，也彻底改变了米查姆家的其他人。在这一场景中，布尔·米查姆（Bull Meecham）要跟儿子打一场篮球赛，打算轻而易举地打败他，让他在家人面前出丑。每天通过羞辱别人来让自己开心，这是布尔的一贯做法，并没有什么特别的。**特别的是**这次布尔并没有赢，并引起其他人物，尤其是妻子莉莲（Lillian）的反抗。我们知道他今后对家人的影响力再也不会像从前一样。

然后布尔朝本吼道："嘿，兔崽子，你必须赢我两球。"

后院又变安静了。本看着父亲说："你说过一球。"

"我改变主意了，来吧。"布尔说着，拿起了篮球。

"哦，不行，布尔。"莉莲说着朝她的丈夫走去，"孩子赢了，你不能耍赖。"

"该死，有谁问你了吗？"布尔说道，怒视着他的妻子。

"我不管有没有人问我。他光明正大地打败了你，我不能让你把胜利从他那儿夺走。"

"过来，妈宝男。"布尔一边说，一边招手让他过去，"来和我打完这场比赛。"

本往前走着，直到听到妈妈喊他才停了下来："你就站在那儿别动，本·米查姆。你敢动一下试试。"

"你怎么不藏在你妈妈背后呢,妈宝男?"布尔说道。

他重新掌控了局势,充满恶意,又很平静,莉莲很难解释那种感觉。

"妈妈,我要跟他打。"本说。

"不,你不能,"母亲厉声答道,态度很坚决,然后对自己的丈夫说,"他打败了你,大军官。每个人都看到他打败了大军官,他就在这儿赢了你,赢得漂亮,赢得很漂亮!大军官接受不了他的宝贝儿子在球场上把他打得落花流水。"

"进屋,莉莲,否则我就把你踢进屋。"

"别威胁我,坚强的大军官。儿子变成了一个更出色的人,坚强的大军官就要跟家人过不去吗?"

这部小说的主题是一个男人变得弱小,而另一方面,他的家人变得强大。最终,主题是有关宽恕。这个过程令人揪心,但看到布尔失策,而本和其他人有绝好的机会变得更强大时,读者在内心为之喝彩。在篮球赛这一场景中,布尔不断地羞辱本,但我们清楚事情已经发生了变化,我们能感觉得到。这是故事中的关键场景,康罗伊将人物的转变刻画得如此精彩,我一直把这当作我最爱的小说场景。

◎ 透露 / 提示目标

你在小说中创作了一个又一个场景,每一个场景中最重要的元素就是了解你笔下的主人公想要什么,并通过行动和对话将其**展示**出来。在整个故事中,主人公想达成一个目标,于是在每一个场景中,他都采取行动，一步步地去实现这一目标。你在每一个场景中给主人公提出考验、设置障碍，以此推动故事向前发展，也由此提醒我们记得他在这一场景及整个故事中的目标。

下面的一段对话节选自安·泰勒（Anne Tyler）所著的《或许是圣人》（*Saint Maybe*）。主要人物伊恩（Ian）自认为犯下了可怕的罪行，正竭力向父母坦白。然而，妈妈就是不想听，而是选择沉浸在受害者的角色里。伊恩认为哥哥丹尼自杀，他负有不可推卸的责任，他告诉了丹尼某件事，不久之后，丹尼就开车冲向水泥墙自尽了。现在伊恩决定辍学，去学做家具，这样他便可以帮助妈妈去抚养哥哥的继子，因为他们的母亲也去世了。他觉得自己需要用某种方式赎罪。在这一场景中，作者提醒我们记起伊恩的目标或意图——赎罪和豁免——我们又一次看到他真正想要的是什么，于是故事在向前发展。

他的妈妈说："我不相信。我不信。无论当了多久的妈妈，我的孩子似乎还能告诉我一些未知的、意想不到的事情。"

"我这么做不是针对你！为什么每件事情都必须总是跟你有关呢？这是为了我自己，你难道就不能明白吗？这是我必须为自己做的事，去请求宽恕。"

"伊恩，宽恕什么？"他的爸爸问。

伊恩抑制着自己的情感。

"儿子，你十九岁，是一个体贴正直的好人。你犯了什么罪，需要你彻底改变自己的人生？"

埃米特牧师（Reverend Emmett）告诉伊恩要对他们说出真

相。他说那是唯一的办法。伊恩试图解释那会对他们造成多大的伤害,但埃米特牧师不为所动。他说,有时伤口必须被揭开,才能愈合。

伊恩说:"丹尼的死全是我造成的。他是故意开车撞向那堵墙的。"

没有人出声。他妈妈脸色苍白,几乎没有表情。

"我告诉他露西(Lucy),嗯,对他不忠。"他说。

他本以为会有各种问题。他理所当然地认为他们会询问各种细节,抓住他所提供的每一条线索,直到整个丑闻水落石出。但他们只是静静地坐着,盯着他看。

"我很抱歉!"他大声说,"**我真的很抱歉!**"

他妈妈的嘴唇动了动,皱纹似乎比平时更多,嘴里没有发出任何声音。

过了一会儿,他窘迫地站了起来,从桌子旁走开。他在饭厅的门口停了一会儿,怕他们万一想把他叫回来。但是他们没有。他穿过了走廊,走上楼梯。

这是一个关键场景,伊恩向父母坦白,卸去了灵魂的重负,而没有得到任何回应。他说:"这是我必须为自己做的事,去请求宽恕。"这时,作者提醒我们他在故事中的意图。这即是故事的主旨——伊恩努力地想让自己的"罪行"得到宽恕。在每一个场景中,你都应该提醒读者主要人物的意图,因为这是你吸引读者的办法,并且随着故事的进展,这会一直吸引读者。利用对话来达到这一目的是非常奏效的,因为人物会把自己的目标大声说出来。这一目标就是出自他本人之口。

你可以让主人公闲坐着，思考自己的目标，或者你还可以创作一个对话或行动场景，将他与其他人物置于场景之中，展示他对目标的热情。对话起到展示作用。

◎ 使人物处于社交场景之中

你只有在场景中安排多个人物，对话才能持续推动故事向前发展。当你使人物处于隔绝状态，他们便没有交谈对象，也便没有了对话。当然，让人物偶尔在场景中独处，是不可避免的。但人物独处的场景若持续时间过长，故事就开始变得枯燥乏味。

这似乎是许多主流故事和文学故事中都存在的问题，主人公经常在一个接一个的场景中独处，进行自我分析。读者会坚持读一会儿，但漫无边际的自我分析会大大减缓故事的节奏，如果持续时间过长，你就可能失去读者。因此，在构思你想创作的场景时，记住，让两个或更多的人物在某种程度上展开对话和行动，因为在大多数情况下，这才是读者最喜爱的场景。

对话场景必须在某种程度上始终推动故事向前发展。这一点毫无例外可言。你一旦发现自己正在创作的对话未能达到这一目的，之后就要把它删掉，无论这段对话多么有创意、多么巧妙、多么搞笑或多么精彩。

你是否曾想过，有没有一种策略能将这三种场景元素——对话、叙述和行动——结合在一起，这样一来场景便能达到平衡，将目的作为其重点。这是我们在下一章中要处理的问题。

▲ 练习一

提供新信息。斯蒂芬妮（Stephanie）和彼得（Peter）是一对夫妻，他们在小镇的南部新开了一家希腊餐厅。到现在为止，他们已经营业了几小时，正在接待顾客。对这对夫妻来说，这是梦想成真。突然，有人走了进来，告诉他们某些消息，让他们知道这或许根本不是梦想成真，而是噩梦的开始。创作三页充满张力和悬念的对话场景，其中包含一些能完全改变情节走向的新信息。

▲ 练习二

呈现新障碍。设想一种令你抓狂的冲突（最佳的故事灵感都源于我们自身的生活经历：你经历过的生活、想要过的生活、讨厌过的生活、后悔曾经历过的生活等）。没错，你是在写小说，但在这一情境中，让自己成为主人公。想出一个你的人生目标，将自己和另一人物（你非常熟悉的人）置于一个场景之中。编写三页对话，开场时另一人物就宣布了你实现目标所面临的障碍。你会有什么样的感觉？你会说什么？你知道实现目标或许要面临一个不可逾越的障碍，那一刻，你会做何反应？

▲ 练习三

增加悬念。所有故事的每一个场景都应该有悬念，但就对话场景推动故事发展而言，悬念需要与总体的情节和主题相关联。无论情节属于动作/冒险类、爱情类还是文学类，对话都可以用来制造悬念。选择下列话题之一，创作一个三页的对话场景，要展现出人物之间的冲突，并让悬念随着故事的发展、结局而不断增强。

· 战争 · 协助自杀 · 监狱改革

· 种族歧视 · 同性恋家长 · 无家可归

▲ 练习四

深化主题。选择一个深深触动你的话题,这个话题能令你创作出某个故事。用一句话总结冲突或难题和你认为的解决办法,前提是你有一个解决办法。现在,将两个人物置于场景之中,他们对这一问题持截然相反的看法。这是属于你的故事,所以场景中显而易见的主题就是你所认为的问题解决办法。在这三页的场景中,展现人物之间充满矛盾冲突的对话,在对话场景结束时,两个人物的想法都与最初有些许不同。

▲ 练习五

展现人物的转变。在以下每个情境中,主人公都面临挑战,要在生活中做出某些改变。整个故事要更宏大,主题要更宽泛,这些情境只是其中的一小部分。创作一个三页的对话场景,展现主人公如何面对挑战、做出何种反应,他/她需要审视自己的内心。

· 妻子发现丈夫(主人公)被一个单身女人吸引并开始跟她交往,这个女人是他们的朋友。妻子质问他,并给他下了最后通牒。

· 老板告诉员工(主人公),她在工作期间,小憩的次数太多,延长了午餐时间,并且花了太长时间打电话。

· 母亲(主人公)发现她二十多岁的女儿是个妓女,只要可能,女儿打算一直做下去。

▲ 练习六

透露/提示目标。从以下三个情境中,任选其一,创作一个两页的对话场景,以对目标感觉最强烈的人物作为叙述者。这一练习的目的是确保主人公的目标或意图在场景中显而易见。

· 一个十四岁的女孩想跟一个十六岁的男孩出去约会。这是她第一次跟男孩约会,她的父母并不同意。

·一个三十多岁的男人酷爱改装旧汽车,然后卖掉赚钱。在他的院子里,至少同时有五辆旧汽车和散落在各处的零件。隔壁邻居对此感到越来越担心。他们拥有一座完美的房子和理想中的庭院。

·一个有进取心的年轻女人,正在商场的停车场极力向带着两个孩子的母亲推销香水,这两个孩子正缠着妈妈。

▲ 练习七

使你笔下的人物处于社交场景之中。创作一个两页的对话场景,人物在开场时,一个人独处,面对自我冲突。然后,将另一个人物加入场景之中,使外在和内在冲突同时发展。从下列各项中,选择一个作为背景:

·山间小路 ·牢房 ·病房

·昏暗的小巷 ·礼拜堂

叙述、对话和行动
——学着编织你的话语

第五章

刚开始写作时，我创作的故事大多由对话组成。人物在一页一页地交谈。我喜爱编写对话。我不认为小说还需要任何其他元素。四年级时，我创作出了自己的第一个故事——一部木偶剧，里面除了对话，就是为数不多的舞台说明。之后，我写了多部滑稽短剧和戏剧。创作故事时，对话一直是我最钟爱的部分。

不知从何时起，我认识到讲故事时还必须有其他元素：行动和叙述。描写也是故事的一部分，但那本质上只是叙述的另一种形式。对话可以使故事和人物跃然纸上，而行动制造了动态感，叙述给故事以深度和实质。对话是人物的语言，行动是人物的身体动作，叙述是人物的思想，人物思考周围发生的一切，叙述能以观察场景、其他人物或思考故事情境的形式出现。故事同时需要这三种元素——对话、行动和叙述——来给读者制造一种立体感。

创作一个故事意味着将所有的小说元素编织在一起，这就好像缝纫工将被子编织出各式各样的图案，或溜冰者在彼此间穿梭，编织出各种画面。如果对话、叙述和行动编织得成功，那它们也会呈现出一幅丰富多彩的美丽图画。

◎ 为什么要进行编织

对话、叙述和行动的熟练编织，是在潜意识层面进行的。一旦掌握了方法，我们在编织时就不会刻意思考。我们让人物引领着我们，于是，我们不会一直想着我们正在使用哪种故事元素，就像我们开车时，不会想着何时踩离合，何时踩刹车，何时踩油门。我们只是去做。读故事时，如果故事很精彩，我们就不会注意到作者是否在编织这些元素。而当故事不精彩、作者没有进行编织时，我们便会注意到。这只代表我的个人观点，我会注意到。

有些极有天赋的作家能主要依靠叙述，成功地创作出自传或小说，他们几乎忽略行动和对话。许多诸如此类的书籍写得如此精彩，我们甚至从未注意到少了某些元素，除非某人指给我们看——即使指出来了，我们也不会在意，因为在某种程度上，故事达到了我们想要的效果。只是你要知道，这些都是例外。我注意到，许多刚开始从事写作的新手都认为他们就是例外，但情况通常极有可能不是这样。

当然，我们创作的所有故事中也都有某些场景只使用一种元素才能达到最佳效果，或只使用叙述，或只使用对话，或只使用行动。你写得越多，就越容易辨认出此类场景，越清楚为什么只使用其中一种元素，效果才最佳。与此同时，练习有意识地去编织这些元素，也是个很棒的主意。在本章中，我们将聚焦这一问题。

想想你生活中的某一"场景"。你或许是陪孩子在外面玩，或许是在健身房，或许是在工作。你正在做某事（行动），或正在思考（叙述），或正在交谈（对话），这些事情经常同时发生。当身边的人在做这三件事时，哪件事最能吸引你的注意力？很明显，你并不知道其他人在思考，因为你无法看穿别人的心思。有时，其他人正在做某些事，这会引起我们的注意。但如果周围人在谈论任何有趣的事情，我们都会去听。我们就是忍不住要去听。对此，作家可能感到最为内疚。人们总是愿意偷听别人有趣的谈话。关键词是**有趣**。

我们进行编织，因为这就是生活。我们的生活中充满了各种事物的相互交织。我们起床，考虑工作计划，跟伴侣聊聊当天的事，吃早餐，送孩子去学校，想想跟邻居的矛盾，去工作，想着下班回家的路上需要停下来去办的事情，没完没了，直到晚上倒头睡去。这就是我们的生活——一连串的思考、行动和言语，持续一整天，每天如此。我们希望笔下的虚构故事能贴近生活，因此，我们需要同时展现人物生活的方方面面。当然，不需要无聊的事情，而需要重要的、与情节相关的、能推动情节发展的事情。

你能想象一个只有对话、行动或叙述的故事吗？对话令我狂热，因此，让我冒险地说一句，如果你要犯错，就让自己错在对话写得太多，而不是太少。

编织即是把两到三种小说元素融合在一起，从而令读者有一个愉快的阅读体验。让我们来看一下，具体要怎样操作。

◎ 将对话编入行动

在一个以行动为主的场景中，不时地插入些许对话，将会令此场景富于立体感。另外，这也更贴近生活。即使某种行动吸引了我们的大部分注意力，我们也不会完全停止说话，但很可能会说得更少，这取决于我们正在从事何种行动、这种行动激起我们的何种情感。在创作行动场景时，写作新手常常把对话完全抛在脑后，我猜想，这是因为他们太专注于将人物从 A 点移到 B 点，忽略了人物可能会用言语表达**某事**，哪怕只是偶尔出现的只言片语。即使人物在场景中独处，我们也可以让他自言自语，从而制造那种立体感，那种立体感是我们在每一场景中都在追求的。

将对话编入包含很多人物的行动场景，如群众或聚会场景，会产生很好的效果。这可以使场景充满生机和活力，而另一方面，叙述者在人群之外，还有自己的戏份。你应该对不同元素进行编织，特别是在群众场景中，因为你要模拟现实，而现实中在场的每一个人物总是在做不止一件事情。

在小说《尸骨袋》(*Bag of Bones*)的一个行动场景中，作者斯蒂芬·金成功地做到了这一点。在这一场景中，金描绘了一场狂欢节，他采用自己一贯的神秘风格去创作这个场景，因此，这一场景显得亦真亦幻，主人公迈克（Mike）一边进行狂欢，头脑一边摇摆于真实与虚幻之间。迈克和一个女人坠入了爱河，突然，他遇到了这个女人年幼的女儿凯拉（Kyra）。他们站着观看了一会儿红头乐队的表演，凯拉注意到，台上有个女人正穿着她妈妈的裙子。到此为止，这一场景大多由叙述和行动组成。请留意，当迈克和凯拉设法离开狂欢节时，金是怎样处理对话的。

"那位小姐为什么穿着玛蒂（Mattie）的裙子？"凯拉问我，她开始发抖。

"我不知道,亲爱的,我没办法告诉你。"我无法辩驳——那就是玛蒂做礼拜时穿的白色无袖连衣裙,没错。

我们又看到几段行动,接着:

人群大声叫好。凯拉在我的怀里抖得更厉害了。"我害怕,迈克,"她说,"我不喜欢那个小姐。她是个可怕的小姐。她偷了玛蒂的裙子。我想回家。"

金又写了几段叙述和行动,介绍了舞台上的小姐——他一贯喜爱的恐怖元素——然后场景转换,继续发展。

无论对错,我都受够了。我转过身,把一只手放在凯拉的脑后,让她的脸贴到我胸前。她的双手搂着我的脖子,她很害怕,把我搂得紧紧的。

金描写了另一个亦真亦幻的人物,接着:

"麻烦让一下。"我说着从他身旁挤过去。
"镇里没有醉鬼,你这瞎搅和的浑蛋。"他说道,始终没看我一眼,拍手也没错过一个节拍。"所有人都轮流喝醉。"

迈克和凯拉继续向前走,避开了三个正喝酒的农民,最后走出了人

群。他们朝着大街和家的方向走,这时,作者使用了更多的对话:

"马上就好了,爱尔兰佬!"萨拉(Sara)在我身后尖声叫道。她听起来很生气,不过还没气到不会开玩笑。"你会得到你想要的,宝贝儿,所有你想要的安慰,但你应该先让我把我的事搞定。你听见了吗,你这家伙?就这样走了!你给我站住。"

迈克抱着凯拉,他们走得更快了。

我们的左边是一个棒球场,一个小男孩在里面喊:"威利(Willy)把球打到栅栏那边去,妈!威利把球打到栅栏那边去了!"一字字单调又规律,让人心烦意乱。

他们继续往前走。

"我们还没到家吗?"凯拉几乎呜咽着说,"我想回家,迈克,请带我回家找妈妈。"
"我会的,"我说,"一切都会好起来的。"

我在对话段落之间插入的所有叙述,都是金在场景中加入行动段落的地方。迈克与许多人物擦肩而过,遇到了各种各样的人物,他极力地安慰凯拉,同时尽力将她带离狂欢节,带她回家。在这一过程中,你注意到对话怎样制造出一种许多事情同时发生的感觉吗?

没有对话，场景就会变得死气沉沉，即使有行动，即使人物在四处走动，场景也仿佛是停滞不前。我们看着迈克一边照顾鼓励凯拉，一边集中精力离开这里，在这一过程中，对话给场景提供了动力。没有对话的行动通常缺乏内涵。当然，如我在上文中提到的，故事有时只需要对话，或只需要行动，或只需要叙述，但大多数情况下，你应该将这三种元素编织在一起。

◆ 搞定你的故事

还记得许多年前，电视评论员就只有头部特写吗？（想到许多人已经不记得这些了，就觉得有些沮丧——他们太年轻了。）我们几小时就坐在那儿，听着电视评论员说话。不知怎的，我们那时觉得这就足够了。摇滚歌星只是站在台上，唱着他们的歌，好吧，埃尔维斯（Elvis）是个例外，他稍微扭动着臀部，把大家吓坏了。那时，只是唱歌就足够了。

但今非昔比。如今，无论是观看新闻纪录片还是摇滚音乐会，我们关注的焦点都是不停移动的东西。为了吸引我们的注意力，摇滚歌星们跳来跳去，让舞台上的道具喷火，朝观众扔东西。新闻节目也动了起来，不再只是头部特写。新闻广播员来到外景现场，一边潜水或从山上沿着绳索下滑，一边会见受访者，与他们进行互动。我们随着新闻广播员到处走动。如今，为什么不再有人只是坐着或站着，只对我们说话或唱歌？我们调到一个频道，里面正发生某事，或者我们走出家门，去看充满动感的演唱会。

创作对话场景时，你要确保笔下的人物正在行动。即使是在没有剧烈活动的场景中，如人物正在讨论结束他们的婚姻，或正在谈论他们十几岁的、正任性的孩子时,也要让人物从事某种活动。这才是读者感兴趣的。对话赋予人物生命。行动和对话结合在一起才能创作出具有立体感的人物和场景。

在你所创作的故事中,寻找这样的场景:场景中的人物只是在交谈,你忽略了要利用行动去制造立体感。在这些场景中,插入少量行动,从而吸引读者,不要只是使用头部特写,而要令生动鲜活的人物跃然纸上。

◎ 将叙述编入对话

叙述似乎是大多数作家最爱的元素。我很少见到故事中使用过多的对话,但我却经常看到故事中使用过多的叙述。叙述是在讲述,而对话是在展示。故事中有时需要讲述,有时需要展示。这是我们在学习编织时的一个技巧——知道何时该做什么。

叙述是故事的一部分,可以起到许多作用,但不能展示人物之间的谈话。叙述可以用来描述人物或环境、展现背景、闪回到过去、进入人物的头脑并展示他们的思想、进行人物刻画及探讨深刻的问题。叙述是传达故事声音最有效的方式,尤其是在以第一人称叙述的故事和/或文学故事中,因为这类故事大多是以人物为主线,而不是以情节为主线,主人公要跟读者分享一个非常私密的故事。在这类故事中,主人公与读者发展出更为亲密的关系,赢得了读者的信任,可以通过叙述更直接地向读者讲述故事。

问题是如果只有叙述,场景就会变得无聊。只要故事中有充足的行动和对话,读者就会跟随着一个有趣的人物去任何地方。你应该做的就是，尽可能地将叙述固定在场景之中，使其不要游离于真空边缘。如果有重要的事情要叙述，你就想办法创作一个场景，使人物在其中交流，然后将叙述编入场景之中。

所以，这次我们要反其道而行。我们不是将对话编入叙述，而是将叙述编入对话。看一看下面的对话场景，首先是没有叙述的，然后是加入叙述的。

无叙述：

"亲爱的，我真的觉得我们应该停下来问问多佛街在哪儿。"

"没这个必要，宝贝儿。我知道路。"

"那为什么我们在这附近已经转了四十五分钟呢？上次鲍勃（Bob）和休（Sue）邀请我们去吃晚饭时，我们只花了二十分钟。"

"因为写得清清楚楚的地址就摆在我们眼前啊。"

"你为什么这么固执呢？711便利店就在那儿，停下来去问问有什么大不了的——"

"711便利店里的人从来不说英语，这就是个充分的理由。问他们就是在浪费时间。"

"开车在这儿转来转去就不浪费时间？"

"对，因为我们离目的地越来越近了。"

"我们——当心！你刚刚拐进了一条单行道，你个傻瓜！"

"房子就在那儿。告诉过你，我会找到的。"

有叙述:

"亲爱的,我真的觉得我们应该停下来问问多佛街在哪儿。"这已经是我第三次提出这个建议了。

"没这个必要,宝贝儿。我知道路。"

"那为什么我们在这附近已经转了四十五分钟呢?上次鲍勃和休邀请我们去吃晚饭时,我们只花了二十分钟。"为什么他非要这么固执,坚持男人就不能问路这种老套的想法呢?为什么他从来就不能有点出人意料呢?

"因为写得清清楚楚的地址就摆在我们眼前啊。"

"你为什么这么固执呢?"我们又一次经过了榆树街——这已经是第三次了。"711便利店就在那儿,停下来去问问有什么大不了的——"

"711便利店里的人从来不说英语,这就是个充分的理由。问他们就是在浪费时间。"

"开车在这儿转来转去就不浪费时间?"又一次经过了杜松街。

"对,因为我们离目的地越来越近了。"

越来越近。对。我们正在鲍勃和休家附近进行观光游,这已经是我们至少第五次经过同一个十字路口。事实上,我甚至不确定这是不是他们家附近。我不知道我是该继续跟他争论,还是就让他开车转到天黑。"我们——当心!你刚刚拐进了一条单行道,你个傻瓜!"

"房子就在那儿。告诉过你，我会找到的。"

如果你发现自己创作的场景最终由于对话而显得头重脚轻，那你就需要编入一些叙述，把自己置于人物的位置上，想象她那一刻正在想什么、观察什么。你是电影中的演员，你必须扮演所有角色。注意，对话场景中加入的任何叙述都会使场景的节奏稍稍减缓，因此，你要有策略地加入叙述，在不影响张力的地方加入一两行叙述。在上述场景中，我们了解了这位女性人物，这是我们在仅有对话的场景中无法做到的。

◎ 编织对话、叙述和行动

大多数时候，我们想利用这三种元素（对话、叙述和行动）使场景达到平衡。这就是为什么你应该尽可能地把多个人物置于同一场景之中。相较于只有对话、叙述或行动的场景，将三种元素编织在一起的对话能够达到更好的效果，能在情感上极大地吸引读者。

下面的例子是一个精心编织过的场景，出自休·蒙克·基德（Sue Monk Kidd）所著的《蜜蜂的秘密生活》（*The Secret Life of Bees*）。这是一部文学小说，以下场景的核心是民权运动，基德似乎是想告诉我们，要当真正的养蜂人，就要面临被"蜇"的风险。如果想要改变世界，我们就必须敢于冒险，热爱是一个足以让我们采取行动的理由。作者没有仅用叙述向我们"说教"，而是将对话、行动和叙述融入场景之中，进而吸引读者。

我们花了整个上午去抢救那些蜜蜂。我们驾车驶进树林里的各个偏僻角落，那里几乎没有路。我们要突击抢救二十五个建在板条上的蜂箱，它们就像隐藏在那里的一座陷落的小城。我们打开蜂箱盖子，将喂食器注满糖水。我们事先装了些砂糖在口袋里，现在，作为奖赏，我们把糖撒在喂食器的边缘。

在换蜂箱盖的时候，我的手腕被蜜蜂蜇了。奥古斯特（August）为我拔掉了蜂针。

"我刚才在给它们送爱心。"我说道，感觉受到了背叛。

奥古斯特说："炎热的天气让它们感到烦躁，我不在乎你给它们送了多少爱心。"她从一个单独的口袋里，掏出了一小瓶橄榄油和蜂花粉的混合物，擦在我的皮肤上，这是她的独家解药。我本希望我永远不会有机会试用。

"把这当作你的见面礼吧，"她说道，"没被蜇过，你就不能成为一个真正的养蜂人。"

真正的养蜂人。这些话让我感到充实，就在这时，不远处的一群黑鸟突然从地上起飞，遮住了整个天空。我对自己说，奇迹会层出不穷吗？我将会在我的职业生涯清单上加上一项：作家、英文教师还有养蜂人。

"你认为，有一天，我能养蜂吗？"我问。

奥古斯特说："在过去的一个礼拜，你很喜欢蜜蜂和蜂蜜，这不是你告诉我的吗？好了，如果这是真的，你就会成为一名优秀的养蜂人。事实上，你可能不擅长某事，莉莉（Lily），但如果你热爱这件事，那就足够了。"

那种刺痛一直蔓延到肘部，我不禁对此感到惊奇，这么渺小的生物竟能给人如此严厉的惩罚。我可以骄傲地说我没有喊疼。已经被蜇了，你再怎么抱怨也都于事无补。我只是热火朝天地重新投入了拯救蜜蜂的行动。

基德怎么知道在何时、何处加入何种元素？在这一过程中，她主要依靠的是直觉。我猜想，她在撰写初稿时，并没有过多地考虑怎样将这三种小说元素编织在一起。为了编织这三种元素，你必须进入人物的内部。你不能思考怎样去进行编织，至少在写初稿的时候，你不能这样做。在修改过程中，你重新通读这个故事时，将会更清楚地看到场景何时对话过多、何时叙述过多、何时行动过多。一个达到完美平衡的场景有其自身的节奏，你需要学着去辨认这种节奏。

有时，情况并不理想。场景中的对话时间可能持续过长，这会给人不真实的感觉，就好像在听仅有头部特写的人物说话。没有了动态图像或人物对背景、气氛的观察，这感觉就像没有音效的电台采访。同样，一个行动过多的场景给人的感觉也不真实，因为人物在做某件事——任何事——的时候，都不会在活动过程中始终不说话。最后一种情况我们已经讨论过，一个叙述过多的场景可能就是很无聊，就像在现实生活中，一个人就某一话题东拉西扯地说个没完。即使我们对这一话题感兴趣，但没完没了的叙述也会让我们昏昏欲睡。

因此，要学着留心观察所有只使用了一种元素——对话、动作或叙述——的场景，问问自己那些场景是否感觉真实，是否能在情感上吸引读者。

◎ 何时无须编织

学着怎样进行编织很重要,但话说回来,学着何时不去编织也同样重要。创作一个只有对话、叙述或行动的场景是否有时也是一件好事呢?

无须编织的其中一个原因就是你想突出叙述者的某一性格特征,或聚焦人物正在谈论的某一具体事件。你不想让场景变得杂乱,不想分散读者的注意力,不想让节奏因行动或叙述而减缓。有时别人给你讲故事时,背景、周围人、所有的一切都变得渐渐模糊,而你只专注于那个人

◆ 搞定你的故事

[1] 选择一个你自己作品中的场景,或者选择一个你想添加到自己故事中的场景。练习反复创作这一场景。第一次,只使用对话;第二次,只使用叙述;第三次,只使用行动;最后一次,将三种小说元素编织在一起,创造出一种立体的效果。

[2] 从你创作的故事中,挑选出一个有问题的场景,这一场景大多或全部由叙述、对话或行动组成。场景中哪种元素过多?哪种元素又过少?思考一下你可以怎样将三种元素编织在一起,使这一场景更具立体感。

[3] 在你所创作的故事中,有些场景可能无须编织,但你却这样做了。或许,在你所编织的场景中,有某一场景应该全部由对话、全部由叙述或全部由行动组成。看一下你所编织的某些场景,你是否可以删掉所有的叙述,而只用对话去加快场景的节奏。又或者,你可以删掉所有的对话,而只用叙述去减缓场景的节奏。为了推动外在情节的发展,某一场景或许应该只聚焦于行动。

所说的话，你知道这种情况吧？这与你删掉行动和叙述，只留下人物的话语是一样的道理。

想象你笔下的人物正在演一部电影，镜头渐渐拉近，离你笔下的人物越来越近，聚焦于他们的表情，聚焦于人物本身。你可以用仅由对话组成的场景来达到同样的效果。

下面这一场景出自查尔斯·巴克斯特（Charles Baxter）所著的《爱情盛宴》(The Feast of Love)，我们来看一下吧。叙述者布拉德利（Bradley）在一家名为吉特斯的咖啡店工作。与他一起工作的克洛艾（Chloe）问他，他曾经历过最糟糕的事情是什么。至此，作者用对话、叙述和行动编织出了一幅精美和谐的场景，但是时候加快节奏了。布拉德利开始向克洛艾讲述他和好友们在巴黎圣母院大教堂里的遭遇。故事很长，克洛艾告诉他长话短说。在此，作者似乎想强调，布拉德利实际上认为他生平做过最糟糕的事情就是在大教堂里撞倒了一堆蜡烛。对话仅围绕着这一话题展开。

"让我把这件事说完……因为我的手一直在抖，我就把手伸向了烛台，那是个独立式的烛台，那种枝形大烛台，许愿用的烛台，不知怎么搞的，事情就发生了，我的手弄倒了烛台，所有的小火苗，所有的灵魂都跟着倒了。那些蜡烛是为某处的灵魂点燃的，肯定有上百支。烛台倒了，它们也全都掉在了地上，就因为我，所有的蜡烛都熄灭了。你知道修女的反应吗，克洛艾，那个就站在旁边的修女？"

"她说了法语？"

"不是。她本应该那么做，但是她没有。没有，她的反应是，尖叫。"

"哇！"

"没错，那个修女就冲着我尖叫。我感觉……"

"你感觉相当糟，史先生。我能想到。但你知道，史先生，那些东西就是蜡烛而已，根本不是灵魂。灵魂那一套，全都是迷信。"

"噢，我知道。"

"说真的，史先生，你不应该如此耿耿于怀。当你打算告诉我，你做过最糟糕的事情时，我以为，那应该是，类似于把一个盲人给揍了，然后抢了他的车。"

"不，我从来没干过那种事。"

"奥斯卡（Oscar）干过。你该让他给你说说。"

"好吧。"

"尽管他喝多了。"她优雅地摸着自己漂亮的头发，"而且那个人也根本不是盲人。他说他看不见，只是为了占别人的便宜。那就像，就像个骗局。奥斯卡把这一切都看穿了。现在九点了，老板。我们应该开门了。"

"好的。"我打开了卷帘门锁，按动了开关，门帘慢慢升了起来，一天的工作开始了。蜡烛对克洛艾来说没有特别的意义，它们就是蜡烛而已。我立刻感觉好多了。上帝保佑她。

如果作者在对话之中编入行动和叙述，场景就不会产生相同的效果。布拉德利这一人物有些神经质，这种快节奏的对话展示了他神经质的程度。当克洛艾说明蜡烛就是**蜡烛**，仅此而已的时候，这一点就更得到了凸显。这部分场景仅由对话组成，因此，我们充分体验了他的神经质，及其怎样在他的生活中表现出来。你将人物的对话分离出来，如果读者也在留心听，那他就能在某种程度上了解人物性格及其动机，这在编织了其他元素的场景中是不可能实现的，因为那里有太多的事情同时发生。

在考虑何时该将对话、叙述和行动编织在一起，何时又不该这么做时，节奏大概是你所应关注的一种最常见的小说元素。如果你正在创作一个快节奏的冲突场景，其中涉及两个或两个以上的人物，你应该考虑只使用对话，至少在部分场景中应该这样做。或许你笔下的人物刚刚开始争论，你想加快场景的节奏。在沃利·兰姆的作品《她的解脱》中，年少的叙述者多洛雷丝（Dolores）受够了妈妈，妈妈失去了一个孩子，为此她已经难过了四年多，并表现出各种强迫症状。最近，她对长尾小鹦鹉珀泰（Petey）着了魔。多洛雷丝对此已详加叙述，但这次她要把自己的情感演出来。在这一仅由对话组成的场景中，作者快速地展示了多洛雷丝已经花了几页时间对我们讲述的事情。

我讨厌珀泰——幻想它能一不小心飞出窗外或撞到电扇上，这样它对妈妈的魔咒就解除了。我不再吻妈妈了，这是我有一天晚上，躺在床上思考过的决定，目的就是让她伤心。

"喂，你今晚有点小气。"她说。道晚安的时候，她要吻我，而我把脸转开了。

"我不会再吻你了,就这样,"我对她说,"一整天,你都在吻那只鸟,就吻在它的脏嘴上。"

"我没有。"

"你有。或许你想得什么鸟病,我可不想。"

"珀泰的嘴很可能比咱俩的嘴加在一起还要干净,多洛雷丝。"她争辩道。

"简直是个笑话。"

"咳,这是真的。我在一本鸟类书籍里读到过。"

"你接下来要做的就是跟它来个法式热吻了。"

"别提什么法式热吻。那种事,你懂什么?管住你的嘴巴,这位年轻的女士。"

"我现在做的就是在管住我的嘴巴。"我说。我用手捂紧嘴巴,把整张脸都塞进枕头下。

如你所见,这一段落达到了极佳的效果,没有啰唆的叙述进行妨碍。对话**展示**了多洛雷丝对珀泰的真实态度,但更重要的是,**展示**了她对母亲的真实态度。反之,如果使用叙述,主人公可能要花上几页时间对我们讲述一件事情,而对话场景却能通过人物自身的话语,将事件迅速**展示**在我们眼前。叙述是在进行详细讲解,而对话是不假思索地脱口而出。在第八章中,我们将会深入讨论节奏问题。

显而易见,当一个人物独处时,你无法进行编织,除非他是那种经常自言自语的人。正如我之前提到的,你应该尽量创作有多个人物参与其中的场景。人物在进行思考,而读者只是在阅读他们的思维活动,这始终没有看着人物互相交流要来得有趣。

相同的理由也适用于创作仅有叙述或仅有行动的场景。你想把焦点集中在人物思想中的某一点，或者想描述某件事，而这件事在对话中听起来就很不自然，因此，你直接使用叙述。又或者，场面很紧张、表达的感情很强烈，人物在此刻（行动时）根本无法说话，你便需要用行动去推动场景向前发展。正如在现实生活中，我们有时就是无话可说。始终、始终、始终要让你笔下的人物引领着你。

◎ 达到平衡

何时应该编织、何时不应编织，我无法给出任何固定的规则。要编织得精美，你就要找到故事自身的节奏。关于你的故事，你可以问自己几个问题，尤其是在改写阶段，这能有助于你了解，对特定的场景来说，哪些元素最有效。

・故事是否进展得有点慢，我是否需要加快节奏？（使用对话。）

・这时是否应该让读者对人物背景加以了解，从而使他们更能产生共鸣？（使用叙述、对话或两者相结合。）

・我是否连续创作了太多的对话场景？（使用行动或叙述。）

・我笔下的人物是否一直在对他人倾诉某些事情，而这些事情只应在自己头脑中思考？（使用叙述。）

・同样，我笔下的人物是否只活跃在自己的头脑之中，而此时如果他们展开对话，则会达到更理想生动的效果？（使用对话。）

・我创作的故事是否有任何失衡的地方——对话过多、叙述过多或行动过多？（增加更多有所缺失的元素。）

· 我笔下的人物在交谈时，是否提供了太多的背景细节？（使用叙述。）

无论我们使用对话、行动还是叙述，其中的任何一种元素或所有元素都应起到双重作用：除了推动故事向前发展，还要透露人物的动机。了解人物动机就是了解这一人物。在下一章中，我们将弄清如何使故事中的对话以自然真实的方式，透露人物的动机，因为无论我们是否意识到这一点，我们在日常生活中都一直在透露自己的动机。

▲ **练习一**

将对话编入行动。以下是一个纯粹的行动场景，其中没有任何的对话或叙述——有点像没有加糖的饼干食谱。卡森（Carson）是个开朗外向的小伙，但场景按照现在这种方法编写，你绝对看不出这一点。在场景中加入适当的对话，展现人物外向的性格。

卡森将摩托车倒向了路缘，下了车，把他的头盔小心地挂在了左边的车把上。两个肌肉发达、穿着皮衣的飞车党站在门口，他们对卡森的本田450摩托表示很不屑，对此他们毫不掩饰。他没有理他们，而是大步走进了酒馆，他把手深深地插进了牛仔裤兜里。他们也跟了进来。

他走到吧台，点了一杯啤酒。一个金发碧眼的女人独自坐在吧台的另一边，她示意让他坐过去。他在她旁边坐下，但接下来打算从身后的桌子上拿一个烟灰缸。他站了起来，朝桌子走去，但突然发现两个飞车党里，块头更大的那个挡住了他的去路。他向右走了一步，那个飞车党也跟着走了一步。

卡森耸耸肩，转过身去，这时他感觉到一只手抓住他的肩膀。卡森猛地挣脱了，他还没有搞清楚状况，一小伙飞车党就迎面走来。

他迅速判断局势，转身把酒瓶砸向抓住他的那个飞车党，然后夺门而出。

▲ 练习二

将叙述编入对话。以下是一个纯粹的对话场景，其中没有任何的行动或叙述。从两个人物中，任选其一作为叙述者（但只能选择一个），将某些叙述编入这一场景之中。留心观察，当读者有机会进入叙述者的头脑之中时，场景是如何变得更具立体感的。

"嘿，老兄，有零钱吗？"

"没有，但我有基督耶稣的福音。让耶稣住进你心里，你便不会再流落街头，怎么样？"

"什么？我曾让耶稣住进我心里。这就是为什么我现在在这儿。"

"我不这么认为。"

"我这么认为。我是个牧师，好吧，曾经是个牧师。我的妻子跟教会执事跑了，最后跟我离了婚，我变得一无所有。"

"这不是你最终流落街头的原因。耶稣不会让他的孩子无家可归。"

"我觉得他有的时候会。正义与不义之人都将遭受雨淋——《圣经》里有句话是这么说的。"

"你妻子跟你离婚的时候，你是不是背弃了上帝？"

"不。我仍然去联合福音教会做礼拜。"

"你是个酒鬼，借酒消愁。"

"有钱的时候，我偶尔会喝一杯。今天，我只想要一杯咖啡。"

▲ 练习三

将对话、叙述和行动编织在一起。某个人物发现自己处于以下六种情境之中。每种情境后的句子只采用了一种小说元素。在句子中加入其他两种元素，创作出一个精心编织的段落。你可以在每一情境中，随意加入多个人物。

示例情境：在机场，希拉（Sheila）看见一个女人绊倒了，公文包掉在了地上，从里面散出好多沓百元大钞。

行动句：一个女人绊倒了，公文包飞了出去，从里面散出好多沓百元大钞，希拉看得瞠目结舌。

对话句："我的天哪！"希拉大声喊，"让我来帮你——"

叙述句：这是希拉的祈祷应验了吗，她一直在等的奇迹出现了？只拿一沓钱又能怎样呢？那位女士绝不会注意到的。

情境：一只狗把搭在屋子上的梯子撞倒了，乔（Joe）正在清理排水槽，现在他被困在了房顶上。行动句：乔小心地移到了屋檐，向下看了看。

情境：卡罗琳（Carolyn）遇上了塞车，想打电话回家告诉丈夫，她会晚一点，但电话没有信号。对话句："讨厌的电话！"卡罗琳嘟囔道。

情境：艾莉森（Alison）同意跟她的新同事凯尔（Kyle）出去共进晚餐，但就在凯尔来接她之前，她接到了一个电话，据可靠消息称，凯尔已经结婚了。凯尔按响了门铃。叙述句：我告诉过自己，绝不跟已婚男人出去约会。

情境：瑞安（Ryan）和妻子正在办理离婚。瑞安将几件衣服扔进手提箱里。他六岁的儿子亚伦（Aaron）正看着他。行动句：我从衣柜里抓起了高尔夫球，小心地放在箱子的一角。

情境：科林（Colin）刚刚得知他不得不开除一起共事的戴维，在过去的几个月里，戴维成了他要好的朋友。对话句："贾妮斯（Janis），请让戴维来我办公室一趟。"

情境：梅甘（Megan）和朋友刚从购物中心出来，正朝她们的车走去。这时，梅甘看到一个女人多次打自己年幼儿子的屁股，然后把他推进了自己的SUV。叙述句：我一直想知道，如果遇到成年人虐待小孩，我会怎么做。

用人物自身的语言
——向读者展现人物及其动机

第六章

有一天晚上，我偶然收看了精彩电视台播放的《演员工作室》(*Inside the Actors Studio*)，那时，我已经指导写作者们创作小说许多年。节目中，主持人詹姆斯·利普顿（James Lipton）正在采访约翰尼·德普（Johnny Depp）。当被问到年轻时，谁对他的演技影响最大，德普说是一位已故的表演老师，她的名字叫斯特拉（Stella）。

"她反复、反复地强调，我们进入每一场景时，都要记得对这一角色来说最重要的事情——在这一场景中角色想要得到什么。我扮演的角色想要得到什么？很多吗？"

我差点从椅子上跳起来。这就是我多年来一直在教给写作者的，也是我在各种写作指导书中多次读到的。要了解人物，最重要的一点就是知道他想得到什么。人物想得到很多，很多很多——不顾一切地想要得到。

如果我们非常了解自己笔下的人物，我们就知道他们在故事中、在每一场景中想要得到什么。我们必须有一个目标，这是小说的必备元素。我们的任务是尽可能自然地让读者知道，我们笔下的人物渴望得到什么，即使他们的渴望还停留在无意识层面，甚至他们自己也不知道想要什么。尽管如此，我们必须让读者对此有所了解，这样故事才能向前发展。有时,我们笔下的人物自以为想要某些东西,但他们的真实渴望却与此恰恰相反,这一点应在情节中得到阐明。

怎样才能达到这种效果呢?我们怎样才能使读者了解人物想要得到什么,特别是对一个我们无法进入其头脑的次要人物而言?我们当然可以利用人物的行动,但我们也可以利用人物的语言。人们总是通过言语泄露自己的秘密。我们中的大多数人无法缄口不言,即使有时我们尽力保持沉默。如果其他人在仔细听——不要担心,他们很有可能不会这样做,因为大多数人说得多,听得少——那么在我们开口的那一刻,他们就能知道我们的动机。对人物来说,情况也是如此。因此,创作小说在很大程度上就是观察人与人之间的交流。

解决问题的关键就是对话,这是展现人物及其动机的一种绝妙手段。仅通过对话,你就可以运用多种方式将这些人物展现给读者。

过去的几年中,在展现故事中的人物时,我一直将另一种手段与对话配合使用。这种手段被称作九型人格学,它彻底改变了我塑造人物的策略。在勒妮·巴伦(Renee Baron)与伊丽莎白·瓦格勒(Elizabeth Wagele)合著的《九型人格一点通》(*The Enneagram Made Easy*)中,她们给九型人格下了这样的定义:

> 九型人格是对人类九种基本性格的研究。它解释了我们的行为方式,为个体发展指明了具体方向,是增进亲情、友情、改善同事关系的一种重要手段。
>
> 九型人格的起源可追溯到数百年前。确切的起源尚不确定,有人认为九型人格在中东地区神秘的苏菲兄弟会中口耳相

传。俄国的神秘主义导师G.I.葛吉夫（G.I.Gurdjieff）在20世纪20年代，将九型人格引入欧洲，20世纪60年代，九型人格传入美国。

我们对九型人格起源的真正了解仅此而已。就个人而言，我无须再了解更多，因为我一直在对此进行研究，观察其产生的效果，我真的无须再了解任何其他信息。想了解他人——甚至自己——的出发点时，我将九型人格作为一种手段，进行各种尝试，并且发现它每次都与事实相符。有好多次，我无法弄清自己的动机，于是我记起，哦，毫无疑问就是这样，我是九型人格的#4——艺术型。这可以说明很多问题。

我提供九型人格这种手段，来帮助你塑造人物。本章的主要内容是阐明怎样在对话语境中，运用九型人格去向读者展现人物及其动机。尽管塑造人物有多种方式——大部分的方式我都尝试过——我发现用九型人格去了解人物要更加有趣，这比填满长达十几页的人物图要有趣得多。一旦你学会辨识九型人格的不同类型，你就可以把人物图永远抛在一边。你需要做的仅是决定某一人物需要何种性格，然后到九型人格中找到相应的类型。搞定了！你了解自己笔下的人物，清楚他们的出发点。于是，人物对话就直接源自其真实的性格，你可以不必再思考对话听起来是否真实。

在本章中，我想简要介绍一下九型人格中的每种性格类型，阐明如何创作出与之相符的对话，从而塑造出真实的人物，使他们每次开口说话时，都会忠于自己。每种性格类型都有一个标签及编号。每一类型的定义都出自巴伦与瓦格勒合著的《九型人格一点通》。

◎ 1——改革者

改革者的动机是需要以正确的方式生活，包括提升自我和改善周围的世界。

我最近观看了一部电影，其中有一个十来岁的人物，她无疑是一名改革者。她坐在教室的前排，这是改革者的典型做法，这一性格类型喜欢影响他人，喜欢吸引别人的注意。在影片中，她总是第一个举手回答问题。这一人物的对话清楚地向我们展示了她的出发点——每次说话时都是如此。下面的几句对话是她对代课老师说的。

"你说你不会给作业评分，这是什么意思？没有分数，我们怎么知道自己做得对不对？"

"你这种不合常规的教学方式不会达到最好的学习效果。"

"我已经决定了，我要跟校长说说班级里发生了什么。"

显而易见，她是个自作聪明的家伙，但也无疑是一个改革者。她知道做事的正确方式，觉得必须告诉老师，他的方式毫无疑问是**不正确**的。

在对话场景中，改革者总是会说出自己认为对的事情，对此他从不会感到畏惧。这种人物绝不会感到腼腆害羞，他喜欢正面交锋，只要其他人物做了他不认可的事情，他就觉得有责任去将其改正。此人物在故事中登场时，你需要让他的对话出自内心深处的某个地方。在那个地方，他知道什么是正确的事情，并且确保周围人都在做这件事情。

◎ 2——助人者

助人者的动机是需要被爱、被重视，需要对别人表达自己的积极情感。从传统意义上来讲，相较于男性，社会更加鼓励女性拥有助人者性格特质。

我有一位朋友，名叫杰里（Jerry），他总是给我提供建议。这些年来，他也给了我许多其他的东西，比如当我独自抚养五个孩子时，他给了我钱还有各种礼物，但我们谈话时，他总是忍不住要给我提供意见，无论我是否征求他的意见。这使他感觉被重视、被爱。这就是他的**动机**，因为他是助人者。我一弄清了这一点，就不再为那些主动提出的建议而感到特别烦恼。

在小说中，这就是助人者一直在做的事情，无论是在行动还是对话中都是如此。他就是在给予。有时，这样做的目的很单纯，但有时是想得到其他人的爱与关注。

典型的助人者对话大概是这样的：

"当然，我很乐意照看你的孩子们。"（即使心里想的是：哦，真不敢相信她又让我照看这些小屁孩。）

助人者说话时，通常不会直截了当，对自己真正渴望的东西，他们觉得难以启齿。他们有时会做自己不想做的事情，并对此感到厌恶，这时，他们就可以充当殉道者的角色。

"当然，我很乐意烤饼干去义卖。"总之，就只有我一个人，真正在乎我们这个妇女组织。

对话时，助人者经常充满诱惑力，他不惜采取任何手段将其他人吸引到他身边。他可能采取性、金钱、财产、建议或任何其他手段。当这种人物出现在故事之中时，他的出发点即是需要爱和关注，他愿意付出所有以满足自己的需求。在走投无路的情况下，这种人物可以牺牲自己的灵魂。每次开口说话时，他总是有意无意地谈论奉献与索取。通常，在你所设置的对话场景中，他们的自我感觉决定了他们是奉献还是索取。

◎ 3——成就者

成就者的动机是需要富有成效，需要取得成功，避免失败。

我有一些成就者朋友，他们是风云人物，做了许多卓有成效的事情。在故事中，他们就是那种能设定目标、对生活有严格规划、日程满满的人物，他们的生活就是要完成长长的任务清单。即使在谈话时，他们也一直想着所有必须完成的事情。有时，成就者很难活在当下。

这一场景来自桑德拉·布朗（Sandra Brown）的小说《床上的早餐》（*Breakfast in Bed*），其中卡特（Carter）和斯隆（Sloan）是一对互相爱慕的情侣，他们刚刚开始了解对方，正坐在旧金山的码头旁。卡特询问斯隆，她究竟花多长时间在床上工作、吃早餐。

> "你多久出来一次？我是指，出来娱乐放松，而不是去处理费尔柴尔德之家的事务。"他们坐在露天广场的小圆桌旁吃着冰激凌，卡特在吃黏糊糊的圣代时，不自觉地发出了声音。
>
> "不经常出去。"她敷衍地说。
>
> "多久一次？"他坚持问道。
>
> 她摆弄着糖纸："我是费尔柴尔德之家唯一的老板和经理，

还是领班、服务员、会计、主厨和勤杂工。这让我没法像你说的那样，有太多时间娱乐放松。"

"你是说你从不休息一天？一晚呢？从不去看电影？什么都不做？"

"你在让我感到沮丧。"她说道，极力地调侃他，想转移这一话题。她的生活绝非一场狂欢，但她只是不想让他知道，她的生活是多么无趣。

"斯隆，这太荒唐了！"他把勺子放在一边，用令人窘迫的专注眼神审视着她。

"如果没有帮手，这就不荒唐了。"

"那就雇个帮手。"

"我雇不起，"她厉声说道，"我早就告诉过你。"

"那你也不能躲在那间房子里，从不出来！"他突然激动地反驳道。看到她受惊的表情，他压低了声音："对不起。当然，这不关我的事，我只是不能理解像你这么漂亮的女人，为什么要远离人群，躲起来。"

像斯隆这么漂亮的女人会远离其他人，是因为她是一个成就者，当别人娱乐时，她忙于工作。上述段落说明她是一个成就者，这不仅因为她沉迷于工作，还因为她不想让卡特发现，她的生活实际上是那么无趣。成就者在意自己的形象，在意别人怎样看待自己。如果卡特知道她的生活这么无聊，他会如何看待她呢？

现实生活中，成就者的生活并不无聊。与许多人相比，他们的生活更有趣，他们总是有事可做，总是从事某种刺激的活动或开展新的计划。成功就是他们的驱动力。

这在对话中要如何表现出来呢？成就者必须在争论中占上风，因为她必须成功，她不能看起来很蠢或好像一无所知。对话时，成就者说话速度很快。有时，其他人物还未反应过来发生了什么，就被说服去做某事。成就者可以轻易击败更感性的观察者或和平者。成就者十分了解如何"掌控全局"。在多人对话时，成就者会从一个人物跳到另一个人物，掌控全局，交换信息，努力用自己的能力给其他人留下深刻印象。

◎ 4——艺术者

艺术者的动机是需要体验自身的各种情感，需要被理解，需要探寻生活的意义，从而避免平庸。

我本身就是艺术者，要客观地讨论这一类型不太容易。我似乎能在九型人格的每一类型中，找到负面的东西，除了这一类型。我想知道，这是为什么呢？最近，我让一个朋友告诉我，她觉得艺术者有什么令人讨厌的地方。她知道我是艺术者，但这似乎没有对她造成妨碍。

"哦，每件事情都要小题大做，这太老套了，"她说道，"并且他们目光十分短浅。"

我倒吸了口气："目光短浅？"

"他们太关注自己了，你知道，所有的事都跟自身有关。"

"哦，是的……"

"他们似乎对现状不太满足——总是惦记自己没有的东西。"

"好了，够了。"我对她说，感到很沮丧。

在简·费瑟（Jane Feather）的小说《意外的新娘》(*The Accidental Birde*)中，我发现了一个艺术者。主人公菲比（Phoebe）无疑是个喜欢小题大做的人，对新婚丈夫凯托（Cato）来说，她是个大麻烦。他们的婚姻只是权宜之计，这使她感到一点都不特别。艺术者需要感到与众不同。在下面的场景中，菲比在婚礼后的宴会上，把红酒洒在了结婚礼服上。凯托责备她那样擦拭礼服，会使污迹看起来更糟，这时，她鲜明的艺术者本性暴露无遗。

"我看不出来跟原来有什么不同，先生，"她不客气地回应，"这就是一件很丑的礼服，根本不适合我。"

"你到底什么意思？这是一件非常优雅昂贵的礼服，"凯托皱着眉头说，"你姐姐——"

"是的，一点没错！"菲比打断了他，"这穿在黛安娜（Diana）身上就是精美的！穿在我身上就是丑陋的。这个颜色不适合我。"

"哦，别傻了，菲比。这个颜色非常好。"

"对某些人来说很好。"

她走红毯的时候，凯托只是匆匆看了她一眼。现在，他仔细地观察着她。她看起来如此狼狈不堪，头发已经从精美的发饰中掉了出来，甚至脖子上的珍珠项链看起来也歪歪扭扭的。也许这件礼服适合黛安娜，不适合她，但这不是她如此邋遢的理由。他似乎刚刚看清了她。

菲比继续怒吼:"但买新礼服当然毫无意义,就是浪费钱!"

凯托认为这无法接受,开始为自己辩解:"这是要开战了,菲比。你父亲觉得——"

"他觉得,我的天,钱应该花在长矛、火枪和擦亮的猎装上。"菲比又一次打断了他,"如果我不得不穿着这惨白的、混着红酒的烂东西,那就这样吧。"

"你就是在小题大做。"凯托坦言。

一点没错。这就是艺术者会做的事——他们喜欢小题大做,并且他们根本无法理解,情况明明很严重,为什么其他人就觉得是件小事。下文中有一个对话场景,凯托正在教菲比骑马,但由于菲比的小题大做,这很快就变成了一场灾难。她最终称他为"可怕的老师""可恶的暴君",并相当直接地告诉他,她想换个人教,没人能从他那里学到任何东西。菲比情感的爆发似乎令凯托感到困惑不解,但我却一点都不感到吃惊。

成就者和领导者只想有所成就,观察者想要退一步来审时度势。我猜想,这种情感的宣泄和不必要的小题大做对他们来说是令人费解的。

我大概没必要告诉你,怎样在对话场景中利用艺术者。他们充满创意,与人相处融洽,然而他们也会因为小事而泪崩,无法自已而将气话脱口而出,他们还有些杞人忧天。他们总是会带来点令人兴奋的消息。思考一下,你在故事中将怎样利用这类人物,他可以很有趣,尽管他有点恼人。

◆ 尝试一下

创作一个家庭聚会场景，这是一个并不和谐的家庭——父母亲们、兄弟姐妹们、年长的孩子们、孙子孙女们、叔叔阿姨们和堂兄弟姐妹们等。这是一个笃信宗教的家庭——一长串的长老会教徒（或者你所选定的任何一个教派）。他们坐下来吃晚餐，一个人物宣布她要去当修女，另一个人物宣布他是个同性恋。从在座的人物中挑选九个，为他们编写一段对话，展现他们的反应，让每个人物代表九型人格中的一种类型。

◎ 5——观察者

观察者的动机是需要知道并理解每件事情，需要自给自足，避免看起来很蠢。

故事中的观察者不是派对的核心人物，不是众人瞩目的焦点。他站在一旁注视着大家，不断地观察、记录、揣摩、思考，与自己玩智力游戏。如果有人与他交谈，他会认真地进行措辞，所以他有时需要花点时间去整理思路，再将其付诸言语。在对话场景中，这种人物通常看起来沉默寡言、超然独立、甚至有些傲慢自大。他无疑是个内向的人物。

我有一位观察者朋友。无论我们谈论什么，他只是坐在人群中倾听、观察。他是一位深刻的思想者，我知道他能提出有益的见解，但总是必须我要求他这样做。而一旦这样做了，他每次说的话都很有趣，很有价值，大家都会倾听。

在罗宾·李·哈彻（Robin Lee Hatcher）的小说《承诺》（*Promised*

to Me)中，我认为雅各布（Jakob）很可能是一个观察者。在谷仓被烧毁后的场景中，他对妻子展现出了典型的自我。他很愤怒，无法对卡罗拉（Karola）敞开心扉，不想让她帮忙，只想让她走开。

"我没有时间休息，卡罗拉。"他又挺直了腰，这一次对她怒目而视，"你根本不知道我们有多大麻烦。"

"那你就应该告诉我啊。"

"我不想让你担心。"

她恼怒地说："你现在这个样子，我怎么能不担心？"

"你不明白。"

卡罗拉深吸了一口气，尽力控制心头突然涌起的怒火。他在耍牛脾气。他又在疏远她，这是他的一贯做法。他把事情都闷在心里，不让她参与。

她又深吸了一口气："我去拿副手套，来帮你。两个人一起干活更快。"

"你帮不了我。"他挥手示意，让她走开，"火花会把你的裙子点着。"

"我可以把裙子掖进腰带里。"

"不行。"

"那我可以换上你的裤子。"

雅各布摇了摇头："卡罗拉，我宁愿自己一个人干。"

"可你不是一个人。我在你身边，上帝与我们同在。不要因为这次厄运，就把我们拒之门外。"

"你和上帝都不能给我们一个新谷仓。"他将一只熏黑的手套拍向自己的胸膛。"我必须想办法去解决。"

……

卡罗拉盯着他,伤心和愤怒一齐涌上心头:"雅各布·赫希(Jakob Hirsch),你这么快就忘了主为你做了什么?你让他在你眼里变得如此渺小。不要傲慢自大。请求他的帮助。祈祷请求吧。"

"祈祷是你要做的事,卡罗拉。在这段婚姻里,你更虔诚。我需要做的是采取行动。"

如果卡罗拉表现得"虔诚",那可能是因为她是一个改革者,她总是按自己的理解指明对错。这对观察者来说,可能很恼人,他们揣摩、研究,认为自己知道在特定情况下应该做什么。在上述场景中,雅各布认为明知道需要做什么,却无所事事地祈祷,这太蠢了。

通过这个例子,你可以看出怎样在故事中利用观察者。在交谈中,他们会坐在一旁,进行观察,在就讨论的话题给出任何意见之前,他们似乎都需要花很长的时间仔细思考。你要让其他人物诱使观察者开口说话。如果他认为其他人真的想听,就会提出自己的看法,一旦他说起话来,你就很难让他打住。

◎ 6——质疑者

质疑者的动机是需要安全感。恐惧症质疑者的外在表现是担忧,渴望得到认可。反恐惧症质疑者会直面自己的各种忧虑。这两方面可以同

时表现在同一个人身上。

我怀疑大多数已有作品出版的作家，在为自己的故事构思人物时，不会特意把九型人格记在脑子里。然而，我认为这种事部分是凭直觉的，因为技艺纯熟的作家塑造出的人物都符合九型人格的各种特征。例如，有一天我正在读安·泰勒的作品《补缀的星球》(*A Patchwork Planet*)，我可以清楚地看出主人公的母亲是一位质疑者。主人公名叫巴纳比（Barnaby），是一个离经叛道的年轻男子，他与娜塔莉（Natalie）的婚姻只持续了很短一段时间，两人育有一个女儿，名叫奥珀尔（Opal）。在下面的场景中，他们已经离婚多年。奥珀尔来看望她的父亲，他带着她去寻访。他在一家名为租赁过去的股份有限公司工作，负责去家中帮助老年人和残疾人，或在养老院里做些杂事，因为他们太虚弱了，自己没法完成这些事情。在这一场景中，他跟母亲谈论起他最近去养老院的事。他带着奥珀尔一起去的，他的母亲是一个质疑者，她并不喜欢他这样做。

"巴纳比·加特林（Barnaby Gaitlin），"我妈妈说，"你当时到底怎么想的？"

"嗯？"

"带一个九岁的孩子去养老院！"

"所以呢？"我说，"这有什么问题吗？"

"她说看见到处都是坐着轮椅的人。老人！有一个女人鼻子里竟然插着管子！"

"哎呀，老妈，"我说，"这有什么大不了的？会变老这件事，我们需要保密吗？"

是的，很显然我们需要，因为我妈妈意味深长地看了一眼奥珀尔，她搅拌着沙拉，眼睛始终向下看着。"这一天剩下的时间里，就让奥珀尔和我待在一起吧，"我妈妈说，"我会带她去看望祖父母。"

　　"好吧，我不明白你为什么这么紧张。"我对她说。

巴纳比的母亲会如此"紧张"，是因为她感到害怕。害怕那些老人吗？谁知道呢？我们经常搞不懂质疑者在害怕什么。质疑者时常也搞不懂自己。他们就是感到害怕。

　　就在下一个场景中，巴纳比的母亲担心，在巴纳比的照料下，奥珀尔的饮食不合理。

　　当我告诉老妈，我们在朋友家吃的晚餐，她有点生气。"朋友？"她问，"什么样的朋友？男的女的？你或许应该早点告诉我。这个人知道怎么做饭吗？给她做了各种新鲜的蔬菜吗，还是只给她吃了巨无霸之类的东西？"

　　"这个人会提供各种营养均衡的食物。"我向她保证。

　　"好吧，我想让你知道，如果奥珀尔肚子疼，我就拿你是问。"老妈说。

　　又过了几个场景，巴纳比新交的女朋友对他的父母说："抚养出这么体贴的儿子，你们一定很感到骄傲。"他母亲表现得很惊讶，说道：

"噢，谢谢你，索菲娅（Sophia），"我妈妈对她说，"你这么说，真是太贴心了。"她向下瞥了一眼桌子，又望向老爸，"就好像他从前没有让我们担心过似的。"

质疑者**总是**在担心，对任何鼓励或善意的话语都感到怀疑，并非真的相信这些话语是真诚的。索菲娅对巴纳比的妈妈说，巴纳比是那么体贴，作为妈妈，是她把他抚养成这样的一个人，我觉得这时巴纳比的妈妈或许并不相信索菲娅。或许泰勒在塑造人物时，真的利用了九型人格。

总之，质疑者的话语总是出于恐惧或怀疑，尤其是在他们缺乏安全感的时候。在故事中，塑造这类人物会很有趣，因为在对话场景中，他们总是紧张不安，质疑其他人的所有言行，从不接受表面的意思，总是怀疑每个人的动机。质疑者的担心是无休止的。在每个对话场景中，从防震准备到核战争，所有事都在他们的担心范围之内，像巴纳比的母亲就在担心别人的饮食是否合理。

◎ 7——探险者

探险者的动机是需要开心，需要计划一些令人愉快的活动，对世界有所贡献，避免遭受痛苦。

#7 的典型对话大概是这样的：

"看起来又要下雨了。"

"哦，太棒了。"（跑去取雨伞和雨靴。）"我们需要雨水。我喜欢下雨。它让一切闻起来都那么清新、那么湿润，你懂吧？"

"斯诺霍米什河水又要泛滥了。记得它上周是怎么泛滥、怎么冲毁那儿所有房子的吗？"[这位或许是一个 #6（质疑者）吧？]

"是的，我看新闻了，他们要想在附近走动，就不得不划船。所以，那儿的邻里们都聚在一起，各个家庭在一起共度这段日子。很感人，是吧？"（被嗤之以鼻。）

"你真是疯子。"

"有时最坏的状况可以变成最激动人心的奇遇，不是吗？这给大家一个团结在一起的机会。我打算去非洲来个布道之旅，我告诉过你吧？嗯，当然是在我把去以色列度假的各种资料分类，做成剪贴簿之后。"

探险者有许多的计划和冒险活动，这使其他人应接不暇。在《奥普拉脱口秀》或其他访谈节目上，我有时会看到某人在高谈阔论他所做的每一件事，我会觉得自惭形秽，因为我没为拯救世界出什么力，但接着我提醒自己："哦，是的，这是探险者的谈话，我没必要像这个人一样，才能自我感觉良好。"

当你将探险者置于对话之中时，他就会像在上述场景中一样，高谈阔论起自己正在实施的计划或热衷的各种问题。在交谈时，他老是天马行空，时常需要他人帮他潜下心来，停止说话，去体验内心的感受。

在对话场景中，关于探险者，你需要了解的重要一点就是他的想法总是积极的。他不想看到任何消极的事情，如果有人对生活中的事件或他的私生活持消极看法，他便会视而不见，即使真的有消极或困难的事情发生，他也假装没有。在故事中，这类人物很有趣，因为他们总是在幻想，与当下脱节。对像和平者那种极其关注当下的人物来说，他们真的很恼人。

◎ 8——领导者

领导者的动机是需要自立自强，避免感觉软弱或依附他人。

领导者也时常过分保护他人，极力捍卫社会正义，这一点在下面的选段中表现得十分明显。这一选段出自约翰·格里森姆所著的《街头律师》(*The Street Lawyer*)。在这一场景中，这个男人很明显是领导者，他挟持了一群富有的律师作为人质，反复逼问他们私吞了多少钱，又捐出了多少钱。认真阅读他的对话，对领导者来说，这就是重要的事情。

> 他慢慢地摇了摇头："捐给穷人多少？"
>
> "总共捐了十八万。"
>
> "我不想知道总数。别把我和我的人，跟那些交响乐团、犹太教堂和所有你们上等白人俱乐部里的人混为一谈。你们在那儿拍卖红酒和亲笔签名，捐给童子军一点小钱。我说的是食物，给那些跟你们住在同一个城市的、饿着肚子的人的食物，给那些小婴儿的食物。就在这儿，就在这座城市里，你们这些人在赚大钱，而小婴儿在夜里挨饿，他们一直哭，因为他们饿。捐了多少钱买食物？"
>
> 他正看着我。我看着面前的文件。我没法说谎。
>
> 他继续说道："城镇里到处都有救济站，穷人和流浪汉在那

儿可以填饱肚子。你们这些人捐给救济站多少钱？捐过一分吗？"

"没直接捐过，"我说道，"但有些善款——"

"闭嘴！"

他又挥动着那把该死的枪。

"捐给收容所多少？外面十摄氏度时，我们就睡在那里。这些文件里列了多少收容所？"

我捏造不出来。"一个也没有。"我低声说。

他一跃而起，吓了我们一跳，银色胶带下的红棍子完全露了出来。他向后踢了一脚椅子。"那免费诊所呢？我们有许多这种小诊所，医生——那些正直善良的、从前能赚很多钱的人——来到这儿，花时间帮助那些生病的人。他们一分钱都不收。政府过去帮着付房租，帮着买药和补给品。现在纽特（Newt）执政了，所有的钱都不给了。你们捐了多少钱给诊所？"

领导者热衷于正义事业。他们觉得有责任保护周围环境，愿意为了实现目标而努力奋斗。在上述场景中，反面人物在奋斗时走了极端，不惜杀死他人，以表明自己的立场。

我有一位朋友是心理治疗师，他曾告诉我许多领导者最终被关进了监狱，因为他们有强烈的欲望去保护所爱之人和维护周围的环境，正是这种强烈的欲望把他们毁掉了。当然，这不是领导者的全部，但这是他的主要动机。一些有关九型人格的书籍，没有将这一类型认定为领导者，而认定为支配者。

九型人格并非将人物刻板地分类。例如，在电影《盗火线》（Heat）

中，罗伯特·德尼罗（Robert DeNiro）和阿尔·帕西诺（Al Pacino）很显然都是领导者。一个是职业罪犯，而另一个是警察。你们自己揣摩吧。

人类很复杂，由众多群体组成。但如果你的故事中需要一个人物，而那个人物的动机是为一个目标而奋斗，需要掌控全局，喜欢亲近他人，而他咄咄逼人的个性经常使其他人远离他们，这时，你可以选择领导者。在对话中，这种人物给人的印象是具有攻击性——但并不总像格里森姆小说中的反面人物那样如此具有攻击性，但对于自己想要什么、什么时候想要，他从不犹豫。你要小心，否则他会抢走其他人物的戏份。顺便说一下，如果他能管理好自己，而不像《街头律师》里的反面人物那样走入极端，他们会高于生活，有着温柔的灵魂，是充满关爱的人物。

◎ 9——和平者

和平者的动机是需要维护和平，融入他人，避免冲突。从温文尔雅到独立坚强，和平者的性格很多变，尤其是当和平者表现出其他八种类型的特征时。

和平者的对话通常很中听，想要讨好听者，这通常与和平者自身利益并无太大关系。他经常设法倾听、了解所有人的欲求，而忘了聆听自己内心的需求。在故事中，一个典型和平者会不惜一切避免冲突，如果有戏剧性事件或冲突即将发生，他们会用尽所有精力，尽最大努力使每个人在危机中平静下来，并否认局势的严峻性。这一人物会"为了和平，不惜一切代价"，有时代价是沉重的，如牺牲自己的目标。

我目前正在创作一部小说，主人公是一名改革者，她一心想要复仇。

有人杀死了她的女儿，她像着了魔一样一定要将凶手绳之以法。我知道我需要一个和平者做她的丈夫，这样才能使她所面临的冲突最大化。如果她嫁给了领导者，他就会跟她一起完成目标，甚至可能某天晚上，在昏暗的小巷里亲手把那个家伙捅死。又或者她嫁给了成就者，他或许会有策略地实现这个目标，同样将凶手绳之以法。在九型人格中，这两个类型的人物都很可能与改革者主人公达成共识，但和平者不会。他只想让整件事烟消云散。他没有兴趣跟任何人发生持久的争斗，即使在法庭上，他也不愿意。他只会将悲痛埋入心底，变得绝望，但不会抗争。这令主人公抓狂，随着故事的进展，这造成了她和丈夫之间诸多言语上的冲突。

两人之间的典型对话大概是这样的：

"警察怎么要花这么长时间去抓那个恶魔？"自从两个月前的那场噩梦开始，这话琳达（Linda）已经说过无数次了。

"嗯，他们很可能还有别的案子。"丹（Dan）轻声说。琳达一表现得这样，他从来就不知道究竟该怎么应对。"我的意思是，我确定他们尽力——"

"尽力？"她尖叫道，"你怎么能说出这种话？我给他们打电话，几乎总是要重新解释一遍我是谁。他们就是笨蛋。"

"我确定他们也很沮丧。他们想找出谁是凶手，我确定——"

"你怎么总是站在他们那边？"她喊道，"就好像你根本就不在乎——"

说到这儿，他便保持沉默了。再也见不到他们活蹦乱跳的十九岁女儿，她怎么能说他不在乎？这对他来说难以忍受，到此为止吧。他深深地陷进椅子里，闭上了眼睛。

丹无法应付咄咄逼人的改革者妻子。他感到绝望无助、不知所措，她的怒吼咆哮只会给他施加压力，让他去解决一个永远无法解决的问题。和平者喜欢付诸行动去解决问题，然而一旦他们无能为力，他们的热情就会变成绝望。

◎ 九型人格在故事中的运用

如果你正在创作一个以情节或概念为主线的故事，你要对这一故事所需的九型人格类型进行思考，那最佳的思考时间便是在你动笔之前。如果你正在创作一个以人物为主线的故事，那么或许只有在你已经开始创作故事、对人物有所了解之后，人物的九型人格类型才会显现出来。

◆ 搞定你的故事

通读一个你创作的故事，辨认出每个人物的九型人格类型。然后，在清楚了解每个人物动机的基础上，根据每个人物的九型人格重新改写对话。

例如，你正在创作一个以情节为主线的谋杀推理小说，侦探和凶手大概都不能是助人者或和平者。原因很简单，这两种类型的人物都不具足够的攻击性去追捕凶手或作案。你可以让助人者或和平者协助侦探或当帮凶。这样没有问题，但这类人物通常就是不会发号施令。

  我所创作的故事通常是以人物为主线，所以，基于我所创作的故事类型，我会坐下来，构思故事中的人物，仔细思考每个人物所需的九型人格类型。然后，我会以第一人称视角进行人物特写，会让人物用自己的语言对我**讲述**。这感觉差不多像跟这个人物通灵。要想了解任何一个人物，你就要回到约翰尼·德普的表演老师教给他的那一点——了解人物**想要**什么，这一点是最重要的，也是你首先应该做的。你笔下人物的九型人格类型决定了他们想要什么，然后你就可以开始动笔写了。人物的九型人格类型驱使他在故事中采取行动。如果你已经研究了他的九型人格类型，你就永远不用再去思考他是谁，他的出发点是什么。你自然就会**知道**。单是这一点就会使你的人物对话创作充满乐趣。

  到此为止，你所了解的内容足以让你知道，在创作小说人物及他们之间的对话时，这种手段是否可能对你有用。正如我之前提到的，作为小说家，我们有许多可用的手段，这仅是其中之一，但我希望这种我认为有用的手段，对你来说也同样有用。在本章中，我们只了解了九型人格的一点皮毛，还有很多需要了解的内容。如果想认真地学习九型人格，你可以上网进行搜索，你能找到许多相关网站，了解更多信息。或者，你可以到任何一家书店，你都能找到很多有关九型人格的书籍。在一个精彩的故事中，所有元素都是相互关联的：对话、人物刻画、视角、情节、主题以及我们在本章中看到的动机。在下一章中，我们将来看一下如何将**背景**自然真实地编入人物的对话之中，这样读者便能根据人物背景了解人物是**谁**，以及他们在某一场景中所处的**位置**。

练习

情境：在银行的停车场，一对男女一心要骗一个上了年纪的女人（或男人）。以受害人的视角，为九型人格的每一种类型，创作一页对话场景，围绕以下重点展开：

改革者——在停车场，就欺骗他人开始对这对男女进行道德上的说教。

助人者——想要提供帮助，渴望被骗（自己并没有意识到）。

成就者——开始教这对男女更好的行骗方式，一种成功率更高的方式。

艺术者——当众大吵大闹，为了寻求保护而大声尖叫。

观察者——观察、倾听、等待、思考，就让骗子喋喋不休地进行劝诱。

质疑者——表示怀疑、不相信，就他们的行骗方式问了许多问题。

探险者——积极地看待这次遭遇或假装没有发生过。

领导者——反过来控制局面或就应该怎样过生活给这对男女上了一课。

和平者——不想惹任何麻烦；很友善，不知道怎样拒绝。

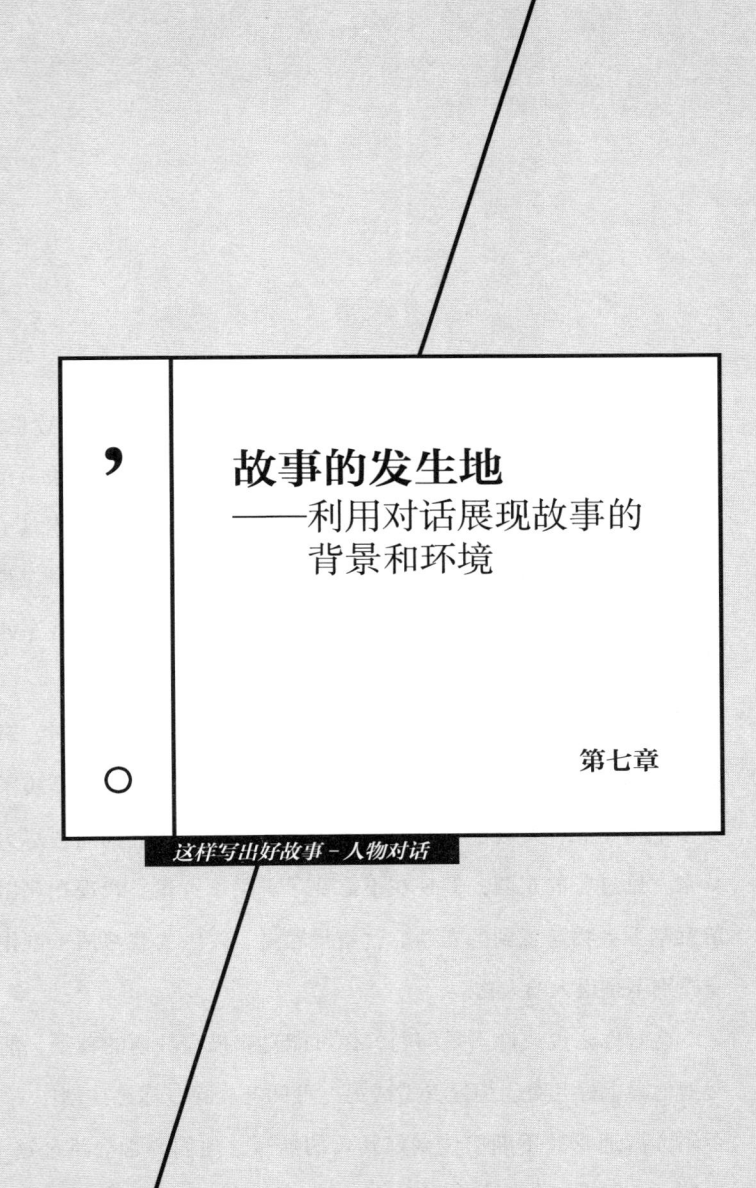

故事的发生地
——利用对话展现故事的背景和环境

第七章

这样写出好故事 - 人物对话

对我而言，在所有小说元素中，背景始终是最难融入故事之中的。因为我乐于观察人性，但却忽视了周围的环境。我有时会跟一位朋友一起散步，她总是走走停停，可能是由于听到了一只北美啄木鸟（那是什么东西？）在叽叽喳喳地叫，想停下来跟它交流。又或许是从某棵大树或灌木丛旁经过，想停下来摸一摸。如果没有她在身边，这些东西我一样都不会注意到。

我喜欢做的是听人们交谈，偷听他们的谈话。讲故事时，对话是我最喜欢的元素。当发现可以用对话展现故事背景时，我兴奋极了，虽然我不记得是怎样发现的。我原本要用一大段的叙述性描写去尽力描绘我从未"见过"的东西，但现在不需要了。关于背景，我现在要做的只是留意笔下人物注意到的东西。这就很容易了，因为我习惯于创作与我本身差别不是很大的人物。

这对你来说或许不是问题。你可能喜欢描写故事的背景，能够毫不费力地写上好几页。但这又造成另一种问题。除非你是在创作文学小说，否则读者通常并不期望读到好几页的描写，他们经常会跳过这一部分。当然，这取决于你所创作的故事类型。文学故事和主流故事有时会以背景为主线，但在其他类型的故事中，背景通常只是故事的大环境。对话是展现背景的一种有效手段。

当然，要通过对话展现背景，你必须首先了解笔下的人物。

◎ 了解笔下的人物

我们想让出自人物本身的话语听起来很真实，也同样希望我们描绘的背景能够很真实，这样我们便能将故事置于其中，把读者带进来，并且知道所有的道具和背景特征都是真实的。要确保情况如此，我们首先要做的就是了解自己笔下的人物。只有了解自己笔下的人物，清楚他们身处此背景时的感受及对此背景的理解，我们才能在场景中制造出真实感。我们在为人物设计与背景相关的对话时，必须对他们有透彻的了解，这样他们在此背景中的感受，才不会出乎我们意料。

例如，你笔下的人物约翰正身处拥挤的街头集市，他正在相亲，而且是个幽闭恐惧症患者，他不会慢悠悠地在摊位前欣赏各种皮带。尽管如此，你或许想提到皮带，以表明约翰是个飞车党。故事背景是由你设定的，你在此有机会这样做。不要让设置背景的需求主导场景，要寻求真实感，让约翰的幽闭恐惧症和飞车党的本性通过对话主导场景。

"是的，很酷的皮带，"约翰说，他冲着摊主点点头，推着洛丽（Lori）往前走，"我现在只有十条皮带。"一个老男人撞到了约翰，约翰骂了几句。"真的太热了，是吧？"他把方巾从后兜里抽了出来，系在头上。"我肯定，人群里比外面热二十度。"他透过人群，渴望地看着离他只有几英尺远的人行道，那儿一个人都没有。

你懂了吧。你应该把背景细节编入对话之中,并融入行动和叙述。你正在寻找的是立体感。

要了解你笔下的人物,这一点很重要。一个居住在西雅图的人物会在早晨上班的路上注意到太空针塔吗?[1] 我住在西雅图,我可以告诉你,它独自高高地耸立着,所以有时我能看到它,但大多数时候,我没有真的**看到**它,除了除夕夜和6月4日的美国独立日,因为在这两天,塔顶会放烟火——于是在西雅图,身处室外的所有人都会注意到它。

周末度假时,你和家人朋友会老是闲坐着,热火朝天地讨论租住的宾馆房间吗?

工作时,你和同事会不时地热烈讨论你们的办公楼、墙壁颜色、桌子的摆放方式和颜色单调的地毯吗?

带着子女或孙子孙女去公园时,你注视的是榆树,还是你的子女?注视的是池塘里的鸭子,还是你的孙子孙女?如果你带着孩子与陌生人攀谈,你最有可能谈论游乐设施还是你的孩子?

你能看出事情会怎样进展。人们/人物不会无所事事地谈论场地,所以将背景细节融入场景需要一点小技巧。

然而,背景不仅是具体的场地细节。背景不只是一间房子、一个美容院或一座公园。背景可以是一种行业、一种职业或一个组织。无论你笔下的人物是否在无所事事地谈论场地,如果你对背景完全有把握,并且你了解笔下的人物,你就有很多机会将背景细节融入对话场景之中。

让我们回过头来看一下约翰。你想赋予对话立体感,所以你让约翰说:"哇,看那些精美的园艺装饰。噢,嘿,那个摊位卖自制的餐布。"

---

[1] 太空针塔是位于西雅图的一个观景塔,是西雅图的地标性建筑之一。——译者注

约翰是飞车党？我可不这么认为。我讨厌将任何群体模式化，但如果这位飞车党喜欢园艺装饰和自制餐布，你最好在我们进入街头集市前，就对此有所交代，这样你才会令我们信服。而且，你最好有一个充分的理由。

不，约翰更有可能会说："嘿，宝贝儿，那儿有一家啤酒花园。"然后拉起女朋友的手，一路穿过那些摆满园艺装饰和自制餐布的摊位。

你要了解笔下的人物，这样你才能知道他或许会在街头集市、马戏团或杂货店里注意到什么。你要清楚他或许会注意到什么以及就此他或许会说些什么，你还要清楚那些他会注意到，但却不会提起的东西。你要对笔下的人物了如指掌，这样你编写的对话场景听起来才会真实，这一点始终是最重要的。

◎ 设置背景

一个由文字组成的故事就好像一部电影，我们可以看到人物在屏幕上将场景表演出来。作为作者，我们不想让读者费大力气去**观看**我们笔下的人物，或费力设想人物之间展开对话的背景。这就意味着我们在描写每一对话场景之初就必须设定背景。如果场景以对话开场，你就要尽快加入一些背景细节，这样读者才能设想人物形象和展开对话的环境。这是使场景富于立体感的一种方法，这样你笔下的人物才不会在真空中交谈。

你加入的所有细节应该要么拓展故事场面，要么深化故事主题，要么增强人物冲突。一旦设定好对话背景，你就可以稍微放松一点，但要继续在场景中添加背景细节，从而使读者能够接着设想人物与客观环境之间的关系。

◆ 搞定你的故事

认真审视一个有问题的对话场景,在这个场景中,背景至少具有某种重要意义。这一场景的问题出在哪里?你可以提出以下问题,这将会帮你找到问题的根源及解决的办法。

[1] 你似乎无法自然地将背景细节融入场景之中吗?你能对这一场景进行修改,使其更加自然吗?

[2] 人物对背景的描述,使你感到没有信心,因为从未去过那个地方,脑海里也没有画面,情况是这样的吗?你怎样才能在编写人物对话时更有自信?你是否需要游览这一背景或与此类似的地方?

[3] 你对人物的了解不够充分,不清楚他会注意到什么,也不知道他会怎样用语言表达自己观察到的东西,情况是这样吗?你是否需要在人物特写上多下功夫?

◎ 过多过快

故事中的对话应该与现实生活中的交谈并无二致。创作对话时,记住这一点将会对我们大有裨益。考虑到这一点,想一下你或其他人在交谈中只关注背景而忽略了其他所有事情的情况,这种情况最近一次发生在什么时候?

"哦,我们到马戏团了。快闻闻那爆米花的味道,闻到了吗?嗯,我最喜欢棉花糖了,但我等不及了,我想看小丑。小时候我最喜欢的就是小丑，地上的木屑踩上去感觉好松脆。"

"我懂你的意思。大象过来了，上面坐着漂亮的骑手，她们的粉色套装跟大象脖子上的花边是配套的。那些空中飞人的身材总是保持得那么好，你难道不喜欢那种身材吗？他们肯定每天锻炼好几个小时。"

"嗯，我数了一下，到现在为止那辆大众汽车里一共爬出了十一个小丑。他们是怎么做到的？"

也许你没有注意到，这段对话的效果并不理想。作者（也就是我，真不愿意承认）将各种背景细节丢进对话之中，试图使我们适应这一背景。对话是一种介绍背景的绝佳方式，但将所有的信息一股脑地丢给读者却无法达到预期的效果。上述做法被称为"信息倾倒"，这从来就不起作用。这看起来很做作、不自然，人们不会真的用这种方式交谈。因此，假设你想给读者一种亲临马戏团的真实感，你就应该用自然的方式将其编入对话。一切都取决于你在场景中所营造的故事情境。无论你作为作者的目的是什么，你都不能让**你的**目的主导场景。人物的需要应该是场景的主导。因此，让我们假设一对夫妻的婚姻正处在破裂的边缘，他们带着四岁的儿子来到马戏团，把这当作最后一次约会。让我们采用妈妈的第一人称视角进行叙述。行动是重点，但你也想让背景感觉很真实。你不想进行信息倾倒。

"妈妈，能买个棉花糖吗？"贾森（Jason）转向我，眼睛睁得大大的，对周围的一切都感到很惊奇。

"当然可以,宝贝。"她走向卖棉花糖的人,给了他两美元,"要一个,谢谢。"

"我也要一个。"亚伦看着我,我记起来他有多喜欢吃棉花糖。

我们朝观众席走去,脚下的木屑吱嘎作响。"那时马戏团都是在帐篷下面,还记得吗?"亚伦一边说,一边领着我们经过关着老虎和狮子的笼子。

在过去的十年中,我们每次看马戏时,他都会说这句话。

一个踩着高跷的小丑从我们身旁经过,他低下头冲着贾森微笑,并停下来和他握手。

"巨人,妈妈。"他说。

我一直就搞不懂为什么他只对着我说话,而不对亚伦说。是因为亚伦很少跟儿子交流吗?

为什么这一马戏团场景比之前的那个场景要更理想,我认为原因显而易见。第一个场景中的背景细节感觉很做作,就好像作者的目的就是要交代背景。在第二个场景中,背景是场景的衬托,细节都被融入了故事情境之中。这感觉更加自然。

想尽快地将细节融入场景并没有错。当人物开始交谈,读者在设想他们的形象时,需要知道他们身处何处,因此这种做法很棒。

◎ 一切尽在细节之中

无论你是在创作对话、行动还是叙述,生动的细节都能给读者带来视觉、听觉、触觉、味觉和嗅觉上的感受——简而言之，使读者能从感官上去体验你的故事。

在对话中，我们必须记住，人物在说话时不一定非要用丰富的细节去描述另一个人物的外貌、建筑物或任何其他的东西。涉及感官细节时，大多数人实际上并不是十分有创意。因此，你首先应该让你笔下的人物听起来真实。

正如我在本书中反复强调的，一切都取决于你所创作的故事类型及居于其中的人物类型。安妮·赖斯在其吸血鬼小说中所采用的声音，使她能够在对话段落中成功地加入大量的描写性细节。让我们来看一下《夜访吸血鬼》（Interview With the Vampire）中的一段对话。吸血鬼路易斯（Louis）正在给一个男孩讲述他和女儿克劳迪娅（Claudia）的一段旅程。在这一特定的段落中，他描述了他们怎样走进修道院。来听一下，这一小段中的细节是多么丰富，而这只是背景的一小部分。

"我们转眼间就找到了一个能通过的裂缝，那巨大的缝隙比周围墙壁的颜色还要暗，藤蔓盘绕在它的边缘，好像要固定住石头。穿过那敞开的空间，石头上潮湿的气息扑面而来，向上望去，透过一缕缕的阴云，能看到微微闪烁的群星。宽大的楼梯拐来拐去，一直通向狭窄的窗户，窗外能看到山谷。在第一级台阶下，那巨大的、黑漆漆的入口隐现在黑暗之中，通往修道院残存的房间。"

这一段落从视觉和听觉上吸引读者。读者能看到**巨大的、黑漆漆的**

入口、边缘盘绕着的藤蔓和微微闪烁的群星。你难道没有**闻到**石头上潮湿的气息吗?

赖斯没有就此打住。她让路易斯继续讲故事,借他之口添加更多的感官细节。她接下来要吸引读者的听觉。

"只有风在低吟……我能看见一块平坦的石头,她用鞋跟轻轻地敲击着,它听起来是空的。"

克劳迪娅停下来倾听,并问路易斯是否听见了她所听到的声音。

"这声音很小,人类不可能听见……只是一种沙沙声,一种刮擦声,但非常平稳;渐渐地一只脚的沉重脚步声开始变得清晰……脚步声越来越响,我开始感觉到一只脚在有力地踏在前面,而另一脚缓缓地拖过地面。"

在注重听觉感官的同时,作者还插入了触觉感官。

"克劳迪娅紧紧抓住了我的手,悄悄地将我轻推下楼梯的斜坡……我能感觉到贴在身上的衬衣纤维、坚硬的衣领和正摩擦着披风的纽扣。"

这个故事充满悬念,并融入了各种感官细节,使读者屏住呼吸,全神贯注地感受场景的每个瞬间,但愿我们也都能讲出这样的故事。

再重复一下，作者之所以能取得成功是因为她在吸血鬼小说中所采用的声音。如果人物是歹徒或水暖工，你大概不会在他的对话中透露如此多的细节。或许对话中有同样多的细节，但表达的方式却会不同。

你会设计一些背景细节，让人物通过对话展示出来，你在这样做时，不应该太过火，不要胡乱地在对话中塞入许多不必要的细枝末节。加入的细节应该能增强你想营造的气氛，传达人物正在体味的情感或在某种程度上推动情节向前发展。事实上，加入的细节越少，每一个细节就越突出。而细节越突出，背景就会越清晰。

场景对比度是突出细节的另一种方式。在上述段落中，**一缕缕的阴云**和**闪烁的群星**之所以这样突出，是因为作者已经在我们的脑海中植入了**黑漆漆的**墙壁和房间入口。

在为故事设置背景时，如果你发现故事中的对话因缺少细节而略显不足，那就尝试一下视觉化练习。想象你就是自己笔下的人物，正身处故事的背景之中：

- 你眼前能看到什么？
- 你在这一特定的背景中能闻到什么？
- 你伸出手能摸到什么？
- 你周围能听到什么？
- 你能尝到什么吗？如果能，那是什么？
- 如何使某些感官细节形成鲜明对比？

◎ 对话描写

作者可以使用多种手法描写故事背景：

（1）当人物出现在某一特定背景中时，运用全知叙述性描写。

（2）描写人物对所处背景的看法。

（3）使人物行动起来，让人物之间互相追逐，用一切可能的方式互动，在此过程中，插入背景细节。

（4）运用对话。

在叙述性描写（1）中，背景细节给人的感觉通常是静止的，许多读者在读了几段对家庭陈设或城镇主街的描写后，便会感到厌烦。如果人物站在背景之中，环顾四周，进行思考（2），唉，读者也会感到厌烦。然而，当我们考虑呈现背景的可用手法时，这却是最早映入脑海的。行动（3）能产生很好的效果，人物一边行动，作者一边提供细节，因此细节被适当地穿插在各处。

但是利用对话将背景呈现给读者，效果会怎样呢？如果你能用一种生动有趣的方式，借读者关注的人物之口将其说出来，效果会很棒。

在泰瑞·古德坎（Terry Goodkind）的小说《巫师第一守则》（*Wizard's First Rule*）中，人物凯兰（Kahlan）正向另一个人物理查德交代背景，她甚至还为下文制造了悬念，因为如果他们要顺利通过此处，到达故事中的目的地，他们就必须了解此背景。

凯兰凝视着篝火："这些结界是冥界的一部分，是死者的领地。它们被魔法召唤到我们的世界，将三个大陆分隔开来。它们就好像是我们的世界中拉起的帷幕，是生者世界的裂缝。"

"你的意思是，进入结界，就好像掉进了裂缝，会直接到达另一个世界？跌进冥界？"

她摇了摇头:"不。我们的世界还在这里。冥界同时存在于原本所在之处。你需要在结界走上大约两天,到达冥界。但你在结界里行走,也就是在冥界里穿行。那是一片荒野。任何生灵触及冥界,或被其触及,都是在触碰死亡。这就是为什么没有人能跨越结界。进入结界,就进入死亡之地。没有人能死而复生。"

"那你是怎么做到的?"

她望着篝火,含糊地说:"凭借魔法。边界是由魔法带到这儿的,所以巫师们推断,他们能让我在魔法的协助和保护下安全通过。对他们来说,施这个法术是十分危险困难的。他们正在应对自己都不能完全理解的事情,危险的事情,他们并不是将结界召唤至此的巫师,所以他们并不确定这是否能成功。我们都预料不到会发生什么。"她的声音微弱、遥远。"尽管我通过了,但恐怕我永远都不会完全摆脱它。"

通过使用**冥界、死亡、帷幕、裂缝、荒野、魔法、法术**和**危险**之类的词汇,作者将背景生动地展现在我们眼前,尽管我们没有身处其地,却感觉身临其境。现在我们都知道那是一个充满刺激的地方,有各种可怕的事物,于是我们都期望身处其中。

此处作者利用对话来展现背景能达到理想的效果,因为我们信任凯兰。她说话时,带着威严与自信,我们知道她清楚自己在谈论什么。我们相信她的话。实际上,我们在这一场景中采用的是理查德的视角,我们相信她的话是因为理查德相信她,而他是个值得信赖的人物。

再强调一下，利用对话进行描写时，你必须了解笔下的人物，这样你才能了解他们在描述环境时，会提到哪些细节。如你所见，相较许多人物而言，凯兰这类人物在描述环境时，能更深入心理层面。她不仅描述了结界或冥界的客观表象，还谈到巫师所施的法术及这一切意味着什么，这远比单纯的客观细节要更有趣。

◎ 保持人物声音

我有时会在学生的小说手稿里，看到他们利用对话描写背景，而人物听起来就像分时推销员："在这个角落，有一个燃气壁炉，炉体和外壳是大理石材质的，上面的天花板上有闪光报警器。"你应该记住，利用对话描写背景时，要保持人物的声音。如果小说中有一个人物对嘻哈文化很着迷，那他说起话来应该是"嘿，老兄，地板上是你妈妈的蓝色抹布"，好吧，你应该懂我的意思。在小说《中年》(*Middle Age*)里，乔伊斯·卡罗尔·奥茨这方面处理得很棒。罗杰（Roger）和他十五岁的女儿罗宾（Robin）正在车里谈论她已去世的叔叔。他们正在谈论的背景并没有在故事中占太大比重，但这对亚当叔叔这一人物的刻画起着重要的作用。

> 她吞吞吐吐地说："妈妈告诉我，她听那儿的一些朋友说，人们很吃惊地发现——贝伦特（Berendt）先生有——一些东西——在他的房子里？"
>
> "什么东西？"
>
> "哦，我不清楚。"

"什么样的东西？"

"那就是谣传，你是知道妈妈的。别人告诉她什么，她就会说什么。"

"宝贝，什么样的东西？我是亚当的遗嘱执行人，我清楚。"

"妈妈说，她听说贝伦特先生，好像藏了很多钱？在箱子里？可能埋在房子的地下室里？好几百万美元？罗宾仔细地观察着他，看见他的脸抽动了一下，于是说："我压根就不相信，亚当叔叔如果有钱，为什么要把钱那样藏起来？有的话，为什么不像所有有钱人一样，把钱存在银行里，对吧？"我告诉过妈妈。可她就是那么容易相信别人。"

他们谈论了一会儿，说这种说法是多么荒谬，接着罗宾说：

"我们去他家拜访的时候，我进过亚当叔叔的地下室，进过好几次。那时，我大概十岁。那是很久以前的事了。"

"是吗？"

"地下室很古老，有点吓人。亚当叔叔说那里可能埋着死人，在很久很久以前。那房子从前是个酒馆，有人在那里被杀了，尸体被埋进了地下室。是这样的吗？"

奥茨利用背景细节表现出罗宾的亚当叔叔很古怪。我们了解到他或许把钱藏在了老房子里，然后编个故事，告诉侄女可能有死人被埋在地下室里。罗宾谈论着叔叔及其可怕的房子和地下室。但你要注意，她很多时候说话都使用疑问语气。这就是她在整个故事中的说话方式，许多十几岁的孩子都是这样说话的，在句子的结尾提高音调，形成问句。

当你笔下的人物在描述环境时，你一定要记住是谁在说话，并保持那个声音。

◎ 不同的故事，不同的背景

故事、背景及人物都有各种类型，当某些人物在某种故事中谈论某些背景时，他们提到的某些事物是其他人物在其他类型的故事中绝不会提到的。以下三个截然不同的人物来自三种类型迥异的小说，他们在谈论三种完全不同的背景。

第一段引文出自 J.K. 罗琳（J.K.Rowling）所著的《哈利·波特与魔法石》(*Harry Potter and the Sorcerer's Stone*)，哈利的姨父德思礼（Dursley）先生正在收听新闻。下面这段话就是当地的新闻广播员及天气预报员对故事背景的某一方面的描述，这是英国不同寻常的一天：

在安顿好达德利（Dudley）上床睡觉后，他来到了客厅，正好赶上晚间新闻的最后一条报道：

"最后，各地的观鸟人都反映本国的猫头鹰今天的表现很反常。猫头鹰通常都在夜间猎食，白天几乎见不到它们的踪影，但今天自从日出开始，许多人都看见这种鸟类在四处纷飞。专家们无法解释猫头鹰为什么突然改变了睡眠习惯。"

新闻播音员把话筒递给天气预报员，对话还在继续：

"哦，特德（Ted），"天气预报员说，"这我可不知道，但今天表现反常的不只是猫头鹰。远在肯特、约克郡、邓迪等地的目击者都纷纷打来电话说，我昨天预报会下雨，雨没有下，却下了流星雨。"

猫头鹰和流星都预示着哈利·波特将要来到德思礼家。J.K. 罗琳通过晚间新闻这种相当有创意的方式，描写了这部奇幻小说的背景。

下面一段话选自《拒绝文凭的官校毕业生》(*The Lords of Discipline*)，这是一部由派特·康罗伊创作的主流小说。主人公威尔（Will）告诉他的老朋友阿比盖尔（Abigail）自己对部队的感觉，并将其与自己对玫瑰的感觉相比较，部队是故事的主要背景。

"我过去认为部队代表同一性。我们穿着同样的服装，看起来都一样，我们都以同样的规则生活，所有的一切相同。但我们每个人都是与众不同的。当我走进这座花园，在我看来，每一朵玫瑰都是一样的，而你走进军校的阅兵场，那两千名学员在你看来也一模一样。可如果你仔细看，阿比盖尔，他们和你那些玫瑰的状况是一样的。每一个人都与众不同，都有着自己的惊喜与奇迹。"

记住，这是一部主流小说，因此对话、描写，甚至行动都应向读者表达某种普遍的观点，这一观点最终是与故事的主题相关联的。威尔在说话时，描述了背景，但他同时也表达了，自己所信奉的一条有关人类的真理。你可以看到，威尔的声音与哈利·波特系列小说中新闻播音员的声音截然不同。

最后这段话选自范妮·弗拉格（Fannie Flagg）所著的《油炸绿番茄》(*Fried Green Tomatoes at the Whistle Stop Cafe*)。这是一部文学小说，在这一场景中，伊夫琳·库奇（Evelyn Couch）与上了年纪的崔古特（Threadgoode）太太坐在玫瑰露台养老院的来访室里，崔古特太太就住在这家养老院，现在她有了一个听众，于是正滔滔不绝地讲述自己的人生经历。很自然，她的声音与《哈利·波特与魔法石》中新闻播音员的声音及《拒绝文凭的官校毕业生》中威尔的声音截然不同。

"铁轨正好穿过后院，夏天的夜晚，院里飞满了萤火虫，到处都弥漫着忍冬花的香味，它们就沿着铁轨繁茂地生长。爸爸在后院种了无花果树和苹果树，他为妈妈搭了一个很漂亮的白色葡萄架，上面爬满了藤蔓……房子后面开满了一朵朵粉色的小蔷薇花。哦，我真希望你能亲眼看看。"

故事大部分都是倒叙，因此，在我们还未身临场景之前，作者便用这种有新意的方式将背景交代给我们。崔古特太太是小站镇最重要的居民，通过她苍老的声音，我们开始感受这座小镇的环境。

◎ 将叙述性背景编入对话

在之前的章节中，我们已经讨论过如何将叙述编入对话。现在，我们来具体探讨一下怎样将叙述性背景编入对话。如果处理得当，我们可以让背景随着场景逐步展开。这才是正确的方式——否则，行动和对话感觉就像发生在真空之中。我们希望场景能有画面感，而不想塑造出一个个头部特写，读者需要一个具体的环境，去设想我们笔下的人物形象。

进行编织还能防止我们将信息一股脑地丢入场景，那些大段的背景信息、人物描写和背景细节创作起来无聊极了——我们能感觉到这不太对劲——更糟的是，它们读起来也无聊极了。因此，尽可能地随着场景的发展将背景细节穿插到真实的对话之中。

下面一个例子出自洛娜·兰德维克（Lorna Landvik）的小说《惬意生活》（*Your Oasis on Flame Lake*），从中你可以大致看出背景细节怎样被插入对话之中。

达西（Darcy）**随着《爱你所爱》的音乐，绕着舞台摇摆着身体**，就像音乐大师一样，**做出弹吉他的姿势**，我笑着，**努力将电源插座固定**。这时塞尔吉奥（Sergio）像一阵风一样**从门外冲了进来**。

"看起来太棒了！"他说，他**快速地旋转着身体，就像我曾经买给林（Lin）的珠宝盒里的小芭蕾舞演员**。即使**我没有站在高高的梯子上**，我也不敢看他——他搞得我头晕目眩。

"哇！"弗兰妮（Franny）说，她跟在塞尔吉奥的后面走了进来，**扑通一声坐在了长沙发上，抱起了靠枕**。"这看起来就像个夜总会。"

达西不再假装弹吉他了，**也挨着弗兰妮重重坐到了沙发上**。

显而易见，加粗部分是我想要你们特别注意的地方。这并没有透露很多背景信息，如果必要，你还能加入更多的背景信息。比如，如果想展现人物们很富有，你可以不让叙述者去固定电源插座，而让他为水晶吊顶更换灯泡。你可以将沙发描写成**超大的黑色真皮沙发，靠背上铺着阿富汗毛毯**。相反，你还可以描写一个二十五瓦的灯泡挂在天花板上及**一个铺着旧毯子的、破破烂烂的红色沙发床，它闻起来就像蜷在角落里的一条狗**。如何利用对话场景去描述背景，始终取决于你想让读者怎样理解人物或整个故事。

◎ 融入背景

要将背景融入故事，最有效的方式就是灵活运用这三种小说元素：对话、行动和叙述。这能使背景构成故事的大环境。这种环境几乎相当于另一个人物，始终具有存在感。要想成功做到这一点，使其感觉自然，作者需要有天赋。

凯瑟琳·邓恩（Katherine Dunn）就是这样一位有天赋的作家。她的小说《异类之恋》（*Geek Love*）是一部惊世骇俗的作品（我是真的觉得震惊——其中有很多让我觉得惊讶的地方）。在这部小说中，邓恩将所有的元素成功地融入一个场景之中。这是一个有关巡回演艺团家庭的故事，主要人物是一对父母和他们的五个孩子：阿图罗（Arturo）更应该被称作水孩子，因为他的胳膊和腿上都长有鳍；伊莱克特拉（Electra）和伊菲吉妮娅（Iphigenia）是一对臀部连在一起的双胞胎；奥林匹娅（Olympia）是驼背的主人公；福尔图纳托（Fortunato）可以移动房间中的物体。妈妈利尔·宾尼维斯基（Lil Binewski）摄入了各种毒药——杀虫剂、砒霜、放射性同位素等任何能令她的宝宝更"特别的"东西——这样她和丈夫才能靠孩子们在巡回演艺团里谋生，演艺团就是他们的家。在这一场景中，爸爸正在向孩子们讲述，他怎样想到宾尼维斯基怪人秀这一创意，并让自己的孩子成为其中的主角，这已经是老生常谈。故事是以奥林匹娅的第一人称视角展开的。

> "那是在俄勒冈州北部的城市波特兰，他们把它叫作玫瑰之城。我从来没想过这个主意，直到我们困在劳德尔堡一两年之后。"
>
> 有一天，他感到焦躁不安，为生意上的停滞不前而感到烦恼。他开车去了一个建在山坡上的花园，出来散散步。"站在那儿，你可以看得很远。那儿有一个很大的玫瑰园，里面有藤架、凉亭和喷泉。铺着砖的条条小路蜿蜒曲折。"他坐在连接两块梯田的台阶上，无精打采地盯着那些用来做实验的玫瑰。"那是一个实验园，玫瑰的颜色是……经过设计的，有不同的条纹和层次。花瓣的内侧是一个颜色，而外侧是另一个颜色……"
>
> ……玫瑰引发了他的思考，奇异性为何使它们很美，经过设计的奇异性为何使它们有价值。"我突然醒悟——恍然大悟——不再对此感到疑惑。"他意识到孩子们也可以被设计。"我心想，那将是多么令人感兴趣的玫瑰园啊！"
>
> 我们孩子们会冲他微笑，拥抱他，他也会对我们露出笑容，会让双胞胎姐妹去饮品车买一罐可可饮料，让我去买一袋爆米花，因为这对红发姐妹再怎么迎合对方，都会把爆米花弄撒。

我们会在车厢温暖的小隔间里，惬意地吃着爆米花，喝着可可饮料，觉得自己是爸爸的玫瑰。

作者在对话、叙述和行动之间自由转换，也在过去和现在之间穿梭，她展现了故事的背景，同时转动着开启故事主题之门的钥匙，我喜欢这种方式。这太出色了！如果你能成功做到这一点，你也会迈入出色作家的行列。

在非小说创作基础工作坊里，我承担"作家在线工作坊"课程的讲授，关于背景，我讲课时特别喜欢说一句话：**行动中的描写胜过静态描写**。我想说这句话同样适用于对话。对话中的描写胜过静态描写。如果你能让叙述者和其他人物在热烈讨论中谈及背景，就绝不要使用叙述去描述背景。这其实就是本章的关键所在。

你之前已经学过如何利用对话推动故事发展；如何将对话、叙述和行动编织在一起；如何把对话当作刻画人物的手段，在本章中，你学着如何利用对话来展现故事的背景。在下一章中，我们将探讨如何利用对话去设定场景或故事节奏。你可以利用对话加快或减缓节奏。接着读吧，去发掘怎样才能更好地控制你的故事。

▲ 练习一

了解笔下的人物。杰里是一个电脑怪才，正陪妻子去参加她们公司举办的野餐，野餐地点在水库旁的一个大公园里。她在卫生部门工作。创作一个两页的对话场景，重点放在背景上。杰里会注意到背景中的哪些事物，他会说什么？

▲ **练习二**

设置背景。编写一个两页的对话场景，其中有两个人物，在以下背景或稍加修改的背景中展开对话。重点是要将背景细节自始至终融入场景。记住，细节可以通过人物对背景的观察、对话或行动来展现。

· 摇滚音乐会

· 戒酒协会的聚会

· 公司办公室

· 购物中心

· 车里

▲ **练习三**

过多过快。人物正享受冬天带来的乐趣。这是他们第一次约会，他们决定离开城市，开车去山边滑雪。其中一个人物来自加利福尼亚，她只见过一次雪，并且还是很小的时候。以她的视角来描述背景，让她对车里的男友进行描述。这样做的目的不是要进行信息倾倒，而是让背景逐渐显现——不要过多，不要过快。

▲ **练习四**

一切尽在细节之中。在西雅图的市中心，有一处被称作"派克市场"的地方。该市场有一排排的室外食品摊位和各色的商店，商店的桌子上摆满了各种自制的织物、珠宝、皮具和任何你能想到的东西。在其中的一个区域，小贩们将鱼抛来抛去，吸引顾客。凡是你能想到的鱼，在这里都能买到。这是一个充满生机与活力的地方，能带来极大的感官享受。创作一个一至两页的对话场景，对话在两个外来游览的人物之间展开。在对这一背景进行描写的对话中，将五种感官全部加以利用。

▲ 练习五

对话描写。人物贾妮（Janie）第一次带她的盲人朋友达西去拉斯维加斯。贾妮在艾奥瓦州的一个小镇居住，她是二年级的助教。她以前只去过拉斯维加斯一次。采用贾妮的第三人称视角进行叙述，让贾妮对城市里的所见所闻进行描述，以此创作一页的对话场景。要尽可能地使用描写性的、动态的和具体的动词和名词。

▲ 练习六

保持人物声音。创作一页的对话场景，描述一场哈雷戴维森摩托车集会，采用以下任意一个人物的视角，或从每一人物的视角进行叙述。

·佛教僧人 ·小孩 ·政党候选人

·酷爱摩托车的日本武士 ·从精神病院出逃的病人

▲ 练习七

不同的故事，不同的背景。如果你有尚未创作完成的故事，就确定其类型——类型故事、主流故事或文学故事——然后创作一页的对话场景，让主人公与另一人物展开对话，要对背景进行描述，声音要与你所创作的故事类型保持吻合。如果你最近没有创作故事，就选择一种故事类型，为故事构思一个主人公，让其对另外一个人物描述背景，或者从以下类型中任选其一：

·爱情故事——正面的女性人物向反面的男性人物描述夏威夷的海滩。

·恐怖故事——两个人物身处拐角处的一个空仓库里，发现里面竟然并非空空如也。

·动作/冒险故事——一个人物向另一个人物描述他的下一个作案场地，争取让其加入。

·科幻/奇幻故事——一个人物向另一个人物描述一种奇异虚幻的背景。

·悬疑惊悚故事——两个人物正在讨论镇上的某个区域，那里总有尸体出现。

·推理故事——一个人物向她的朋友描述一座看起来很可疑的房子。

·文学故事——一个人物的思维闪回到过去，回忆起祖母的农场，并对另一个人物说起此事。

·主流故事——一名狱警向他的朋友讲述现行体系怎样违反犯人的权益。

▲ 练习八

将叙述性背景编入对话。为以下各背景，创作一页的对话场景，将叙述性细节编入人物对话之中：

·镇子边上一个昏暗的酒吧

·海边小镇的一家糖果店

·一片空地

·异装癖者的衣橱

·动物园

▲ 练习九

融入背景。父亲带着十岁的儿子去度假，来到了他度过了童年时代的家乡。利用他的思维、语言和行动，创作一个两页的描写性对话场景。

刹车或油门
——对话作为控制节奏的手段

第八章

这样写出好故事 - 人物对话

"让我们来看一下。"在小镇里，一个说话慢悠悠的警察站在我的车窗外说道。

无论他说话慢悠悠、急匆匆或是又聋又哑——警察都让我感到害怕。

"看起来，你在一个限速五十五英里的区域，开到了大约六十七英里。嗯，我想我必须得给你开张罚单。"

随便你。就是快一点，让我赶紧上路，脱离这个窘境，别再继续坐在车里跟你纠缠。

我真不敢相信，他返回巡逻车给我开罚单时，我对自己嘟囔道。将近二十年，我从没收过一张罚单，竟然在这儿栽了。我是说真的，再过一年左右我就要成功达到二十年无罚单的纪录。

"好了，时速我没写六十七，而只写了六十五，这样你能稍微少交点罚款。"

"将近二十年了，我从未被开过罚单。"我对警察说，认为这点小事或许能让他对我另眼相看，从而把这张罚单撕掉。"了不起吧？"

"了不起，好了，"他说着把罚单递给我，"在这附近，你要小心，你知道，我们这样的小镇警察没别的事可做，就是坐在这里，抓像你们这样超速驶过小镇的人，就好像你们都有什么重要的地方要去。"

这是一个真实的故事，现在我仍为那七十五美元感到心痛。重点是什么？我或许正在加速，但自从我遇到小镇警察先生的那一刻起，这个真实故事就立刻慢了下来。我们就是快不起来。这仅仅是因为他一点都不着急。你不能让一个慢节奏的人物加速；他以两种速率行动——慢速和倒退。对一个快节奏的人物来说，情况也是如此——快速和快进。因此，这就是了解自己笔下人物的好处，因为人物本身决定了他们的说话速度。

◎ 设定故事节奏

每个故事都有其自身的节奏。大多数文学故事和许多主流故事都从开篇缓慢从容地发展至结尾。这类故事可能大谈人物的人生哲学和生活策略，有时作者甚至利用对话去减缓节奏——如果作者清楚自己在做什么。相较阅读一段段冗长的哲理性叙述而言，读者更喜欢阅读慢节奏的对话。

类型故事通常以快节奏发展，更多地使用对话和行动，而慢节奏的叙述较少，因为此类故事普遍以情节为主线，不像文学故事和主流故事那样，以人物为主线。故事重点被放在推动情节发展的行动上，而不是放在使人物成长的叙述上。

无论你在创作何种类型的故事，你都应该清楚其节奏。相较动作悬疑故事而言，以人物为主线的文学故事在发展过程中会有更多的沉思，这很合理。对话通常会加快节奏，但当然也有例外，在小说中，凡事都有例外。比如，你或许塑造了一个说话慢悠悠的人物，他每次出现在场景之中时，行动和其他人物似乎都会暂时停下来。但这是例外，我们想谈的是普遍规律——对话通常会加快节奏。故事中快节奏和慢节奏的场景被编织在一起，以达到一种韵律，这种韵律适用于你正在创作的故事类型。

假设你正在创作一个悬疑惊悚故事，你需要保持故事向前发展。故事的重点将放在快节奏的对话和行动场景上，叙述仅是在有需要的时候被编织进来。悬疑惊悚故事中的人物不会进行大量的思考，除了在身陷困境时，考虑怎样脱身。这些非戏剧性场景偶尔会被有策略地穿插其中，这样叙述者才能冷静下来。除此之外，故事始终保持向前发展。对话在快节奏的故事中占了相当大的比重。

你应该学的是如何通过对话控制故事节奏。不清楚怎样做到这一点，你就意识不到你是在使读者昏昏欲睡，还是在让他们保持清醒、迫不及待地一页页翻着书。顺便说一下，如果你能学着写出有实质内容的对话，那么在文学或主流故事中，你也能使读者迫不及待地读下去。

我们设定故事节奏的唯一阻碍就是单纯的无意识。我们在创作时就是没有思考节奏，因此，我在本章交给你的挑战即是开始思考这个问题。你需要在故事完成之前就开始思考，不要等到将故事读给评论小组，碰巧注意到大家哈欠连天、目光呆滞的时候，才开始思考。大多数故事的节奏设定得不是过快，而是过慢。从创作初稿开始，你就需要思考设定节奏。

我在本章中要达到双重目标：（1）让你有意识地思考故事节奏的设定；（2）教你如何利用对话手段去控制节奏。

◎ 制造动力

随着故事的发展，动力会不断增加。但这并不意味着我们应该让故事的开头缓慢，然后希望随着写作过程，节奏会加快。我们不能有那样的奢望。我们将人物置于背景之中，引入冲突，制造某种情感，同时人物之间也展开了对话。现实生活中，对话充满意想不到的迂回曲折，有时，你甚至不知道自己最初为什么会卷入某场对话。对话有其自身的动力，它的动力来自——猜猜看来自谁——人物。我们必须充分信任人物，让他们谈论他们需要谈论的事情。这并非总是易事，因为作者有自己的目的，很容易把自己的目的强加给人物。一旦我们这样做了，人物的谈话就开始各种离题，因为那些议题不是他们的，而是我们的。

下面的场景出自约翰·肯尼迪·图尔（John Kennedy Toole）所著的喜剧小说《笨蛋联盟》（*A Confederacy of Dunces*），主人公伊格内修斯·赖利（Ignatius Reilly）正参加一场女性美术展，想要卖掉一些热狗。开场节奏很缓慢，伊格内修斯观察了某些画作，接着他开始对这些艺术品发表相当坦率的评论，动力便随之增强。

街道上挤满了女士，她们都衣着体面，戴着大大的帽子。伊格内修斯将车柄对准了人群，努力往前推。一个女人看到了用笔记本纸张写的告示，她尖叫着，召唤同伴们躲到一边，远离这个出现在她们美术展上的、可怕的不速之客。

"要热狗吗，女士们？"伊格内修斯愉快地问道。

女士们仔细打量着他的告示、耳环、围巾和弯刀，请求他赶快走开。画展遇到雨天已经够糟糕了，但这……

"热狗，热狗，"伊格内修斯有点生气地说道，"来自干净的天堂厨房的美食。"

一阵沉默，这时，他猛打了几个嗝，那些女士假装仔细观看天空和大教堂后面的小花园。

作者在此插入了一个叙述性段落，伊格内修斯暂时放下了他的手推车，带着批判的眼光，仔细观察女士们画的花卉。

"哦，我的老天！"他沿着栅栏徘徊了一阵后，大喊道，"你们竟敢把这么拙劣的作品拿来展出。"

"请走开，先生。"一位大胆的女士说道。

"木兰花才不长这样。"伊格内修斯说着，将他的弯刀刺向那幅令人不快的水彩木兰花。"你们这些女士需要学学植物学，或许还应该学学几何学。"

"你没必要看我们的作品。"人群中传来一个愤怒的声音，说这话的正是那幅木兰花的作者。

"不，我有必要！"伊格内修斯高声叫道，"你们这些女士需要一个有品位又正派的批评者。天哪！是谁画了这幅山茶花？大声说出来。这个碗里的水画得好像机油。"

"走开！"传来一个尖厉的声音。

"你们这些女人最好别再整天喝茶，吃早午餐，安下心来干点正事，学学怎么画画。"伊格内修斯大声吼道。

对话场景之所以能不断加速、真正开始发展，是因为一个或更多的人物开始抒发情感或表达强烈的意见。当人物之间的目标发生冲突，一个人物无法从其他人物那儿得到满足时，这种情况便会出现。在上述场景中，伊格内修斯罕见地一心只想专注于自己的事，但出于本性，他无法缄口不言、把自己的观点藏在心里。毫无疑问，从他开口说话的那一刻起，场景就开始加速，他开始表达眼前那些庸俗不堪的东西多么令他震惊，而它们竟然以艺术的名义出现。当然，女士们只想让他离开，别再为她们的艺术作品吸引负面的关注。

你希望故事能进一步发展，知道为了达到这一目标，你需要稍微加快一点节奏。对话便能做到这一点，因为在所有可运用的小说手段中，对话能最迅速地将人物和读者带到当下。

◎ 加速

让场景烦冗拖沓是作者所犯的最糟糕的错误之一。你无法为这个错误找到任何借口。让两个或更多的人物聚在一起，毫无目的、没完没了地闲聊是不可原谅的。许多作者面临的问题是，他们根本没有意识到人物在这样做，即使这就发生在他们眼皮底下。他们就坐在那儿写故事，没有看到他们编出的毫无目的的快节奏对话，快把读者无聊死了。

导致对话场景陷入困境的原因有很多。其中一个主要原因是，我们在场景中塞入了太多额外的叙述和行动，这使读者不得不步履沉重地艰难行进。有时，场景缺乏张力和悬念，读者感到无聊至极。人物的谈话根本没有任何实质内容，并且没完没了，就像这样：

"嘿，妈妈。"多洛雷丝对着电话大声地说。她的妈妈有些耳背。

"多洛雷丝，是你吗？"

"是我，妈妈，你好吗？"

"好，我很好，我的后背又开始疼了。"

"你去看医生了吗？"

"哦，看了，他也无能为力，只是给我开了更多的药方。我现在吃了太多的药，甚至很难保持清醒。"

"你睡得怎么样？"

"哦，好，挺好。"

"你需要什么东西吗？"

"需要什么东西？你是指，牛奶、鸡蛋或——"

"任何东西。你需要我给你带任何东西吗？"

"哦，不需要，我很好。孩子们怎么样了？"

"他们很好，像杂草一样疯长。"

"比尔（Bill）怎么样了？"

"他很好。他被解雇了。"

"那很好，亲爱的，嗯，感谢你打电话来。"

"再见，妈妈。"

"再见，多洛雷丝。"

我总是能读到类似的场景，多到我都不愿意承认，冗长、缓慢、无聊、毫无张力、毫无戏剧性、毫无悬念。

正如我之前提到的，对话从本质上来讲，可以被比作油门。如果故事或场景需要向前发展，那就让人物交谈。你让他们交谈的节奏越快，场景就发展得越快。删掉多余的叙述或行动会使故事全速前进。你甚至可以删掉描述性的提示语，让对话只保留最基本的内容。另外，投入的情感越丰沛，场景的发展速度就越快。

情感之所以能加快节奏，是因为它增强了张力和悬念。表达情感的人物是难以捉摸的，经常会失去控制。任何情况都可能发生，因此，风险被提高了。

你是否曾经注意到，在观看一个快节奏的电影，看到跟踪者迫近受害人时，你会以极快的速度将爆米花大把大把地塞进嘴里？

你的故事中包含了各种充满情感的对话场景，这些场景的发展速度快到让人物说话时都结结巴巴，这时读者的处境就跟你在看电影时的状况一样。无论这种情感是恐惧、愤怒（两者紧密相连）或悲伤，它都能赋予对话一种动力，驱使场景向前发展。下面这一场景出自安·泰勒所著的《岁月之梯》(*Ladder of Years*)，已结婚生子的主人公迪莉娅（Delia）离家出走了。她的姐姐伊丽莎（Eliza）来看她，可能想跟她谈谈，让她理智一点。

"坐吧，"她对伊丽莎说，"想喝点茶吗？"

"哦，我……不喝，谢谢。"伊丽莎将手袋抓得更紧了。在这种环境下，她似乎有点不自在——一个家庭主妇，带着居家之人常有的卑微憔悴的神情。"让我确定一下，我理解得没错。"她说。

"水马上就热好了。你就去床上坐着吧。"

"你告诉我你要永远离开我们,"伊丽莎说道,并没有动,"你打算在海湾区定居。你要离开你的丈夫,离开你的三个孩子,他们其中一个还在上高中。"

"上高中,是的,十五岁,没有我他能生活得很好。"迪莉娅说。令她感到震惊的是,她感到泪水湿润了眼眶。"事实上,比有我在身边更好,"她坚定地继续说道,"顺便问一下,孩子们怎么样了?"

"他们不知所措。你期望他们会怎样?"伊丽莎说。

"但除此之外,他们一切都好吧?"

"你在乎吗?"伊丽莎问她。

"我当然在乎!"

开头部分,描写伊丽莎适应屋内环境的句子和段落都较长。但当她开始指责迪莉娅时,节奏便开始加快。迪莉娅觉得泪水湿润了眼眶,之后场景便随着短小的句子和段落迅速向前推进。我们沉浸在这种情感之中,觉得每件事情都很紧迫。

增强情感并不一定意味着要使用大量的感叹号。你可以使用短小的句子和段落,或删掉所有有关叙述和行动的句子。你还可以让人物使用短语快速地你一言我一语。如果使用得得当适度,这种方式将会产生非常棒的效果。

◆ **尝试一下**

玛丽莲（Marilyn）和罗伯特是一对已婚夫妇，他们正要去逛旧货市场，这是他们最喜欢的消遣方式。但直到最近，玛丽莲厌倦了这个已经持续了二十年的爱好，开始对园艺感兴趣。他们此刻正从某人的废旧物品前走过，而玛丽莲这时决定回家，冲突便随之产生。采用玛丽莲或罗伯特的视角，创作一个两页的快节奏场景，然后再创作一个一页的慢节奏场景，解决两人之间的冲突。

◎ 减速

正如我之前提到的，故事中常见的问题是节奏过慢。但如果故事发展过快，读者便会感到喘不过气，故事时常会让人觉得支离破碎，有点与人物脱节。人物和场景感觉都塑造得不够充分，导致整个故事有点脱离正常进程。尽管故事不成功的症结通常不在于对话使用过多，但偶尔有人会给我一个故事，让我评价一下，故事的作者认为人物就是没完没了地说个不停，没完没了，喋喋不休。正如我们可以学着利用对话为场景增加动力，我们也可以学着用其减缓节奏，以控制场景。

然而，如果对话是为故事加速的手段，那怎样利用对话为故事减速呢？

没错，使用对话通常意味着踩油门。但如果在对话场景之中，故事失去了控制，你便需要踩刹车，你可以通过以下几种方式来达到这一目的。

你可以利用叙述、描写和背景，来使场景节奏慢下来，或者你可以让说话慢悠悠的哈利登场，来个急刹车。哈利就是不着急。

　　场景中的每个人都在滔滔不绝地说话，事情持续升温，但重点已经被阐明，现在你想要让节奏慢下来，那么一个说话慢悠悠的人物可以将其他人物和读者带回当下。你可以使用哼哼哈哈、嗯嗯啊啊之类的语气词和冗长含糊的句子来表明节奏的减缓。你可以加点行动——缓慢的行动——来展现哈利在谈话时在慢悠悠地移动。想象一个老人在阳台上和朋友并肩而坐，聊着钓鱼的事情。那就是哈利。

　　利用对话使场景和/或故事慢下来的另一种方式是，让人物进行理性的交谈，加入较少的行动和情感，更多的是就自身的情况展开理性逻辑的分析。注意我说的是较少的行动和情感，而不是较少的张力。张力在每个对话场景中都是必不可少的，无论场景节奏是快是慢。但相较人物情绪激动、进行争论的对话而言，这种对话聚焦冲突或问题的理性一面，因而就会进展得更加缓慢、有条理。

　　下面的例子出自约翰·斯坦贝克（John Steinbeck）的小说《伊甸之东》(*East of Eden*)。弟弟查尔斯疯狂地嫉妒父亲对哥哥亚当的爱。在这一场景中，查尔斯刚刚对亚当发泄完自己的怒火，将他打得皮开肉绽。打斗时，场景以极快的速度推进，亚当回家的路上，节奏稍微减缓，接着父亲要知道查尔斯为什么把哥哥毒打一顿，节奏又快了起来。

　　　　赛勒斯（Cyrus）迈着沉重的步子朝他走去，紧紧地抓住他的胳膊，因为太用力了他疼得龇牙咧嘴，试图挣脱。"别对我说谎！他为什么这么做？你们吵架了？"
　　　　"没有。"

赛勒斯猛拽了他一下:"告诉我!我要知道。告诉我!你必须告诉我。我有办法让你告诉我!该死的,你总是护着他!你以为我不知道吗?你以为你能骗得了我?快告诉我,不然我会让你站在这儿一整晚!"

亚当设法寻找答案:"他认为你不爱他。"

父亲强烈的情感使场景快速地向前推进,因为人们在情感爆发时,是难以捉摸的。你永远不知道他们下一步会做什么。但亚当刚一说完这句话,父亲便立刻转身离开了,一个字都没说便夺门而出,接着母亲开始理性地解释小儿子的行为,使场景慢了下来。

"他认为爸爸不爱他。但你爱他——你一直都爱他。"

亚当没有回应。

她继续平静地说道:"他是个奇怪的孩子。你必须了解他——他表面粗野暴躁,但了解他之后,就知道他不是这样的。"她停下来,弯着腰咳了一阵,当她平静下来时,满脸通红,筋疲力尽。"你必须了解他,"她重复道,"很长时间以来,他一直送我各种小礼物,那些漂亮的小东西,那些你甚至认为他不会注意到的东西。但他没有直接送给我,而是把它们藏起来,藏到他知道我能发现的地方。你就算观察他几小时,他也不会露出丝毫迹象,表明这件事是他干的。你必须了解他。"

正如我之前已经提到的,你可以通过在对话场景中加入少量的叙述、描写和背景信息,使场景慢下来。在小说的下一章节中,我们又一次见到亚当,他在床上躺了四天,正从弟弟的痛打中恢复过来。这一场景非常简短,但展现出了你可以怎样利用叙述、描写和背景,来使场景发展更为缓慢,即使这一场中也使用了对话。

> 穿着蓝色制服的骑兵上尉和两名中士,走进了屋子,进了亚当的卧室。两名列兵在前院牵着他们的马。亚当躺在床上,完成入伍程序,成了一名骑兵队的列兵。他签订了《海陆军法规》,进行了宣誓,他的父亲和艾丽斯(Alice)一直在旁边看着。父亲的眼里闪烁着泪光。
>
> 士兵走了之后,父亲在他身边坐了很久。"我让你加入骑兵是有理由的,"他说,"长远来看,军旅生活并不好过。但骑兵会有所作为。对于这一点我非常确定。你会喜欢去印第安人的地区。我不能告诉你,我是怎么知道的,但那里马上就要开战了。战争一触即发。"

少量的叙述、背景和描写可以令对话场景发展得更缓慢,你看到了吧?上述场景几乎不含什么情感,除了亚当父亲眼里闪烁的泪花,但他的言语却不带感情色彩。首先,我们了解了背景,接着父亲对自己之所以这样做的原因,进行了含糊的解释,然后场景就结束了。

◎ 取得控制权

设定对话节奏即是掌控场景,这样场景才不会失控,也不会缓慢拖沓到你甚至在对其进行创作时，都感到昏昏欲睡。

我们到底为什么会失去对故事的掌控，从而不能控制对话节奏？

造成失控的原因有很多，同样，如果能意识到这一点，我们就比较容易保持控制。当然，失控本身就是一个无意识行为。这就是失控的定义，无论是在现实生活中还是讲故事时都是如此。失去控制便是失去意识。在创作故事的过程中，我们为什么会失去意识，从而使对话突然加速、脱离控制，或使对话极其缓慢拖沓呢？

我认为我们通常低估了，自身与所写故事之间的联系。我们认为人物是我们杜撰出来的，我们写的是他们的故事。毕竟，这是小说，不是吗？

是，也不是。

对话开始将人物带到我们意料之外的地方，使他们更快地到达目的地，这时我们就要留心了。大多数的写作书会告诉你，当这种情况发生时，你需要回到最初迷失方向的地方，就在那里将对话校正过来，拾起丢失的线索，重新写过。

这并不一定是正确的。在某些地方让对话失去控制仅仅意味着，我们最终感觉能自由地对某些人说出我们一直想说出的话，并且这些话我们只想对这些人说。这些话属于我们，而不属于人物，在这种时刻，如果我们能意识到发生了什么，那故事可能会与我们设想的完全不同。你或许认为你的故事是关于一个年轻人找到了第一份工作，而你接下来发现，你其实是在写一个年轻人在没有做好准备的情况下，便步入了成年。或许这才是你的故事，毕竟你也从未讲述过这个故事。如果你能认识到这一点，你就面临一个选择。你可以继续创作这个出自真心的故事，或者你也可以回到迷失的地方，让对话重回正轨，与你最初打算要讲的故事相吻合。如果你选择后者，没问题，但将来的某个时刻，你也应该考虑创作那个出自真心的故事，因为它可能才是最真实的。这个故事在你的内心呼之欲出。

创作对话时，节奏的突然改变可能是一个信号，暗示我们需要更加留意这一场景对我们自身意味着什么。有时，对话会加速，脱离我们的控制，因为我们触及了自己真实生活中的某个主题。但我们没有勇往直前，创作出真实的对话，与对话相关的**种种情感**让我们感到不自在，因此，我们很快便离题，以摆脱这些情感。同样，意识可以让我们重回正轨。

对话场景的节奏慢了下来，变得缓慢拖沓，这种情况并不常见，这与场景节奏变得过快，有着相同的原因。当我们笔下的人物开始再次交谈时，这种情况可能发生，我们遇到一个与自身相关的主题，潜意识里，我们决定对其进行探讨，为了充分理解它似乎会将我们引向何处，我们不得不慢下来。我们可能开始利用其他人物的行动或主人公的诸多思绪，来使节奏变慢。我们对此兴致盎然，直到我们意识到，这与对话的原本主题毫不相关。

我们始终都有选择权。我们可以继续这个跑偏的对话，看一看它会将我们引向何处，或者我们可以掌控正在创作的对话，将那个出自真心的故事暂时放在一边，继续原本的对话。

我们总是能听到，当控制狂是一件多么糟糕的事情。在创作的世界里，我们努力控制对话，进而控制整个故事，但这却意味着我们是正在做好事的控制狂，因为我们正竭力创作出尽可能真实的故事。

◎ 效果理想吗

你怎么知道对话的节奏是否合理？答案通常要等到写完整个故事后，才会知道。通读整个故事时，你会发现你需要把场景这里的节奏加快点，那里的节奏减慢点，在这里加点背景，使节奏保持平稳，在那里加点叙述，使读者能暂时缓一口气。

你想要把慢节奏的场景和快节奏的场景进行组合，使它们交替出现，这样读者既不会筋疲力尽，也不会昏昏欲睡。在杰克·比卡姆（Jack Bickham）所著的《场景与结构》（*Scene&Structure*）一书中，他告诉我们既要写场景又要写余波。场景发展得更快，而余波通常是故事中不具戏剧性的时刻，这时人物和读者都能平静一下。这没有什么固定的规则可循。当然，有时你需要让两三个快节奏的场景连续出现，以推动情节的发展。但你要意识到自己在做什么，从而保持对故事的控制。

◆ 搞定你的故事

你意识到某个对话场景失控了，这时，请问自己下列问题，这会帮你确定，你是应该掌控原本的故事，还是讲述另一个或许更真实的故事。

（1）在这一对话场景中，我是从哪里开始失去控制的？

（2）我为什么使对话加速，使其比既定的节奏要快？或我为什么使对话减速，使其突然变得缓慢拖沓？

（3）我仍然想把故事带回原本的方向吗？

（4）这些人物通过对话，似乎将我引向了一个新的方向，我应该听他们的吗，我认为他们或许会把我带向何处呢？

（5）我足够信任人物，信任到可以任其展开不在我原本计划之中的对话吗？

（6）哪一个方向——原本的方向还是新的方向——才能引向更真实的对话，从而创作出更真实的故事？

（7）为了最终能掌控那个最为真实的故事，我能放弃我原本想写的对话吗？

通读一篇你创作的长篇小说或短篇故事，找出那些节奏过慢或过快的场景，将它们进行改写，加入或删掉一些零散的叙述和行动，使每一场景都与故事的其他部分保持平衡，发挥其应有的作用。

在创作过程中，不要过于担心节奏，潜心把故事写完，然后转换成编辑的角色，拿起一支紫色或绿色的笔（这已经是新时代了——不要再用红笔了），通读整个故事，将你想加速或减速的地方标记出来。关于叙述者，你可以提出以下问题，从而设法发现对话场景是否发展过慢或过快。

·他说话是否太快了，没有给其他人物应答的时间？

·他是否在逃避这一话题，漫无目的地闲聊，到目前为止所说的内容与故事的主旨毫无关系？

·他是否思考得过多，而话说得太少？又或者情况恰好相反？

·场景中是否使用了太多的提示语和其他表明身份的行动，从而使他的话语杂乱无章？

·他是否在进行演讲，而不是与其他人物互动？（为了减缓节奏，你或许想让他进行演讲；只是你需要意识到他正在这样做，并且确保他的演讲能推动情节发展。)

·他是否太过专注于仔细观察其他人物,或太过专注于描述背景,从而在对话方面做出了牺牲,使其不能在场景中制造张力和悬念?

·作为作者,你是否总是用自己的观察和描述对场景进行干预,从而打断了叙述者和其他人物之间的流利对话?

你永远无法弄清你是否将故事节奏拿捏得当,但上述问题会让你接近答案。你要意识到对话的节奏,这总是会使你最终重回正轨,并能一直保持下去。

将对话视为刹车或油门,能帮你保持对故事的控制,使故事不至于像一辆失控的马车,将你留在飞扬的尘土之中,或以蜗牛的速度前进。只有你才能用力地踩下油门使对话加速,或用力地踩下刹车使其突然减速。每个故事都有其自身的节奏和发展规律,你要为对话设定节奏,继而为故事设定节奏,这会使读者有一个轻松顺畅的阅读之旅。

下一章的内容与本章内容密切相关,因为,下一章也是有关怎样控制对话,从而使对话能始终充满张力和悬念,确保读者能手不释卷地将故事从头读到尾。

▲ 练习一

设定故事节奏。从你正在创作的故事中,挑选一个场景,将注意力只集中在这一场景上。现在,请尽量诚实地回答下列问题:

·这是一个快节奏的场景还是一个慢节奏的场景?或者两者都不是?

·相较整个故事而言,我想让这一场景有什么样的节奏?

·什么原因造成这一场景发展如此之慢(或如此之快)?

·在这一场景中，相较行动和叙述而言，我使用了多少对话？

·通过增加或删减对话，我能如何调整场景节奏？

·这一场景之前和之后的场景是慢节奏还是快节奏的？

·在之前和之后的场景中，我使用了多少对话？这两个场景中是否需要增加或删减对话，以使场景节奏更合理，从而跟当前场景的节奏相协调？

现在，对这一场景进行改写，使其以你预想的节奏发展。

▲ 练习二

制造动力。选择以下一个或全部三个情境。以缓慢的节奏开场，然后在写作过程中，通过对话增强动力。在你所创作的故事中，你或许也想在某个或某些场景中，采取同样的做法。

·父亲和女儿在高峰时段遇上了塞车。她摆弄着收音机，而他在打电话。突然，电话没电了，女孩最喜欢的电台也收不到了。他们不得不交谈。从父亲或女儿的视角，对这一场景展开创作，或两个人的视角都尝试一下。

·一对男女发生了婚外情，但到目前为止，两人只是肉体关系。其中一个人物认为他们的关系需要上升到另一层面。创作一个性爱场景，让这一场景更多的是关于交谈，而不是关于性。

·两个无家可归的男人素不相识，却在同一座高速立交桥下过夜。最初两人互不理睬，但接着其中一个人开始说话，并且似乎停不下来。

▲ 练习三

加速。选取小标题"加速"下，对有关多洛雷丝的场景，进行改写，使这一场景向前发展。你可以增加叙述、行动或删减对话，只要能使场景向前推进、使故事有进一步发展，你可以进行任何更改。

▲ 练习四

减速。史蒂夫（Steve）和珍妮弗（Jennifer）是一对幸福的夫妻，好吧，大多数时候是幸福的。珍妮弗有点紧张易怒、吹毛求疵，不管去哪儿都要守时，史蒂夫则正好相反。他根本搞不懂为什么每个人都总是如此匆忙，尤其是他的妻子。在下面的场景中，你会看到史蒂夫和珍妮弗之间的对话，场景中除了对话之外没有任何其他元素。如果一个场景中仅有对话，那节奏就会很快。你的任务是不时地添加叙述、描写、背景信息和少量的行动，使这一场景慢下来。

"我准备走了，史蒂夫。"

"来了。"

"什么时候？"

"马上，马上。我马上就下去。"

"现在四点十五了，史蒂夫。"

"是，一点没错。我刚看过表。"

"如果我们不能按时去接她，妈妈会很着急的。"

"对，她就是那样，没错。"

"史蒂夫！"

"啊？"

"快点！"

"我马上就来，亲爱的，正穿袜子呢。"

"我出去发动汽车。"

"别忘了开车库门——如果你不想把自己闷死。"

"你走不走？"

"我马上就下去。"

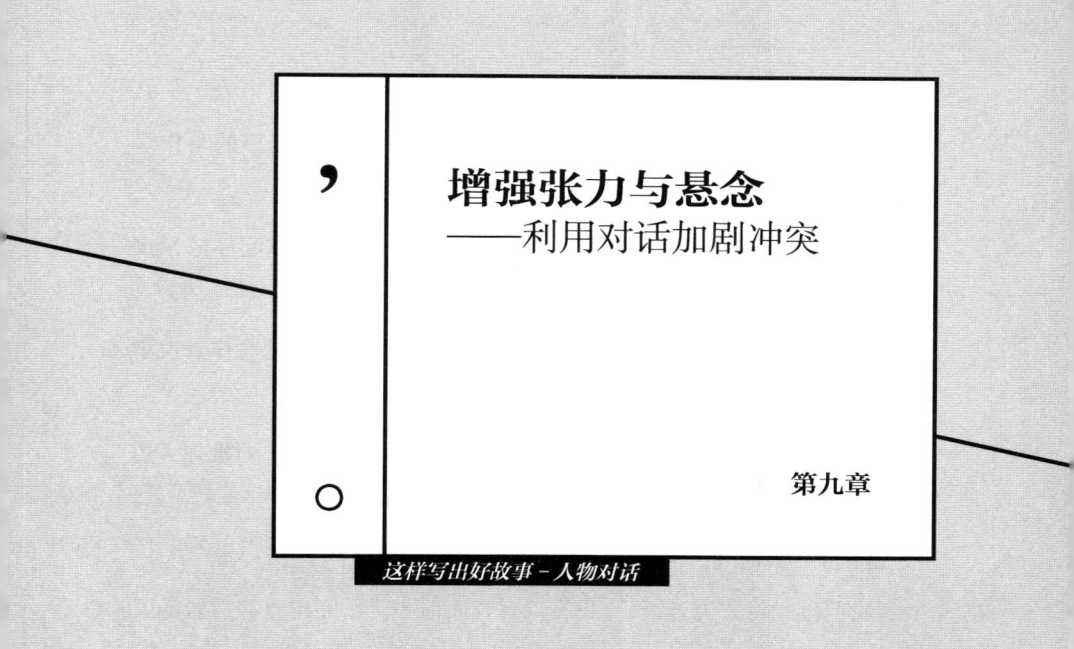

增强张力与悬念
——利用对话加剧冲突

第九章

这样写出好故事 - 人物对话

"请拿一根。"我一边传递着一盒橡皮筋,一边对班级里的写作学员说。

每个人都拿到了一根橡皮筋,于是我说道:"现在,拿起你的橡皮筋,在手里拉抻几下。"

我拿起自己的橡皮筋,用手指来回地拉抻着。教室里的写作者也学着我的样子。

"这就是张力,"我告诉他们,"现在,用手指把它拉紧,对准你旁边的人。"

这花了一点时间,但很快每个人都将橡皮筋对准了身边的人。

"我们已经将张力升级,"我笑着对我面前一个个吓得直往后躲的人说道,"在你所创作的每一个对话场景中,都需要有大量这样的张力。"

与你在对话场景中应该制造的那种张力相比,橡皮筋的张力微不足道。张力、悬念和冲突应该是每一对话场景的核心。但这绝不意味着人物之间需要大喊大叫、打斗、发怒、扔东西和挥动武器。情况绝不是这样的。当然,如果你的故事需要这样的张力与冲突,你可以这样做。但我们现在谈论的张力、悬念和冲突可以是人物之间细微的分歧,也可以是人物口中剑拔弩张的话语,一旦这些话出口,这种威力造成的破坏性要比松开小小的橡皮筋大千万倍。

恐怖小说作家迪安·孔茨（Dean Koontz）曾说过，在大多数新手作家的手稿中，他发现最严重的问题就是缺乏行动。我一直对此表示认同，但随着我指导了越来越多的写作者，我现在不得不说，缺乏张力、悬念和冲突才是我在手稿中看到的最大问题。它们是三件不同的事情，却可以相提并论，因为它们紧密相连——都使场景不断发展变化。缺少了这三种元素，对话就是单调的、无立体感的、乏味的。如你所知，任何作者都承担不了无聊的后果，绝对不行，哪怕只是一句无聊的对话也不行。

◎ 张力——写出有效对话的关键

读者与你塑造的人物产生共鸣，借由他们体验生活。有些故事对我们的生活产生了极为深刻的影响，甚至影响了我们的人生抉择。有多少律师受到了《杀死一只知更鸟》中阿提库斯·芬奇的影响？有多少数学家受到了《美丽心灵》（*A Beautiful Mind*）中约翰·纳什（John Nash）的影响？又有多少辍学者受到《麦田里的守望者》（*The Catcher in the Rye*）中霍尔登·考尔菲尔德的影响？好吧，我们希望没人这样做。但你能明白我的意思。故事作者将人物投入外在和内在的冲突之中，给他们设置不可逾越的障碍，读者一页一页地读下去，看着这些人物怎样解决他们的冲突，并在此过程中得到启示。冲突是故事的核心，对话是冲突的表现形式。没有冲突，便没有故事。没有对话，冲突便无法表现。如果人物在整部小说中，只是思考他所面临的冲突，那故事读起来会有趣吗？或者人物独来独往地解决冲突，而不跟任何人说话，那又会有趣吗？

在对话场景中，随着人物所面临的局势持续升温，你可以呈现一种、两种冲突或将这三种冲突同时呈现：心理冲突、言语冲突或肢体冲突。人物之间在玩心理战，他们怀着仇恨或相互折磨的想法（心理冲突）。他们可以进行激烈或紧张的对话（言语冲突）。又或者他们从事暴力或性行为（肢体冲突）。当冲突达到高潮时，这三种类型的冲突可以在场景中同时出现。在本章中，我们将把大部分的注意力集中在言语冲突上，言语在此被当作武器。

◎ 开头

在场景的开始，尤其故事的开篇，你应该尽快添加张力，因为张力能以最快的速度吸引读者。冲突发生在人与人之间，因此张力与对话是完美的组合。在某种充满张力的对话场景中，让人物之间尽快发生冲突，这保证会引起读者的兴趣。

◆ 尝试一下

如果你想练习创作充满张力的对话，就将人物置于气氛紧张的场景之中，让他们表达自己的恐惧和焦虑。就以下所有场景，编写一至两页的对话：

- 两个人物在悬崖边上，冲突一触即发——言语和／或肢体冲突
- 四个人物正在打扑克牌
- 两个人物正在粉刷房间

在苏珊·凯（Susan Kay）所著的《剧院幽灵》（*Phantom*）中，作者在开篇场景中交代，叙述者产下了一个婴儿，但婴儿却是畸形的。

故事以充满张力的叙述开篇,然而当马德莱娜(Madeleine)表达了她初见婴儿的惊恐时,对话极大地增强了这种张力。在这一场景中,这位刚诞下婴儿的母亲,经历了最初的惊恐,芒萨尔(Mansart)神父正在试图安慰她。

"我亲爱的孩子,"他满怀同情地说道,"不要受到蒙骗,认为上帝已经遗弃了你。这种悲剧是所有凡人无法理解的,但我要你记住,上帝创造任何事物都是有目的的。"

我颤抖着:"他还活着……是吗?"

他点点头,紧咬着下唇,悲伤地看了一眼摇篮。

"神父——"我恐惧地支吾道,尽力鼓起勇气继续,"如果我不碰他……如果我不喂养他……"

他坚定地摇了摇头:"对这种问题,教会的立场十分明确,马德莱娜。你所说的就是谋杀。"

"但在这种情况下,这无疑是一种仁慈。"

"这是罪恶,"他严厉地说,"不可饶恕的罪恶!我奉劝你把这种邪恶的想法从脑海中除掉。拯救一个人的灵魂,是你的责任。你必须像对待其他孩子一样,养育照顾这个孩子。"

当人物开口说话时,读者需要对背景和人物有所了解,因此用对话开场需要一些技巧。一旦所有的背景和人物都已确立,对话便可以迅速展开,成为人物之间各种紧张关系的催化剂。《剧院幽灵》以叙述开篇,叙述者马德莱娜刚刚产下了一个畸形儿,她感到焦虑不安,这是可以理解的。

当你开始创作一个场景，任何一个场景，你都应该首先确立人物的意图。你可以通过叙述、行动或对话来达到这一目的。在这一场景中，叙述者的意图很明显，她想尽快摆脱这个新生的怪胎，她能立刻想到的唯一办法就是忽略"他"，让他去死。她将想法付诸语言，这使身旁的神父感到十分震惊。当她意识到自己产下的是怪胎时，张力便已经存在，但芒萨尔神父令她越发感到内疚，即使这只是她的一个想法，在这一过程中，张力不断增加。当对话中的张力增加时，读者便知道局势将要迅速发展。

◎ 不同程度的张力

在小说中，我们谈到对话语境中的张力和冲突时，头脑里立刻就会想到打斗、争吵和唇枪舌剑，没错，所有这些都可能发生在一段紧张的对话之中。但情况却不是必须如此。张力分为不同程度的，当人物在交谈中沉默不语时，气氛可能很紧张，甚至或许比人物之间大吵大闹时要更紧张。你知道人们所说的暴风雨前的平静吧？在某些人的情绪爆发前，他们有时平静得可怕。

如果你了解自己笔下的人物，你就会知道他们当中的哪些人会表现出这一特点——局势变得越紧张，这一人物面临的压力越大，他就越有可能变得平静，直到情绪失控。在对话段落中，你可以通过加速其他人物的对话来表现某个人物正变得安静。这种对比将会使这一人物的沉默变得十分响亮，如果你能明白我的意思。每当你想强调某事时，你就把相反的事物放在其附近。

当你提高了人物的音量，并使其发生肢体冲突时，你已经做到了极致，你大概无法将这种张力持续太久，所以让其保持简短。原谅我在此引用了一个令人不快的例子，但我最近听说，在旧金山，一条狗只用了十分钟，便咬死了一个年轻女人。相较一整天或一个星期而言，十分钟看起来是那么短暂。如果我们想到自己的一生，那十分钟又算什么？我们能想象到现实生活场景中存在这种张力吗？说实话，我想不到更糟的情况。但如果你在故事中创作一个类似的场景，相对而言，你不应该让对话或描写持续时间过长。你应该让场景全速前进，达到高潮，然后同样迅速地恢复平静。偶尔，斯蒂芬·金能让某一对话场景的张力持续几页的时间，但他可是斯蒂芬·金啊！

你越经常这样做，就越会清楚张力的程度和持续时间。你要不时地进入场景之中，从人物的角度来感受场景。如果你感觉张力被拉得过长，那情况很可能就是如此。

从另一方面来看，如果你不想在情节上对读者有所隐瞒，尤其是你一直在建构这一情节，那就确保让场景持续的时间足够长。

◎ 冲突——张力对话的核心

每一对话段落的核心都应是叙述者所面临的某种冲突。你通常可以由此确定叙述者——面临场景中主要冲突的人物即为叙述者。

冲突可以是外在的，也可以是内在的，但在叙述者说话时，读者必须能感受到那种张力。理想情况是，这一人物正经历内在冲突，他无法控制自己，必须对其他人物进行外在的表达。如果他想要把想法埋在心里，却做不到，这时张力就已经产生了。

涉及张力时，你必须小心，你不能仅仅因为场景中需要张力，就让人物之间的互动过火。在我指导的写作者的手稿中，我经常看到这种情况。他们让人物仅是为了打斗而打斗。

我之前提到过，故事冲突可以是言语上的、肢体上的或心理上的。在冲突异常激烈的场景中，作者会同时采用这三种冲突。三者以何种顺序出现才能达到最佳效果，这并无定论，尽管肢体冲突通常最后出现。某些精神病人可能先进行肢体上的攻击，然后再咆哮痛骂很长时间，同时对受害者进行心理和言语上的折磨。但两人之间的冲突通常是从言语开始，接着发展成心理战，有时会最终升级为肢体攻击。

一段对话的核心冲突未必是十分明显的。人物之间并不一定要争吵，用言语或武力攻击对方。叙述者仅需：面临某种威胁；需要冒险或失去某些东西；经历某种内心的折磨或危机；需要解决某些问题；有与其他人物相悖的目标或需要做出某个决定。叙述者可以经历外在的困境或内心的挣扎，或同时经历两者。

我指导过的许多写作者不能理解对话中需要存在张力，甚至不能理解整个故事中需要存在张力，并且他们不想去理解。他们似乎不想费尽心力地去进行创作，以确保他们的故事不仅能吸引读者，还能将这种吸引力一直保持下去。张力能吸引读者，如果这种张力能保持下去，读者就会一直被吸引。你应该成为那种不厌其烦地进行改写的作家，以保证每一对话场景都尽可能地充满张力和悬念。你难道不想这样吗？接下来你必须愿意将人物投入一个接一个的冲突之中。

我经常会遇到一些作者，他们似乎抗拒将人物置于冲突之中，即使他们被迫这样做，他们最终制造的冲突也不足以令读者感到揪心。我意识到，这是由于这些作家并不是真的想让人物面临痛苦或受到任何伤害。他们本质上是善良的，只想写出好看的小故事，让人物去解决一点小问题。我在小说创作课上，对学生开玩笑说，要想创作出精彩的小说，他们就不能太善良。让善良的人去为自己笔下的人物制造问题，实在太困难了。小说的核心就是制造冲突，解决冲突。人物不断地解决问题，问题越严峻，效果就越理想。人物越不顾一切地去化解冲突，故事就越能吸引读者。

你不是太善良，对吧？

◎ 增强张力的技巧

当对话处于你的掌控之中时（第八章），你可以将张力收放自如。因此，第一个目标始终是要取得控制权。如果你觉得你已经做到了，那么在人物交流时，你可以运用以下这些实用的技巧去增强张力。

◆ 搞定你的故事

看一下在你的故事中，所有以对话结尾的场景，它们是否呈现出了最大的张力。问自己下列问题：

· 我为这段对话留下了哪些悬而未决的问题？

· 我让叙述者所说的最后一句话是什么？或者对话的最后一句对叙述者造成了怎样的影响？又或者同时问这两个问题。

· 我是否让对话的最后一句爆发出情感，而这种情感足以让这股张力被觉察到？

- 我是否在这段对话中,成功地展现出了人物目标之间的冲突?
- 人物的话语是否提高了主人公所面临的风险,并在最大限度上,制造了张力?

◎ 沉默

正如我之前提到的,在对话段落中,展现张力的一种方式就是,让人物不时地暂时退出谈话,审视一下局势,判断一下自己的感受。无论出于什么原因,如果他正在思考一些难以启齿的事情,张力都会增加。他害怕说出自己的真实想法吗?为什么?如果他把那些事情大声说出来,会发生什么?你应该表现出行动还在继续,而人物却保持沉默,所以让其他人物发挥自己的作用,让他们继续行动或对话。我们之前已经讨论过对比,对比会产生很好的效果。其他人物的声音越大、动作越多,叙述者保持沉默时,产生的张力就越大。

◎ 焦虑

思考一下,当你感到焦虑、害怕、紧张、兴奋,或暂时发疯时,你的声音会发生哪些变化?为了能观察你在交谈中的声音和举止,你首先要承认这些心理状态。大多数人能够承认,除了最后一种状态。谁愿意承认自己发疯了呢,哪怕只是暂时发疯?当然,只有最勇敢的人才会这样做。暂时的发疯只是焦虑、恐惧、紧张、兴奋和愤怒过了头。没什么大不了的。

不管怎样,让我们来看一下人们的行为吧,这始终是最真实对话的源泉。下面的场景出自帕特丽夏·康薇尔（Patricia Cornwell）所著的《尸体会说话》（*Postmortem*），马里诺（Marino）警长正向一个名叫阿比（Abby）的女人询问情况，她的妹妹最近被谋杀了，这时主人公凯·斯卡尔佩塔博士（Dr.Kay Scarpetta）正站在两人的旁边。来看一下，阿比的焦虑怎样随着场景的发展而达到顶点。

"你最后一次看到她是什么时候？"

"周五下午。"她提高了声音，哽咽了一下，"她开车送我到火车站。"她眼里充满了泪水。

马里诺从后兜里抽出一条皱皱巴巴的手帕递给她："你知道她周末有什么计划吗？"

"工作。她告诉我周末要待在家备课。据我所知，她没有什么特别的计划。汉娜（Henna）不是很外向，只有一两个朋友，也是教授。她有大量的备课任务，她告诉我，她周六要去买一些食品和杂货。就这样。"

"去哪儿买？哪个商店？"

"我不知道。那不重要。我知道她没去。刚刚另一个警察让我检查了厨房。她没去杂货店。冰箱跟我走的时候一样，还是空空的。那肯定是发生在周五晚上，跟其他的案子一样。我待在纽约，她待在这儿。就像这样待在这儿。"

一时间，大家都不说话了。马里诺环顾了一下客厅，他面无表情。阿比颤抖着点燃了一支香烟，转向我。

话还没有出口，我就知道她要问什么。

"是不是跟其他受害者一样？我知道你看了尸体。"她迟疑了一下，力图使自己平静下来。她平静地问道："凶手对她做了什么？"这时，她就像即将爆发的风暴。

我发现自己竟然说："无可奉告，我得先仔细检查她的尸体。"

"老天，她是我的妹妹啊！"她哭喊道，"我想知道那个畜生对她做了什么！噢，老天。她受到折磨了吗？请告诉我她没有……"

在这一场景的结尾，阿比已经基本丧失理智——这是可以理解的。每当你使人物遭遇这种令其失去理智的局面，你就是在增强张力。因此，你应该不断使人物从一个紧张局面进入另一个紧张局面，尤其应该令其他人物也处于这一局面当中，从而使焦虑能通过对话表达出来。在推理或悬疑惊悚小说中，情况尤其应该如此。你要保持焦虑感不断增加。

◎ 巧妙安排的提示语

你可以通过一些小技巧来增强张力，如将句子拉长，在其中插入提示语。"我是来找你的，"他用沙哑的声音低声说道，"绝没想到会在这儿找到你。"比较一下这个句子和下面两个句子的区别：他用沙哑的声音低声说道："我是来找你的，绝没想到会在这儿找到你。"或"我是来找你的，绝没想到会在这儿找到你。"他用沙哑的声音低声说道。你能看出区别吗？大声读出来，听一下第一句中的节奏是如何增强张力的，这是后两个句子中所没有的。

◎ 节奏

在本书的其他部分，我们已经谈论过怎样去设定节奏，因此我在这里只想提一下，调整一个对话场景的节奏就是在为其增加张力。例如，你笔下的人物正处于激动的状态，而他突然开始放慢语速，这说明他可能已经到了情绪失控的边缘。反之亦然，如果某个人物正在对话中漫无目的地闲聊，而他突然变得激动，开始加快语速，那情绪大概也到了失控的边缘。张力也会随之增加。毫无疑问，对话节奏的突然转变始终是有理由的。你绝不会毫无理由地加速或减速。

◎ 悬念

你在对话场景中制造了悬念，张力也自然而然地随之增加。制造悬念就是在读者的头脑中植入想法或观念，将读者引向未来的事件或状况。

下面这一场景出自艾琳·古奇（Eileen Goudge）所著的《谎言花园》(Garden of Lies)。蕾切尔（Rachel）告诉戴维，如果他不按她的想法去做，她将要采取什么样的计划。在这一过程中，我们看着张力逐渐增加。戴维是她的男朋友，但他也是一名医生，她想让他给自己做人流手术——打掉**他们的**孩子。他只是直截了当地告诉她，她在发疯，需要看"精神科医生"。

"……这就是你想要的，宝贝儿。没错。你这次真是太荒唐了。"

"或许是吧，"她说，"但这不能改变任何事情。不管怎样我们都仍面临这一问题。"

"你什么意思?"他眯着眼睛,眼神充满了怀疑。

"我的意思是如果你不能给我做流产手术,我就不做了。我要生下这个孩子。"

"你是在威胁我吗?"

"不是。"她真的是这样想的,"我只是告诉你,我可能面临的状况,我能做出的选择。让你的朋友凯莱赫(Kelleher)给我做个干净漂亮的刮宫手术并不在这其中。"

毫无疑问,在戴维看来,生下这个孩子并不比做人流手术要好,或许更糟。所以,蕾切尔会怎样做呢?戴维又会做何反应呢?这段对话指向未来的事件,古奇用短短几行充满悬念的对话成功地吸引了读者。如果在整篇故事中,你都能使用这种对话,你就永远不会令读者失去兴趣——哪怕只是一小会儿。

◎ 结尾

你可以就在场景的结尾,利用人物的言语制造张力,这种张力会使读者欲罢不能,尽管此处是一章的结尾,他本打算读完就立刻关灯睡觉。达到这种效果的秘诀就是留一个开放式的结尾。尽管我们通常认为在场景或章节的结尾处,事情应该交代得清清楚楚。事实却完全不是这样的。你应该做的恰恰与此相反。你应该让事情悬而未决,让尽可能多的事情悬而未决。

同样,如果叙述者说了某些话,增强了张力,使其他人物或读者大吃一惊,你也无须让其他人物做出反应,无须用含有寓意的结尾或其他任何事情把结局交代清楚。你始终应该用叙述者所说的一句话,或对叙述者有影响的一句话,来结束场景。这句话充满了悬念,将迫使读者一直读到下一章,看看发生了什么。有时,用问题结尾或悬而未决的行动来结束场景,也能达到理想的效果。

在现实生活中,如果有人说出了一句令人瞠目结舌的话,而所有人都保持沉默,这些话就悬在了半空中,这远比周围人开始用自己的言语或行动填满这个空白,要来得更加有影响力和感染力。

丽塔·梅·布朗(Rita Mae Brown)在她的小说《维纳斯之妒》(*Venus Envy*)中,展现了她在这方面的娴熟技艺。故事围绕一个名叫弗雷泽(Frazier)的女人展开,她住进了医院,以为自己得了癌症,于是把自己是同性恋的事实"公之于世",然后发现有人搞错了,她根本没有得癌症。现在她不得不忍受并处理真相大白所造成的混乱。我们并不了解每一章节的内容,所以我们就只是来看一下,布朗怎样利用对话来作为某些章节的结尾。

· "我看出来了,我跟你根本说不通。不把这个家毁了,你是不会满意的。为什么?这样你就能搞畸形的同性恋了?"莉比(Libby)指责道。

"畸形的人就是那些谁也不爱的人。那就是你,妈妈。你根本没有爱的能力!"弗雷泽砰的一声,狠狠摔下了电话,连猫都被吓了一跳。

· "或许每个人都仅有一个需要回答的问题——"

卡特(Carter)聚精会神地听着,插话道:"那是什么问题?"

"想生存还是想死亡?"

· 弗兰克叹了一口气:"这个小镇需要的是一次大扫荡。"

·金伯莉（Kimberly）走了，萨拉和弗雷泽又坐了一会儿。"萨拉，我有一种感觉，人们更希望我死掉。死了也比不得不面对这些事情要好。他们希望我死掉这种说法或许太过火了。也许他们只是希望我得到一张解雇通知书，你懂的，这样我就可以有理由逃脱这种生活。"

作者十分清楚这种技巧产生的效力，这便是她频繁娴熟地运用此技巧的原因。我猜想，她在每一章节的结尾都一定深思熟虑，以便想出一句充满张力的话语，制造出充分的悬念，使读者欲罢不能。请注意，她并没有接着描写其他人物的反应。她只是留给我们一句令人震惊的对话。

有时，让人物的语言悬而未决并非易事，但就制造悬念和张力而言，这却能产生奇妙的效果。

就制造戏剧效果、悬念及张力而言，还有任何事情比人们的情感更有效吗？情感使个人之间及国家之间发生冲突对抗，而同时也使他们之间建立了互敬互爱的关系。在下一章中，我们将来探讨对话如何传达人物的情感，从而使读者产生情感上的共鸣。

▲ **练习一**

开头。翻阅你书架上的某些小说——最好是你已经读过的——研究一下场景和章节的开头部分。作者是怎样利用对话来吸引读者，从而使场景活跃起来，令人物栩栩如生的？选择至少五个场景或章节的开头部分进行改写，利用对话将读者吸引到场景或故事之中。不要循规蹈矩，尽可能地语出惊人。做这个练习将会使你摆脱思维里条条框框的束缚。现在通读任何一个你正在创作的故事，看看是否能利用对话来使开场更加引人入胜。

▲ 练习二

冲突——张力对话的核心。为下面这些冲突情境，分别编写两页充满张力的对话：

· 一个人物对另一个人物隐瞒了一个秘密，同时在力图闲聊。

· 一个人物的工作环境使她不得不违背自己的价值观，她正在和老板谈话。

· 一个男性人物刚刚发现他最好的朋友跟他（第一个人物）的女朋友发生了关系：这对朋友正在酒吧打台球。

▲ 练习三

增强张力的技巧。用我们在本章中讨论过的五种技巧，分别编写一页对话：

· 沉默——将人物置于一个能使其产生强烈情感的场景之中，这种情感强烈到他没有信心开口说话。让他周围的人物喋喋不休。

· 焦虑——将人物置于一个能使其感到极度焦虑的场景之中，她的内心开始失控，她越谈论这种焦虑，就越感到焦虑。

· 巧妙安排的提示语——改写下面的句子，将其拉长，增加张力；在句子中间插入提示语：

"我不确定我是否会做这份工作，除非我能从中获益。"他说。

她看着他说："我爱你，但我现在还不能随心所欲地开始另一段感情。"

"如果你小心麻利地去做，他们绝不会听到声音。"她说。

· 节奏——将人物置于一个越发紧张的情境之中，让他的对话与不断增加的张力相匹配。

· 悬念——将人物置于对话场景之中，在此场景中，她正试图找到一种方式，向另一个人物讲述即将发生在未来的某件事。

▲ 练习四

结尾。翻阅你书架上的某些小说——最好也是你已经读过的小说——研究一下场景和章节的结尾部分。作者是怎样运用对话或叙述来使结尾充满张力和悬念的？选择至少五个略显不足的结尾进行改写，使其最后一行以令人震惊的对话结束。接下来，如果你正在创作某部短篇故事或长篇小说，看一下场景的结尾部分，你是否能在某些结尾处，添加一行令读者震惊的对话，使他即使第二天必须早起，也还是要继续读下去。

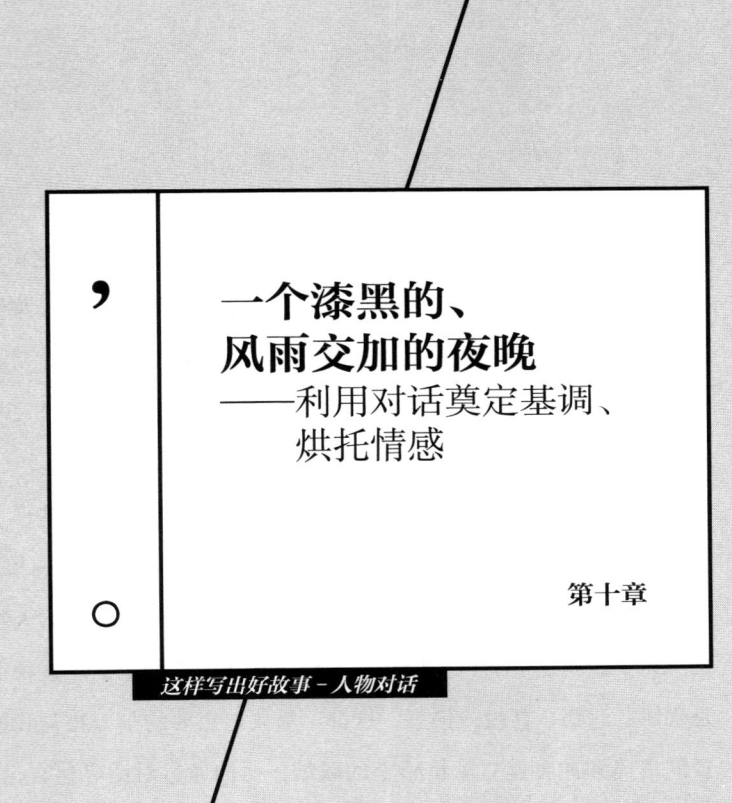

一个漆黑的、
风雨交加的夜晚
——利用对话奠定基调、烘托情感

第十章

这样写出好故事 - 人物对话

"我宁愿在塔可钟工作!"① 我边说边从她的车上下来,之前我们激烈地讨论了我当时正在从事的编辑工作。塔可钟没什么不好,你懂的——这不是重点。重点是我感到极度疲惫、气愤、沮丧、失望,受够了我的工作。我说那些话时,情绪如此激动,这种情绪好多天都挥之不去,最终我辞掉了那份工作。

你带着极其强烈的情感对别人说出、喊出或低语出某些话,这些话会令你记忆犹新。同样别人这样对你说出的话也是令你难以忘却。

我们希望我们的故事令读者难以忘怀。我们希望笔下的人物被人铭记。为了做到这一点,我们必须创作出充满情感的对话。这种情感可以是恐惧、悲伤、喜悦或愤怒,这都不重要。重要的是人物与我们为其设置的情境和冲突建立了情感上的联结,他们通过对话表达自己的感受,在对话中投入情感,源源不断地投入,使情感满溢、爆发。情感越丰沛,效果就越理想。

我没有说夸张的言行,我说的是情感,两者是不同的。我们不是在写肥皂剧。对话场景中的情感将把读者吸引到人物所在的冲突场面之中,使读者在意人物所面临的问题。故事对话中的点点滴滴都必须传达某种

---

① 塔可钟是世界上规模最大的、提供墨西哥式食品的连锁餐饮品牌。——译者注

情感。你必须决定这是何种情感。这取决于你所创作的故事类型，及人物在每一具体场景中所面临的状况。

我看到新手作家在创作富于情感的对话时，犯了许多的错误。这通常由于他们用力过猛：

· 人物讲了某些笑话，自己捧腹大笑，而这些笑话根本不好笑。

· 人物抱头痛哭，相拥而泣，而读者却看着，心想"哭吧，哭吧，继续哭吧"。

· 人物充满愤怒，情况最后演变成断手折脚。

我们塑造出行为过火的人物，他们无法适当表达自己的情感，原因在于我们（1）无法触及自己内心深处的情感，因而无法做出适当的反应，或（2）我们力图在故事中表明一种看法，认为极端的情感能达到这一目的。

更常见的是另一种极端：作者淡化情感。

· 不管是由于婚外情还是死亡，一个人物失去了丈夫，而她第二天晚上却去了桥牌俱乐部，她最关心的问题是得到蔓越莓黄瓜沙拉的菜谱。

· 一个女性人物听到了响动声，一点没感到害怕，抓起棒球棍，沿着漆黑的台阶跑到地下室，跟窃贼对峙。

· 一个人物丢掉了工作，回到家只是对妻子说，他知道他被解雇是应该的——没有感到愤怒，只是平静接受。

我们塑造出的人物回避压抑自己的情感，这是因为我们本身也在这样做。

作为写作导师，我时常会有挫败感，因为他们讲故事时，我无法在这方面提供帮助。我开玩笑说，要想写好故事，他们需要进行心理治疗，但在内心深处，我想我真的是这样认为的。

是否进行心理治疗取决于你自己。但与此同时，你可以采取一些切实可行的办法，以确保你编写的对话充满某种情感，能够吸引读者，使人物令人难以忘怀。在本章中，我们将来看一下常见的几种情感，以及如何利用对话来让人物展现这些情感。但首先，我们来探讨一下怎样利用情感来奠定故事的基调。

◎ 奠定基调

"我恨你！"

"我不想活了……"

"我赢了！"

"你敢动一下试试——"

这些是充满强烈感情的话语。在现实生活中，我们展现强烈的感情时，可以用各种肢体语言去表达。我们可能会一拳挥向墙壁，咬牙切齿或鼓掌拍手——各种肢体动作。但在某种情况下，我们会说话，自言自语或与其他人交谈。展现人物情感最有效的方式之一就是让他们说话，低语也好，叫喊也好，让他们发出声音，同时融入行动和叙述。

漫画家很容易将人物的情感表达出来。他们可以直接在卡通人物上画出抓狂、伤心、高兴或惊恐的表情，我们立刻便会知道人物当时经历了什么。同样，剧作家也有真实的演员与之配合。观众会看到演员皱眉、哭泣、微笑和惊恐地瞪大双眼。

作家没有这些奢侈的条件。我们的唯一手段就是文字，我们必须让这些文字通过人物之口说出来，这样读者才能了解人物每时每刻的情感状态。与读者建立情感联结的唯一方式就是首先跟我们笔下的人物建立联结。要跟人物建立联结，就要确保人物与自身建立联结。

这不是一本有关人类情感的心理励志类书籍，但许多人确实无法慢下来去感受我们每时每刻的情绪。然而，无论你是否了解自己的感觉，我们都不断地在给别人发出信号。对我们笔下的人物来说，情况也是如此。他们可能没法告诉你他们的感觉，除非有其他人物向他们问起，但他们的行动和言语会泄露他们的真实情感。无论他们怎样竭力隐藏自己的情感，你都会知道。我们无法将自己的真实情感长久地隐藏。

愤怒、悲伤、喜悦和恐惧是最主要的情感，尽管我们或许不时还经历一些次要的情感：嫉妒、困惑、沮丧等。这些次要的情感大多是心理状态，因此在本章中，我们只会讨论这些主要的情感，并学着如何利用对话来奠定故事的基调。

◎ 爱

无论你对《廊桥遗梦》持何种看法（一些读者喜欢，许多读者讨厌；就个人而言，我对这种感伤的爱情故事非常着迷），在弗朗西丝卡·约翰逊（Francesca Johnson）和罗伯特·金凯德（Robert Kincaid）的恋爱场景中，有一小段对话非常成功。作者罗伯特·詹姆斯·沃勒做客《奥普拉脱口秀》的时候，我甚至还听到奥普拉朗读了这一小段对话。

◆ 尝试一下

你是否希望读者了解人物的情感？利用对话吧。当人物开口说话时，他立刻展现了自己的情感状态，这是非常有力有效的手段。你可以通过以下练习学着去利用对话让人物表达情感。所有这些练习中都包含至少两个人物，因此你可以将对话作为表现某种情感的主要手段。为以下情境分别创作一页的对话场景。根据需要，你可以随意对任何一句话进行修改。

（1）主人公和他最好的朋友正开车行驶在高速公路上，他们专心地开着车，这时一辆旧车从侧面剐蹭了主人公全新的SUV，并且接着往前开。他说出的第一句愤怒的话语会是什么？

（2）主人公和男朋友去一家非常高档的餐馆用餐。男朋友对她说，他想分手，不再爱她了。不要让她流泪，让她通过对话把自己的震惊和愤怒表达出来。

（3）主人公刚刚得到了一份理想的工作。他将会做自己喜欢的事，得到他从未想过的丰厚酬劳。他正坐在未来雇主的办公室里。他几乎不能自已，他太兴奋了，将自己的感觉脱口而出。

（4）主人公和男朋友一大早就出发去远足。现在已经是傍晚了，他们发现自己完全迷路了。叙述者内心变得越来越焦虑。突然，她感到很害怕，将自己的恐惧说了出来。

（5）主人公刚刚得知父亲去世了，他们之间没有什么感情。他正在心理治疗师的办公室里，感觉很麻木。治疗师问他，关于父亲，他最怀念的是什么，突然，他不再感到麻木，而有很多话要说。

这个故事描写了一个男人翩然地走进一个女人的生活，四天后他又翩然地离开，将她的心也一起带走了，同时自己的心也在某种程度上留在了这里。这就是故事的梗概。我猜这没准就是沃勒交给代理人或编辑的故事简介，即使不完全正确，也八九不离十。弗朗西丝卡力图使罗伯特明白她为什么不能离开她的丈夫和孩子，随他穿过艾奥瓦州偏僻的公路，驶向落日。这关乎责任。这时，罗伯特说出了下面的对白。

> 罗伯特·金凯德沉默了。他明白她所说的大路和责任及愧疚将彻底改变她是什么意思。他知道在某种程度上，她是对的。他望向了窗外，内心挣扎着，竭力去了解她的感受。她哭了起来。
>
> 接着他们拥抱了许久。他在她耳边低语："我有一件事要说，只有一件事，我绝不会再对任何人说第二次，我要你记住。在这样一个暧昧的世界里，这种笃定只有一次，绝不再来，无论生命怎样轮回。"

书中的这段对白令女性读者神魂颠倒。为了听到特别的那个他对自己说出这些话、把自己当作特别的那个人，世界上哪个女人不愿不惜一切代价呢？

但这些话语能与读者产生如此紧密的联结，具体原因是什么呢？你怎样才能创作出充满情感的对话，让人物用真实真挚的语气表达出自己的爱意呢？

你或许正在创作一个恋爱场景，或创作到故事中人物满怀爱意（对另一个人物、动物或背景的喜爱）的时刻，你会怎样让她表达自己的情感，使其听起来不会陈腐、夸张，而像小说中的人物，当然是完全像她自己。

　　上述段落如此成功的原因之一就是其中既包含冲突，又包含解决。这两个人物想要自己不可能拥有的东西、可望而不可即的东西。因此，他们犹豫不决，尽管在内心深处，他们都清楚弗朗西丝卡会做出**正确的**决定，因为这才符合她的本性。在这两段对话中，这一切都表达得清清楚楚。罗伯特所说的笃定能使我们产生共鸣。我们也有同样的感觉。

　　我们都是常人，而人与人之间很怕建立亲密关系。而爱是一种非常亲密的关系。因此，当我们创作两个人物之间的恋爱场景时（无论这一场景是否最终涉及性爱），我们需要记住重要的一点：人物的恐惧与爱意是交织在一起的。为了使场景感觉真实，你必须同时捕捉到同一人物身上的这两种情感——有时是两个人物身上的，因为，爱恨都需要发生在两个人之间，并且一个恋爱场景可能会引向男欢女爱的场面。

　　怎样做到这一点呢？通过练习。你对真实的恋爱场景越感到轻松自在，你笔下的人物也就越感到轻松自在。你或许不得不将人物置于许多恋爱场景和不同的背景之中，从中选出最理想的一个。记住，恋爱场景并不总是指性爱场景。你需要营造的是爱的感觉。这可以是男女之间的爱情，也可以是父母和孩子之间的亲情，或朋友之间的友情。有时，直接跳到男欢女爱的场景实际上削弱了男女之间泛起的爱意。如果真想让两个人物之间建立恋爱关系，你要花时间慢慢来，让两个人变得越来越亲密，并通过对话使其逐渐展现出来。

◎ 愤怒

愤怒这种情感可以有不同的表达方式。观察一下你为什么感到愤怒，这样你就能深刻体验你的愤怒，并将其切实运用到对话场景之中。你也可以观察其他人为什么感到愤怒，他们是如何表达这种情感的，他们的表达方式通常和你的表达方式截然不同。

让我们来看一下，迈克尔·多里斯（Michael Dorris）作品《碧水橙舟》（*A Yellow Raft in Blue Water*）中的一段话。一位人物的母亲十年前抛弃了她，将她留给祖母照顾。她为此只是感到有点生气。她的母亲，脑子不太清醒，也感到生气。当人们生气时，他们指责非难，为自己辩护，口不择言，但也会说出自己的真心话。他们通常不假思索地将这些话脱口而出。在这段话中，叙述者蕾奥娜（Rayona）最终利用这次机会，狠狠责备母亲多年前将自己抛弃。

> 我习惯了做妈妈的好女儿，我为自己辩解。
> "我打算跟你联系。"我说。
> "打算，打算！"妈妈将袍子上的腰带拉紧，打了个结。"真是太棒了。我病得这么重，而你却离开了……"
> "我那时在比尔帕湖国家公园工作。"
> "正玩得开心呢！"妈妈喊道，"在某个公园。"
> "但是你先离开的。"
> "没错，全怪我。"妈妈转向戴顿（Dayton），"毫无疑问，她抛弃了祖母也是我的错。"

"现在,别生气,"他说,"当你冷静下来,你会为见到蕾(Ray)而感到高兴。"

"我以为你发生了什么不测!"妈妈冲我尖叫道。这是到目前为止她说过的最过分的话。

"真是太让你费心了。"我的火气又上来了,"你来这儿是为了到查伦(Charlene)那儿取一盒药,不是为了见我。"

这让她哑口无言:"你怎么知道是取药?"

"一直都知道,你去的地方离我不到十英里远。别跟我提什么离开。"

"她一点良心都没有。"妈妈向戴顿求助,"我病成这样,她还想让我伤心。"

"这招你已经对爸爸用过了,不管用了。"我的怒火已经让我失去理智,"你没病。"

但她的确病了。话一出口,我便意识到这一点。从车停下的那一刻起,她的病容就印在我的脑海里。她憔悴苍白,前额上又添了新的皱纹,细纹密密麻麻地爬上了她的眉头。她的脸颊凹陷,但腰部却变粗了。

"你简直跟他一样,"她用极其低沉的声音对我说,"一模一样。"

这一对话场景如此成功的原因就在于它给人的感觉非常真实。愤怒的人在交谈时,通常不是很有逻辑,我们时常无法跟上他们的谈话思路,因为根本没有思路。为了互相伤害、为了替自身辩护、为了始终不让其他人看到他们的软肋，他们什么样的话都能脱口而出。

通常来说，当你笔下的人物处于愤怒之中时，你应该加速场景节奏。你要使用较短的句子和段落，运用较少的叙述。一个愤怒的慢节奏场景也能产生很好的效果，通常甚至更加骇人，因为这意味着情感即将爆发。看看下面第二波的唇枪舌剑，怒气在慢慢地发作。凯瑞（Carie）保持着冷静，但如果这一场景继续发展，马特（Matt）不断与她争辩，这一人物必然爆发，进行愤怒的威胁和指责。

比如，"我恨你"这句话，我们可能浑身颤抖着大喊出来，也可能是身体绷紧，冷冷地轻声说出来。憎恨不是一种情感——它是一种状态。愤怒才是情感。能让我们发怒的原因有很多，我欣喜地发现，随着年龄的增长，我们没那么容易发怒了。我们心怀多少怒火，完全取决于生活中我们对自身下了多少功夫，去表达自己的愤怒并从根源上解决问题。所以，在开始创作故事之前，制作一张人物图是很重要的，这样你就会充分了解笔下的人物，知道什么事情会令其发怒。正如我之前提到的，同样的事情不会令每个人都感到同样的愤怒。你知道，我们告诉对方不要谈论宗教信仰和政治活动，因为这些话题会激起强烈的情感。而事实上，你可以随便讨论政治活动，我毫不在意。但如果你开始跟我谈论宗教信仰，那你可就要小心了。你应该在这方面对人物有所了解。什么原因会使他发怒——各种程度的愤怒？他为什么沮丧？为什么气恼？为什么内心狂怒，瞬间无法自控？你了解吗？

这是你由内至外地了解人物的一个步骤。但你还必须由外至内地了解人物。一旦感到愤怒，他会如何用动作和言语来表达这种愤怒。有些人会变得异常平静，而其他人会立刻迁怒于身边的人。似乎只有很少人能理解愤怒，为自己的怒火负责，而不去指责他人，怪他们惹怒自己。许多人甚至拒绝承认自己的愤怒，因为这种感觉让他们不舒服。你的人物属于哪一类？在你将他置于一个能将他激怒的状况之前，你应该对此有所了解。让我们来看一下，在完全相同的状况之下，一个小说人物可能以哪三种不同的方式，来表达自己的愤怒。马特和凯瑞是一对年轻夫妇，他们正攒钱买第一个房子，来组建自己的家庭。凯瑞刚刚得知马特赌博输光了他们的积蓄。

◎·否认

"我们明天约好了要跟房贷经纪人见面，记得吧。"

"还有必要吗？钱都已经没了。"马特的语气很平静。

"你不可能输掉那么多的钱——那是两万多美元啊！你不会那样做的。我们已经攒了五年。"马特不会那样做的。他一定是喝多了，感觉自己把钱全输光了。再说，他怎么能一夜之间取出所有的积蓄？"这不可能，就这样。"凯瑞摇着头，"钱不可能没了，不可能是所有的钱。我们一直在攒钱。过去这五年里，我们每周都会从薪水里拿出一部分钱攒起来。我们真正需要的东西都舍不得买。不，我知道你喜欢赌博，但你一定搞错了。"

马特就坐在那儿，盯着自己的盘子。屋里死一般寂静。

◎ · 缓慢发作

"你做了什么?"凯瑞从盘子里舀起一些土豆泥,"我是不是听错了?"

"你没听错。"他低下了头,"钱没了。你记得那个周末我出差去拉斯维加斯吧?我一直在赢钱……那天晚上,我开始一直在赢钱,嗯,等我知道的时候钱已经——"

"出去。"凯瑞盯着她的盘子,"立刻出去,别等我把你轰出去。"

"啊?你让我出去是什么意思?这也是我家——"

"这不再是你家了。"她的声音听起来很遥远,甚至连她自己听起来都是如此,"这是最后一次。明天我就申请离婚。你再也不能这样对我了。"

◎ · 爆发

"亲爱的,我们明天约好跟房贷经纪人见面,就这样。攒了五年的钱,我们终于做到了。我太激动了——"

"没了……"

"什么?"凯瑞盯着马特,一叉子的土豆泥正要送到嘴边。她啪嗒一声把叉子放在盘子上:"你说什么?什么没了?"

"钱。那晚在拉斯维加斯——我出差那次。我开始一直在赢钱。我不知道发生了什么。等我知道的时候钱已经——"

"什么？"她大喊，"你告诉我，我们所有的钱，两万美元，都没了？"

"我是这么说的。你理解得很快。"

"不！天哪！你是疯了吗？你怎么能那么做？"她现在站起来了，俯视着他，抓起了叉子，高高举过头顶。

他抬头看着她，窘迫地一笑，她过去喜欢这种笑容："这就是结局吗？我们的婚姻？你用叉子刺向我？"

她抬头看看叉子，然后瘫坐在椅子上，痛哭起来。

马特起身，站到她的旁边，把手搭在她的肩膀上："亲爱的——"

"别碰我！"她说着把他的手甩开，"我恨你！不敢相信我竟然嫁给了一个废物。你一直就是个废物，只是我没看出来。"她现在尖叫道，"滚！现在就滚！"她站起来，面对着他，他的脸离她很近。"滚出这个房子，滚出我的生活！"

◎ 恐惧

展现人物的恐惧情绪同样也需要了解笔下的人物，这样你才会知道他们在害怕时会说什么、做什么。我记得，我第一次乘坐飞机时，和一群朋友站在机场，我甚至无法开口说话，我实在是吓坏了。这太好笑了，因为我害怕的时候通常会喋喋不休、说个没完。所以，恐惧时的表现也取决于当时的状况。如果你想在一段对话中，表现一个人物的恐惧，其中有一个必备元素——那就是紧张感。恐惧导致紧张感，这种紧张感不仅局限于感到害怕的那个人物，并且在他能量场里的每个人物都有这种感觉。

推理和悬疑惊悚小说作家必须能熟练地展现人物的这种情感，因为这正是读者所期待的。玛丽·希金斯·克拉克（Mary Higgins Clark）创作出了多部小说，这些故事的核心都是恐惧感。下面的一段话出自《睡吧，我的美人》（*While My Pretty One Sleeps*）。你要特别注意场景的节奏。

萨尔（Sal）展示间的门开着。她跑了进来，将身后的门关上。屋里没有人。"萨尔！"她几乎惊慌失措地叫道，"萨尔叔叔！"

他匆匆地从私人办公室里出来："尼夫（Neeve），怎么了？"

"萨尔，我觉得有人在跟踪我。"尼夫抓住了他的胳膊，"请把门锁上。"

萨尔注视着她："尼夫，你确定吗？"

"确定，我已经看到他三四次了。"

那深陷的黑色眼睛、蜡黄的皮肤，尼夫感觉自己变得面无血色。"萨尔，"她低声说，"我知道他是谁。他在咖啡店工作。"

"他为什么要跟踪你？"

"我不知道。"尼夫盯着萨尔，"除非迈尔斯（Myles）一直都是对的。会不会是尼基·舍派提（Nicky Sepetti）想要我死？"

作者将对话和行动编织在一起，让一个惊恐的人物跃然眼前。将这

一场景重新读一遍,将动作挑出来:她跑进了屋,抓住他的胳膊,变得面无血色。她使用的是短小的句子,这会一直令场景加速:

"我觉得有人在跟踪我。"

"请把门锁上。"

"我知道他是谁。"

"会不会是尼基·舍派提想要我死?"

恐惧感让一切都加快了节奏,同时又使一切都暂停。主人公的思想、言语和行动都在加速,而当读者在消化场景中发生的事情、感受着那种无法言说的危险时,故事却暂停了。

◆ 搞定你的故事

在你的故事中,挑选一个看起来最无生气、最无立体感的人物。你已经尽力去了解他,但他看上去就不是你理想中的样子。问题可能在于,他在故事中需要表达某些情感,而这些情感令你本身感到很不自在。

你要下定决心,仅在一个场景中对这一人物放手,彻底放手,抛开束缚,让他畅所欲言。如果他想尖叫、扔东西、哭泣,甚至杀掉某个人,那就让他去做。赋予他全部的支配权,看看你是否会觉得他活灵活现。如果你需要一点帮助,你或许可以利用下面这三个情境来激发他的情感。

· 他和十岁的儿子正在观看少年棒球联合会的比赛,裁判做出了一个误判。(愤怒)

・他刚刚意识到，自己爱上了故事中的女主人公。他们躺在床上，他想表达自己的爱意。他情难自已。（爱）

・电话铃响了，他接起电话，里面的人自称是美国国税局的代表，此人告诉他，他们要进行稽查。他今年在个人所得税上弄虚作假了。（恐惧）

◎ 喜悦

对新手作家来说，能让自己的作品发表是一件了不起的事情。没有任何一个作家能否认这一点。多年来，我见到过各种各样喜悦的反应。有的作家或许恰巧对朋友提起："哦，我的故事上周在《大西洋月刊》（The Atlantic Monthly）上发表了。"而另外一个作家可能打二十五通电话，并将发表的故事放在手袋里，到处给别人看。我在报刊柜的一本杂志上，发现了自己第一篇被发表的文章，我抓起它，跑到每一个店员面前，把它高高地举起，像个疯女人一样，高声尖叫。

与恐惧和愤怒一样，喜悦也有各种不同的表现方式。一个平常内向安静的人物或许仅用平静满足的寥寥数语，来分享自己的喜悦，而一个更加外向的人物可能会大喊大叫地表达自己的兴奋之情，他们上蹿下跳、眉飞色舞、手舞足蹈——就像我在杂志上看到自己的文章时表现的那样。当感到喜悦时，你会做什么？

下面的段落出自艾丽斯·拉尼尔·达特（Iris Ranier Dart）的小说《海滩》（Beaches），在这个段落中，你会发现各种情感交织在一起。如果你能在同一个对话段落中让愉快和痛苦的情感交织在一起，那就会产生特别棒的效果，会让读者的情绪坐上疯狂的过山车。在这一段落中，作者非常成功地做到了这一点。茜茜（Cee Cee）和伯蒂（Bertie）是最好的朋友，两人正分享一个不可思议的时刻——这件事对伯蒂来说非常愉快，但却令茜茜心碎绝望。

她们又沉默着走了好一阵子，直到伯蒂又打破了沉默。
"茜茜，"她说，"我做到了。"
当茜茜之后想起这段谈话时，她记得，在伯蒂将这些话说出口的那一刻起，她就知道伯蒂到底做了什么，跟谁一起做的，但她却希望（天哪，你没在听吗？）自己是错的。
"做了什么？"茜茜问，她停了下来。
"上床了，跟约翰。"
茜茜说不出话来。这是个玩笑。现在伯蒂会说："跟你开玩笑呢，茜茜。你没信，对吧？"
而她却说："哦，天哪，我不想说得那么直接。上床了——这真是个糟糕的说法，因为事实不是那样的。我们做爱了。我的意思是，我们真的做爱了，感觉很棒，茜茜，我们跟同龄人做爱，大概不该有这种感觉。他很温柔，很贴心。你想知道一件有趣的事情吗？"
"想。"茜茜勉强说出口。哦，天哪，是的，她想知道有趣的事情。但愿这件有趣的事情是，这是个谎言，她现在设想的那些让她感到浑身无力的事情都不是真的。
"有趣的事情就是，我不觉得内疚，不觉得肮脏，我一点也没爱上他。你知道那个长久以来的荒唐说法吧,那个让你献出贞操的男人,就是你第一个爱上的男人。好吧,我不爱他。我感觉这棒极了。"

但我爱他。茜茜在心里尖叫道。外表上看,她只是站在那儿,望着大海,她无法直视伯蒂。漂亮的伯蒂和约翰·佩里(John Perry)在一起了。

"我从没告诉过别人,茜茜,"伯蒂急忙说,"我的意思是,我不觉得尴尬或丢脸,因为他是个非常好的人,什么都好,我很高兴自己的第一次能给他,但我必须告诉你。"

茜茜打了个寒战,她希望自己带着披巾就好了。

我们站在茜茜的视角,所以这个段落让人感觉悲伤、嫉妒多过喜悦。但伯蒂对刚刚发生的事情却感到非常兴奋。她正激动地告诉她的朋友,一件她期盼已久的事情发生了。在通过对话表现人物的兴奋或喜悦之情时,你不应依赖感叹号去传达情感。你会注意到在上述段落中,一个感叹号都没有出现。而对话的表达方式让我们能感觉这一消息令伯蒂多么兴奋,又令茜茜多么悲伤。这一场景如果以伯蒂的视角展开也会很有趣,但采用茜茜的视角会更有悬念,因为她有许多愁绪,却又无法说出口。

这一场景之所以会这么成功,原因在于作者让伯蒂的话语和茜茜的思绪交替出现,因此我们能同时感觉到喜悦和悲伤之情。

◎ 悲伤

悲伤之情最难在对话场景之中展现,唯一的原因就在于这很容易变成夸张的场面。我曾读到过一句话："如果你笔下的人物哭泣，你的读者未必会哭泣。"这似乎说得没错。一旦人物开始流泪，读者不知为何，似乎就想抗拒这种情感。因此，你想要表现人物的悲伤，除了眼泪之外，你还要利用其他手段。对话就是一种很好的手段，因为人物可以谈论他生活中的事件，这能感动读者，却又不至于过于夸张。事实上，当大多数的真人（相对虚构人物而言）在生活中表达强烈的情感时，我们通常会自我克制，而不是突然流泪或说出愤怒的话语，我们甚至不愿意承认我们害怕某事。我们就是不想让别人觉得我们很脆弱。

下面的场景出自拉里·麦克默特里（Larry McMurtry）的小说《母女情深》（*Terms of Endearment*），其中弥漫着悲伤之情。两个小男孩汤米（Tommy）和特迪（Teddy）就要失去自己的妈妈，她患了癌症，正处于死亡的边缘。每个人都努力保持坚强，也都有各自的方式保持坚强。但从他们的谈话中，我们能感觉到强烈的悲伤之情。

> 特迪本打算克制自己，但他做不到。他的情感喷涌而出，化作言语。"哦，我真的不想让你死。"他说。他的声音沙哑低沉。"我想让你回家。"
>
> 汤米什么都没有说。
> ……
> "嗯，你们两个最好都交些朋友，"埃玛（Emma）说，"现在这样我感到很抱歉，但我改变不了。我没办法跟你们聊很长时间，否则我的身体会不舒服。我们很幸运能一起度过十年、十二年的时光，我们已经聊了很多，这比很多人拥有的都要多。

交些朋友，善待他们，也不要害怕女孩。"

"我们不害怕女孩，"汤米说，"你怎么会这么想？"

"你们也许以后就害怕了。"埃玛说。

"我不确定。"汤米非常紧张地说。

当他们去拥抱她时，特迪已完全无法控制自己，而汤米仍然很僵硬。

"汤米，温柔一点，"埃玛说，"请温柔一点，不要装作你讨厌我。这样太傻了。"

"我喜欢你。"汤米说，紧张地耸耸肩。

"我知道，但过去的一两年中，你都装出讨厌我的样子，"埃玛说，"我知道，我像爱你的弟弟妹妹一样爱你，你们是我在这个世界上最爱的人，我的日子不多了，没时间改变我对你的看法。但你还有很长的日子，一两年以后，我不在你身边烦你，你就会改变你的看法，记起我给你读了很多故事，做了好多奶昔，在我本该让你修剪草坪时，却总是让你偷懒闲逛。

男孩们把目光从她身上移开，他们感到很震惊，妈妈的声音竟如此虚弱。

"换句话说，你会记起你爱我。"埃玛说。

"我猜想，你将来会希望，你能告诉我你已经改变了看法，但那时你却没有机会了，所以我现在就告诉你，我已经知道你爱我，这样你今后就不用对此感到怀疑，好吗？"

"好的。"汤米匆忙地说，觉得有点感激。

在这个场景里,没有人哭泣,甚至还有些许的愤怒,但这一场景却满含难以抑制的悲伤,因为妈妈快要死了,这是她最后一次与儿子们见面,她不是一个完美的妈妈,她现在正尽力弥补从前的每一刻。如果对话足够打动人心,足够真诚,你无须再让人物哭泣以表现他们是多么悲伤。我记得,当我第一次读到妈妈对儿子说的这些话时:"……我现在就告诉你,我已经知道你爱我,这样你今后就不用对此感到怀疑……"我是多么感动。这是多么不可思议的爱——她将接纳儿子不肯亲口对她说出的爱。这会使他以后不会感到内疚和遗憾,因为纵使他当初有机会,却没有把这些话说出口。在这一场景中,这段对话既包含令人难以置信的爱,又包含难以抑制的悲伤。读者经历了多么精彩的情感之旅。

◎ 平静

展现人物能与自身和平相处是展现出一种状态,但这也同时展现出一种情感,这种情感是人物已经解决或正在解决生活中各种问题时,所表现出的平静,虽然这些问题给他造成了极大的困惑和压力。我们面临的挑战是将他置于一个饱含张力的对话场景之中,因为一个平静的人物,通常是一个不具戏剧性的人物。而戏剧性正是读者想要的。

下面的场景出自派特·康罗伊所著的《岁月惊涛》(*The Prince of Tides*),汤姆·温戈(Tom Wingo)正告诉他的情人(一名心理医生,但这不是重点)苏珊·洛温斯坦(Susan Lowenstein),他最终决定回到妻子身边。对这一决定,他感到很平静,但你能想象她的感受吧。

我喝着酒问道:"你今晚想吃什么,洛温斯坦?"

她沉默地看了我一会儿，然后说："我打算吃点最糟糕的食物。我不想在你跟我永别的夜晚，吃什么丰盛的一餐。"

"我要回到南卡罗来纳州，洛温斯坦，"我说道，把手伸过去握紧她的手，"我属于那里。"

……

"发生了什么事？"

"我的本性显露出来了，"我说，"我没勇气离开妻子和孩子，跟你开始新的生活。我做不到。你必须原谅我，洛温斯坦。一部分的我渴望得到你，胜过世界上的任何东西。另一部分的我却害怕生活中任何重大的改变。而这一部分是最强大的。"

"但你爱我，汤姆。"她说。

"我不知道一个男人可不可能同时爱上两个女人。"

"但你选择了萨莉（Sallie）。"

"我选择尊重我的过去，"我说，"如果我是个更勇敢的人，我会选择你。"

……

"我必须尽力挽救这糟糕的局面，洛温斯坦，"我望着她的眼睛说，"我不知道我是否能成功，但我必须试一试。"

……

"你告诉萨莉我们的事情了吗，汤姆？"

"是的。"我说。

"那你就利用了我，汤姆。"她说。

"没错，"我说，"我利用了你，苏珊，但那是在我爱上你之前。"

"如果你足够喜欢我,汤姆……"

"不,洛温斯坦。我爱慕你。你改变了我的生活。我又感觉自己是个完整的男人,一个有魅力的男人,一个有七情六欲的男人。是你让我面对这一切,让我觉得我做的一切是在帮助我妹妹。"

"所以这就是故事的结局。"她说。

"我想是这样,洛温斯坦。"我答道。

"那么就让这成为最美好的一晚吧。"她说着,亲吻了我的手背,接着又吻遍了我的每一根手指,房子在呼啸的北风中摇动。

这一场景的部分张力来自汤姆和苏珊的不同处境。他将要回到妻子身边,而她却经历着对他放手的艰难时刻。

另一部分的张力来自汤姆承认他难以取舍。他在乎苏珊,渴望和她在一起,但他也舍不得妻子。他知道自己是个性情中人,因此他绝不会离开妻子和孩子,离开他们,他会深感愧疚,不管怎样这都会影响他和苏珊的关系。

在这一场景中,洛温斯坦一再追问,要确定他已经下定了决心:

"……在你跟我永别的夜晚……"

"但你爱我,汤姆。"

"但你选择了萨莉。"

"那你就利用了我，汤姆。"

"如果你足够喜欢我，汤姆……"

他接着回应她，非常确信自己的决定，尽管他也能认识到自己失去了什么：

"我属于那里。"

"我的本性显露出来了……"

"我选择尊重我的过去。"

"我必须尽力挽救这糟糕的局面……"

上述几行对话展现了这两个人物的处境。汤姆作为主人公，对自己的决定感到很平静，但这里透出的另一种情感是悲伤，尽管没有一个人物使用悲伤一词，康罗伊自己在叙述中也没有用到这个词。但这段对话却激起我们的悲伤之情，因为我们眼见两个人相爱，却不能在一起。

◎ 同情

与平静一样，同情、怜悯或恻隐之类的情感也通常缺乏戏剧性，因此，你的任务就是找到一种方式来增强戏剧性。坦白说，我很难在已出版的书籍中，找到一个以同情为主要情感的段落，这致使我认为或许同情不会产生很好的戏剧性。

安·泰勒是我最喜欢的作家之一，原因在于她非常擅长为人物制造各种情感，但却是通过一种含蓄务实的方式，这能直击你的内心深处。

下面的场景来自她的小说《呼吸课》(*Breathing Lessons*)。主人公玛吉(Maggie)正坐在医院候诊室里,旁边还坐着两个陌生人——一个女人和一个身穿连体工装裤的男人,从附近的屋子里传来了护士的声音,她正对一个患者说话。

"现在,普拉姆(Plum)先生,我给你这个瓶子去接你的尿。"

"我的什么?"

"尿。"

"这是什么?"

"这是用来接尿的。"

"大点声——我听不清。"

"尿,我说。你把这个瓶子带回家!你把尿液装在里面。二十四小时的尿液!你再把瓶子带回来!"

在玛吉对面的椅子上,坐着这位患者的妻子,她尴尬地笑着。"他就像个聋子,"她对玛吉说,"每句话都必须喊得让所有人都听见。"

玛吉笑着,摇了摇头,除此之外不知道怎样去回应。这时,穿工装裤的男人动了动。他将长满汗毛的大手放在膝盖上。他清了清嗓子。"你知道,"他说,"这太滑稽了。我完全能听清护士的声音,但她说的话我一点也听不懂。"

玛吉的眼中噙满了泪水。她放下杂志,在手提袋里摸索着纸巾,那个男人说道:"女士?你还好吧?"

她无法告诉他，是他的善良打动了自己——如此体贴细致，而他外表看起来完全不是这样的人……

　　为了使一个完全不认识的人——患者的妻子——不会觉得丢脸，这个男人假装听不懂护士在说什么，他的同情心感动了玛吉。这个穿工装裤的男人不是叙述者，所以这个人物说话时，我们无法从内部感受他的同情心，但通过他的对话和玛吉慌张的反应，我们无疑能感受到这种同情。他的同情只通过一句话来表达："我完全能听清护士的声音，但她说的话我一点也听不懂。"

　　有时，无须多言，一句足矣。

　　要使人物跃然纸上，奠定基调及通过对话表达人物情感是最有效的方式之一。创作出有张力的对话是一回事，而创作出有张力又充满人物的恐惧、悲伤或喜悦之情的对话，又是另一回事。此类对话能够打动读者，使他们与人物产生情感上的共鸣。一旦你能做到这一点，你就大功告成了。读者会跟随着你，一直读到最后一页。

　　既然你已经知道如何让一个人物表达情感，那现在就是时候思考，如何处理那些说话方式稍有特色的人物。我们如何利用对话来刻画他们的形象，让他们独特的说话方式听起来很真实呢？

▲ **练习一**

爱。在下面这些情境中，人物发现自己想表达对某人的爱意，但这种强烈的情感却让他们害怕极了。他们害怕的不仅是表达这种情感，同时也害怕这种情感本身。创作一页对话场景，让他们说出这些话，尽管他们或许会结结巴巴。

· 卡尔（Carl）十六岁，他的父亲身患晚期癌症。卡尔知道他的父亲已经时日无多。他眼看着父亲日益衰弱。一次偶然的机会，他的母亲出去和朋友吃饭，卡尔和父亲被单独留在家。卡尔到阁楼上想找些东西，偶然发现了一个箱子，里面装满了童年时的物品：他的第一副棒球手套、一个老旧的工具箱、一堆卡尔和父亲的快照——在后院里打闹、爬树、把船搬出去玩的照片。卡尔心里充满了对父亲的爱和感激。他是个好爸爸，一直都是。他跑上楼去，想对父亲说一些话，随便什么话。他会说什么呢？

· 护士刚刚把苏珊初生的女儿，放在她怀里。这是她的第一个孩子。这种突如其来的情感，是她没有预料到的。她开始跟她的宝宝说话。

· 二十岁的伊莱（Eli）已经跟玛丽萨（Marisa）交往了一年。最近，只要和她在一起，他的心里就会感到一股非同寻常的暖意。他似乎见不够她。他以前从未谈过恋爱，所以没有什么经验可供参照。一晚，他们坐在她家的门廊里，他心里又一次充满了这种暖意，这使他难以自持。他转过头，面对着她。

▲ 练习二

愤怒。你曾经被背叛过吗？你背叛过别人吗？创作一个对话场景，其中一个人物就背叛一事，当面质问另一个人物。从背叛者的视角，编写两页对话，然后就同一场景，再从遭到背叛者的视角重写一遍。

▲ 练习三

恐惧。创作一个两页的对话场景，随着情节的发展，展现出叙述者的恐惧感逐渐增强。这可能意味着，其他人物给主人公提供了新信息，或给主人公造成了直接的威胁。

▲ 练习四

喜悦和悲伤。创作一个三页的场景，使其中的喜悦和悲伤形成鲜明的对照。首先，从感到悲伤的人物视角来编写，然后再从感到喜悦的人物视角，将同一场景重新编写。这可能是有关两个人物分手、一个人物取代了另一个人物的职位、或一对兄妹得知最近去世的父亲或母亲的遗嘱内容。你明白我的意思吧。

▲ 练习五

平静。编写一段对话，其中能展现出人物的平静，但仍然饱含张力。下面是一些可利用的情境：

· 一个人物已经接受了医生的癌症诊断，但她的家人却情绪激动。

· 一个判了死刑的人物，要被带去处决。

· 一个人物在野外，与一头熊对峙。

▲ 练习六

同情。创设一个情境，使两个人物进行争辩，都力图表达自己的看法。他们互相抵触戒备，但最终一个人物说出了一句话，使主人公倍感同情。从内部挖掘主人公的这种情感，精心构思他的回应。

嗯、啊、哦
——处理语言癖好的一些基本方法

第十一章

这样写出好故事 - 人物对话

我之前在本书中提到过，我曾有一个当海军的男朋友，他说话有点口齿不清。在朋友的派对上，他黝黑的肤色和健壮的体格使我一见倾心，但他开口说话了。

"你想出去走走吗？"他问，"去海间（海边）？外念（外面）很冷，但你可以穿我的外套。"

"好啊……"

"让我看看，理查德希不希要（需不需要）我从商见（商店）带些什么？"

啊啊啊！这么帅的一个男孩，怎么会说话大舌头呢？我尽量忽略这一问题，但每次他放假回家，出现在我家门口时，我就是没办法接受。当然，我现在回想起生命中的那段时光，我觉得太糟糕了，我竟然会在意这个问题。但那时我十七岁，我需要向朋友们显摆，我有一个完美男友。重点是不管我多么不愿意承认，口齿不清的确破坏了我们的关系，尽管我对他很着迷，而且我那时没有意识到这个问题。说话方式在故事中也起着同样重要的作用。这决定着人际关系和商业交往的成败，也无疑会影响我们对一个人物的重视程度。

大多数人说话都很正常——如果有所谓的正常。但偶尔，有人说话也会与众不同。这可能令人讨厌,也可能讨人喜欢,但有一点可以确定,这可以使那个人有自己的特点。在 20 世纪 80 年代的一部电视剧《天才保姆》(*The Nanny*)中,主角的鼻音很重,笑起来时鼻音真的很重。这太糟糕了。无论她说什么,我们都会因为她的声音而发笑。

人物的说话癖好应该是我们有意识思考过的。这应该自然而然地源于人物本身和他在故事中的目的。你不应该毫无理由地让一个人物在说话时结结巴巴或好像连珠炮似的。记住——你利用对话的目的不仅是在力图寻找一种塑造人物形象的方式,我们还是在创作一个故事,要使其环环相扣,融为一体,将主题传达给读者。

记住了这一点,我们就来看一下几种说话方式,这些方式能将某一人物与故事中的其他人物区分开来,并且同时向我们展示他是谁,他的说话方式怎样凸显了他的形象。作者面对的挑战就是找到一种途径,将人物的说话方式用印刷的文字展示出来。有时,我们可以通过将词语和句子进行某种特定的排列来达到这一目的;有时,我们需要利用一些提示语来表明对话是以某种特定的方式说出的。如果非要举个例子,那就用我男朋友之前说的那句话:"让我看看,理查德希不希要我从商见带些什么?"

◎ 口齿不清

让我们从这种情况谈起——这包括我男朋友那种大舌头的问题。但这还包括口吃,现实生活中,听口吃的人说话非常痛苦,你总是想帮他把话说完。"让让让我看看,理理理理理查德需不需要我从商商商店带些什么?"

你不应该把这做得太过火。如果一个人物有语言障碍,你只需偶尔地将其展示出来,加入一两行大舌头或口吃的对话,让我们记起人物的说话方式。若加入过多,读者就会发现阅读过程极其令人不快。记住,塑造一个有语言障碍的人物需要有充分的理由。刻画人物形象这个理由还不够充分;这还需要与情节相关,能成为艺术作品的一部分,最终融入你的小说。

◎ 连珠炮

这类人物只要有机会开口,就像连珠炮似的。

"让我看看理查德需不需要我从商店带些什么?[①]"这可以是展现人物语速的一种方式。当然,如果这是故事中的主要人物,阅读大量他的对话,将是非常恼人的。另外,这未必只表明语速,这还说明人物说话没有停顿,将所有的词连在一起。

你可以仅在他第一次出现时,描写他的说话节奏,此后,只是偶尔提及。这有时是处理各种说话方式最有效的途径——确保读者在第一次或前几次的时候了解到这一点,之后只是偶尔地有所暗示,这样他的说话节奏就不会影响整个故事,或令读者读不下去而放下你的故事。

对所有说话方式而言,重要的都是其背后的故事。某些情况可能是生理原因造成的,如大舌头或口吃,但我还了解到,这些特殊的障碍可以通过心理治疗纠正过来,因为它们通常是由童年时代的创伤造成的。

但通常情况是,我们的说话方式取决于我们的本性。就"连珠炮"

[①] 英文原文中所有单词之间没有空格,"LetmeseeifRichardneedsanythingatthestore."——译者注

而言，我可以谈谈我的亲身经历，因为我很多时候都这样说话。除非我尽量刻意放慢语速，否则我就像发射连珠炮似的。无论我说的内容是什么，我都会变得很激动。即使别人告诉我放慢语速也没有用，我似乎一会儿就会再快起来。

我不仅语速快，行动快，思考快，连开车都快。如果我能找到快速的睡眠方式，我也会睡得快，因为我总是担心，我会错过什么。在赋予人物独特的说话方式时，要牢记人物的整体性格。

◎ 龟速

"让……我看看……理查德……需不需要……我……从商店……带些什么？"

这种人物与说话连珠炮似的人物截然相反。我最好的朋友说话恰好就是慢悠悠的，同样，这也是出于她的**本性**。她行动很慢，思考很慢，开车也很慢，鉴于我的性格，坐她开的车对我来说通常很痛苦。

你还有其他办法能表明人物的语速很慢吗？发挥你的创造力。本章末尾的练习将给你机会发挥创造力，来展现每一种说话方式，思考一下你或许会怎样在一页对话中去展示每一种方式。

你故事中的这种人物就是慢悠悠的，她无法快速地行动或说话，无论在什么情况下都是如此。我认为，她根本就快不起来。

你可以用叙述手段来描写对话，以表明她的慢节奏。她从一个话题聊到另一个话题，我的汤都凉了。"你……"打了个哈欠……"没有……在喝……"她环顾了一下餐厅……"你的汤。"

◆ 尝试一下

利用所有的语言癖好创作一个四页的派对场景，其中每位客人至少采用这些说话方式中的一种。尝试将多种方式结合在一个人物身上将会很有趣——龟速和话里藏刀这两种方式相结合，比如，一个说话很慢的硬汉。你要创造性地练习所有的说话方式，直到你有信心运用好这些方式，这才是重要的。

◎ 娃娃音

这样的人物说话声音很尖，就像一个永远长不大的小女孩，但却已经是成年人了。我认识的男人没有一个会这样说话——好吧，除了迈克尔·杰克逊（Michael Jackson）。这并不意味着真的一个都没有。我只是认为这种人太少见了。

这种特征源于她内心对自己没有把握，不能通过一个成人的视角来看待这个世界。她的声音尖锐刺耳，就像一个歌手唱到高音，突然破音了。这或许是你展示这种说话方式的一种手段。"让我看看，"尖声说道，理查德需不需要我从商店带些什么？"咯咯地笑。你无法真的展示人物的语气，因为那是一种声音，所以你需要再次发挥你的创造力，想一想你如何才能让读者了解人物的声音听起来是怎样的。

◎ 低音炮

这样的人物说话听起来像汤姆·布罗考[①]（Tom Brokaw）。这种说话方式也更多地与声音相关，而不是与说话**方式**相关，因此你或许不得不描述这种声音，而不能通过实际的对话将其展示出来。你可以直接使用叙述，比如，**他每次说起话来都像低音炮，浑厚深沉**。有时，你可以利用某些名人来帮助读者了解人物的说话方式。你或许可以直接利用知名的新闻主播来说明人物的声音：**每次他一说话，我发现自己就会望向电视，看看是否是汤姆·布考罗在播新闻。**

◎ 言辞谨慎者

这类人物不停地斟酌自己的言辞，说话非常谨慎、有策略。这是诸多原因造成的。有时，这类人物很在意自己的形象，希望自己给他人留下好印象，因此他会精心选择每个用词。又或许他想控制其他人物，通过斟酌每个用词来确保自己能操控局势，使之对自己有利。他可能只是感到害怕，觉得没有必要说任何话，从而使自己陷于危险之中或招致任何威胁。

他似乎是经过深思熟虑才最终开口说话的。"让我看看……理查德……"他暂停了一下，继续道，"需不需要我从商店带些什么？"

你赋予了人物一种说话方式，为了了解这种方式背后的动机，你要进入人物的头脑之中。处于他的头脑之中将会帮助你确定他的说话内容和说话方式。有时，说话方式是人物言语持久稳定的一部分；其他时候，说话方式是短暂即刻的，是由他当时所处的状况决定的。

[①] 汤姆·布考罗是美国最著名的新闻主播之一。——译者注

◎ 一语中的者

一语中的者就是不怎么说话，当他开口时，他会用一个词回应，或者就是哼一声。他很有可能甚至不会把有关理查德的那句话说完整。"让我看看……"他的话语会逐渐消失。"让我看看……理查德……需不需要……"你并不总是能理解这类人物，因为他通常就是不想跟你说任何话。跟他交谈时可能会发生这种情况：

"那么，乔，你最近好吗？"

"好。"

"有事可忙吗？"

"有。"（或点点头）

"你的家人怎么样？琼（June）和孩子们？"

"挺好。"

"今年有什么度假计划吗？要带家人去哪儿吗？"

"露营。"

不管怎样，你都必须刻画这一人物形象，而简短的回应将会对此有所帮助，你还得找到其他的方式：他的衣着、举止和神态。关于自身，这类人物就是没什么可对你说的。

◎ 道歉者

这类人物基本上活着就是为了感到抱歉。无论交谈的主题是什么，他都会说他感到很抱歉。这类对话很容易编写，只要每隔一段时间插入一句"对不起"就搞定了，这就是此类对话的特点。他对任何事情都感到抱歉，因此这类人物通常会充满羞愧，不愿引起别人的注意。他希望自己是隐身的，所以他说话的声音通常很低，或者总是喃喃自语。你可以通过叙述将这一点表现出来，或者你可以发挥创造力，将他的话语用较小的字体显示。谈话时，他很容易被别人操控，认为自己应该为发生的所有事情负责。

◎ 自我保护者

你是否曾跟这样的人交谈过，无论你说什么，他都会为自己或你正在谈论的人物进行辩解。他的语气就能说明这一点。这就好像他觉得自己始终处于攻击之下，不得不随时抵挡下一波的进攻，因此他总是严阵以待。要了解这类人物的心态，你必须想象每个人都与你为敌，试图要归罪于你，不停地寻找你的弱点以迅速出击，将你制服，你得想象你在这种情况下会有什么感觉。这种人物时常愁容满面，因为他正等待着转移下一轮言语进攻的矛头。他反应很快，因为在转移言语进攻上，他经验丰富，并且习惯了唇枪舌剑。在对话中，他会迅速地给出回应，他的目标就是让别人远离他。

"你认为——"

"不，当然不，"厄尔（Earl）赶忙说，"对此我一无所知。我怎么会知道？"他提高了音调，声音变得尖锐刺耳，继续说道，"让我看看，理查德需不需要我从商店带些什么？"

在此，厄尔在自己被击中之前，就避开了他认为将要到来的攻击，迅速地转换了话题。他有许多策略可以拒人于千里之外。

◎ 频繁转换话题者

一个频繁转换话题的人物，说话时所用的句子是支离破碎的。

"看看理查德需不需要带任何东西。在商店，你知道。"

这类人物总是注意力不集中，可能根本没有在思考他正在进行的谈话。或者他正在考虑他想要进行的另一段谈话或其他好多段谈话。

频繁转换话题者说话总是兜圈子。他毫无重点，你必须不停地转动脑筋去弄清他到底在说什么。这类人物可能患有精神类疾病，这使他在说话时思路跳来跳去。那些注意力缺乏症患者，与天才一样，在社交场合都会使用支离破碎的句子。一个吸毒或酗酒的人物也是如此，当时想到什么就会说什么，还有那些处于恐惧中的人物也可能这样说话。

这类人物可能会把意思表达完整，但没有等到别人回应，就一下跳入下一个话题。这就是一个毫无逻辑的说话者的特点。他在谈话中就是东一榔头，西一棒槌。他与自身及自己的思维脱节，通常无法理解周围人，至少不能以理性的方式去理解他们。因此，你应该用支离破碎的言语去展现他混乱的思维。

"我要看看理查德，你知道，我刚才在想你和我应该交往——我想知道理查德是否真的在这儿，我要去商店，嘿，他可能需要点什么。"这个人物就是频繁地转换话题，其他人物可能无法跟上他的思路。你或许应该利用这一人物，来使故事中的其他人物感觉有点无所适从。当其他人物竭力用语言达成共识时，他就能发挥作用了。他可能会打断谈话，将所有人引向一个全新的方向，这出乎他们的意料。一旦目的达到了，这个频繁转换话题的人物很可能会转入一个新的话题，或干脆退场。

◎ 说方言或行话者

这种说话方式很难处理得非常理想，原因就在于，如果你让任何一个人物说过多的方言或行话，读者都会觉得晦涩难懂，无法坚持读完整个故事。如果这是一部长篇小说，其中就会有大量的方言或行话。当然，偶尔也有作者能处理得很成功。艾丽斯·沃克（Alice Walker）的作品《紫色》（*The Color Purple*）就是一个例子，其中的方言我们都能忍受，因为故事是如此引人入胜。但是如果我是你的话，我就不会做这样的尝试，除非你有一个同样引人入胜的故事。毕竟《紫色》已成为无法超越的经典之作。

处理方言或行话的最好方式就是，不时地将外来语或行话插入对话之中。例如，如果人物喜欢嘻哈文化，你就在对话中不时地加入"呦"，以体现说话者的特征，你要使行话听起来真实。但你不应该完全再现一个嘻哈爱好者的说话方式，这样读起来也会很乏味恼人。

"呦，让我看看，那个男人，理查德，需不需要，我从商店，带些什么。"

有时，方言和行话要求作者不时改变词语的拼写，以显示人物的种族和/或背景。同样，你不能在对话中做得过火，你只需偶尔对拼写进行一些细微的改动，以提醒读者这一人物的背景。

◎ 大嗓门

在约翰·欧文（John Irving）的小说《为欧文·米尼祈祷》（*A Prayer for Owen Meany*）中，我将主人公称作大嗓门，因为他说话声音很大。

"**你认为我在乎他们对我做了什么?**"他喊道,小脚在方向盘下方用力踩着。"**你认为我在乎他们想方设法整我吗?**"他尖叫着。"**我什么时候才能出去?如果我不去学校、教堂或弗龙特街八十号,我就从来没离开过家!**"他喊道。"**如果你妈妈不带我去海边,我永远不会离开小镇,永远不会去山上,**"他说。"**我甚至从没坐过火车!你难道没想过我或许很想坐上火车——去山上?**"他嚷道。

欧文将这些词语全部大写[1],以表明人物的嗓门很大。这十分奏效,对读者来说也不是很恼人,与方言或行话不同,这些词语很容易读出来——它们只是声音很大。这是一种多么令人愉悦的人物刻画手段,这立刻向读者示意,欧文正在说话。

"让我看看,理查德需不需要我从商店带些什么!"

◎ 话里藏刀者

"让我看看,理查德这个废物需不需要我从商店带些什么。"这个人物在问理查德这个问题时,或许会朝他的肩膀打一拳。他是个硬汉,这一点能从他的声音里反映出来。他喜欢自己对他人产生的威慑力,并且知道怎样在身体上和对话中,利用这种力量。

---

[1] 英文的大写形式在中文里无法体现,因此可以将中文字体加粗,达到同样的效果。——译者注

从这一人物的内部思考，意味着你要呈现出硬汉形象，用这一形象与其他人物交谈。他言语犀利，需要始终做掌控者，所以他会发出很多指令，告诉其他人去做什么、该怎样做。这就是他的目标，在与其他人交往时，他将这作为自己的目的。有时，话里藏刀的硬汉形象可以通过更间接的方式表达，这也会产生很好的效果。在《场景与结构》一书中，杰克·比卡姆就此给我们提供了一个小建议，如果话里藏刀者恰好是个反面人物（他通常都是反面人物），那么这个建议就会特别有用：

> 毫不犹豫地不时将自相矛盾的对话，当作场景建构的手段。此类对话被称为故事交谈，其中冲突并不是十分明显，但反面人物要么不明白问题的关键所在，要么对主要人物一直试图进行的交谈，故意不做回应。反面人物自相矛盾的对话，或不做回应的行为，在主人公和读者看来都是包含冲突的。毕竟，在这种状况下，主人公在某种程度上会有挫败感，因此会更加努力地抗争。如果对立人物不做直接的回应，叙述者会更努力地争取。

你很可能会想出几种本章中没有涉及的说话方式。这样不错哦。发挥你的创造力，想想你或许会如何展现某种特定的说话方式，而又不令读者感到难以接受或显得很老套。赋予人物某种特定的说话方式，对刻画人物形象大有裨益，这可以使他一登场，就让读者认出他。这将他与其他人物区分开来，使其显得与众不同。如果你想让人物扮演一个特殊的角色、需要让他与众不同，那就考虑赋予他一种独特的说话方式。

在下一章中，我们将讨论一些实用的方法，以使对话继续发挥它本应发挥的作用——吸引读者,并使其一直保持注意力集中。

练习

要记住语言癖好必须与故事的主题和人物的动机相关联,这一点是最重要的。利用以下故事情境,创作一个一至两页的对话场景,来展现每种癖好,要表明对话与故事的主题和动机有怎样的关联。

· 口齿不清——一位男性人物想做好电话销售这份新工作。

· 连珠炮——一位女性人物正在老年活动中心讲课。

· 龟速——一位男性人物正在参加一个快节奏的电视竞赛节目。

· 娃娃音——一位女性人物正要购买一辆新车,期望受到认真的接待。

· 低音炮——一位矮个男人正在餐厅参加速配相亲活动。

· 言辞谨慎者——一位女性人物的谈话被她的老板打断,因为放在抽屉里的钱不见了。

· 一语中的者——一位男性人物正在进行第一次正式的约会。

· 道歉者——一位女性人物在闹市街道上被人问时间。

· 自我保护者——一位男性人物的大拇指被割伤了,正在急诊室里。

· 频繁转换话题者——一位女性人物正在交谈,力图不被开超速罚单。

· 说方言或行话者——一位上了年纪的男性披头族/嬉皮士正在参加女儿的婚礼。

· 大嗓门——一位男性人物第一次陪他的新女友去教堂做礼拜,他不懂什么是低声谈话。

· 话里藏刀者——一位男性人物停下来去帮助一个女人,她的小狗刚刚被车撞了。

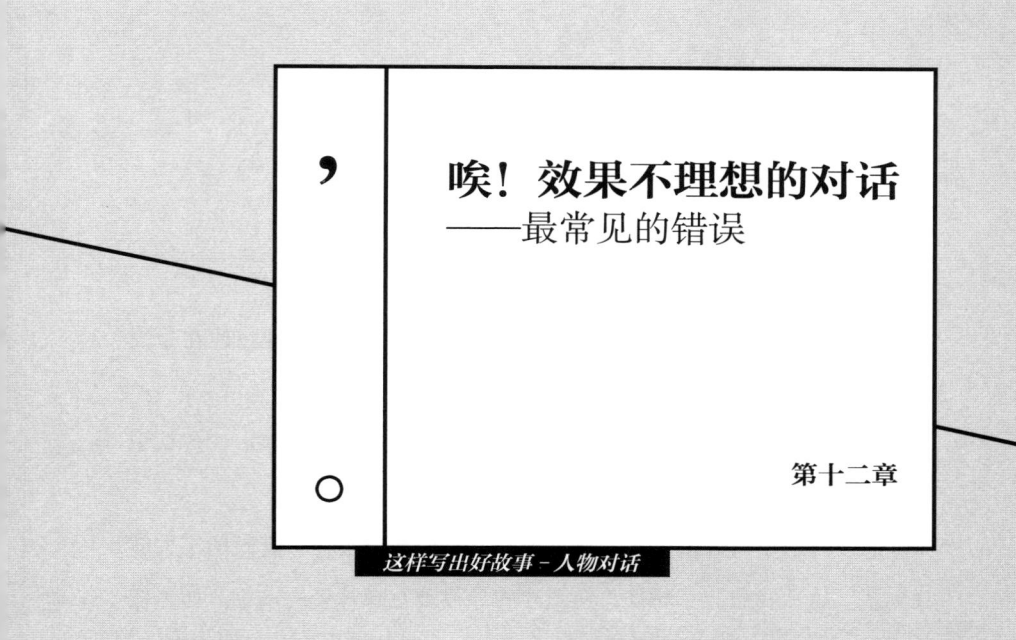

唉！效果不理想的对话
——最常见的错误

第十二章

这样写出好故事 - 人物对话

"约翰，我想让让你见见史蒂夫。"保罗（Paul）说。

"嘿，史蒂夫。"约翰反驳道，伸出手要跟史蒂夫握手。

"嘿，约翰。很高兴认识你。"史蒂夫和约翰握了握手。

约翰想知道史蒂夫是哪里人："你是哪里人，史蒂夫？"

"生在阿拉斯加州，约翰，"史蒂夫骄傲地说，"但我现在住在蒙大拿州。"

"噢，史蒂夫，我有一个叔叔也住在阿拉斯加！"约翰大叫，"你认识他吗？"

这段对话里有许多错误，或许你能把它们找出来，一眨眼的工夫就找到了。这让我想起小时候，在图片中寻找藏在森林里的动物。如果能找到所有的动物，我们就会认为自己很聪明，但我记得它们都非常显眼。大象通常倒挂在树上，你可以通过大鼻子认出它，你可以通过条纹，找到水中的斑马。总之，上述场景中的错误十分明显，你应该很容易就把它们找出来。

我们将逐一讨论这些错误，我见过一些非常有天赋的作家犯过上述所有错误却不自知。这些错误不易察觉，偷偷溜进了你的创作风格之中，我们甚至意识不到犯了错。除非我们知道自己正在犯错，否则我们就无法进行改正。本章的目的是帮你专门了解对话中的不足之处，这样你就能在这些小麻烦溜进来时，保持警惕。为了方便好记，我为每种错误起了一个名字。

◎ 约翰玛莎（Marsha）综合征

20 世纪 60 年代有一部荒唐的滑稽短剧，其中有一对人物名叫约翰和玛莎。我甚至不记得当初的扮演者，但对话是这样的：

"约翰。"
"玛莎。"
"约翰！"
"玛莎！"
"约约约约约约约翰……"
"玛玛玛玛玛玛莎……"
"约翰？"
"玛莎？"

一直说到令人发笑。这现在听起来很蠢，但当时由合适的喜剧演员演出来，真的相当有趣。

如果出现在我们的小说中，这可能就没那么有趣了，当这种情况发生时，猜猜看，谁听起来最蠢？没错，是作者，但小说中的人物也很蠢。

"罗恩（Ron），我听说前几天的派对了。"

"哦，卡伦（Karen），你听说什么了？"

"罗恩，我听说你喝多了。"

"喝多了？卡伦，你了解我不会那样做的。"

"是吗？我本以为我了解你。现在我不那么确定了。"

"卡伦，我根本不喝酒——我的意思是，那么多酒。"

人物接着说个不停。人们之间很容易展开此类对话，如果没有多次出现人名，这也没那么糟糕。这段对话中有某种张力，这点很好。这段对话中也有某种情感，这会令你想知道两人之间接下来发生了什么。但总是直呼其名，把这段对话毁了，因为这听起来就是不自然。

现实生活中，你跟丈夫、孩子、姐妹或任何人交谈时，你真的经常直呼其名吗？听听人们的谈话。文字写成的对话需要反映真实的交谈情况。我们之间并不是这样谈话的。我甚至不知道肥皂剧中的人物是否这样交谈。或许是吧，但我们想让自己的故事听起来像肥皂剧吗？

每条规则都有例外。这种例外的最佳典型能在约翰·格里森姆的小说《毒气室》中找到。侦探艾维（Ivy）知道或至少怀疑萨姆·凯霍尔（Sam Cayhall）参与了炸毁大楼，楼里的一对五岁双胞胎男孩也被一同炸死了。这是两人之间的部分对话：

"真的，真的太令人伤心了，萨姆。你知道，克雷默（Kramer）先生有两个小孩乔希（Josh）和约翰，可能是命运安排吧，爆炸那天，他们正好和爸爸待在办公室里。"

萨姆深吸了一口气，看着艾维。他的眼神在说，告诉我所有的一切。"那两个小男孩是一对双胞胎，五岁大，可爱极了，被炸成了碎片，萨姆。死得太惨了，萨姆。"

萨姆慢慢低下了头，下巴马上就贴到胸上。他被打垮了。两项谋杀罪。律师、审判、法官、陪审团、监狱，所有打击迎面袭来，他闭上了眼睛。

"他们的爸爸或许是走运。现在正在医院接受手术。两个小男孩在殡仪馆里。真是惨剧，萨姆。你应该不知道爆炸案，对吧，萨姆？"

"不知道，我想见律师。"

"当然可以。"艾维慢慢站了起来，离开了屋子。

这段对话之所以是个例外，是因为艾维正利用萨姆的名字达到某种效果。侦探掌控着局势，他正在场景中充分利用这一优势。他希望萨姆知道自己看穿了他。这样一遍又一遍地叫他的名字，是让萨姆知道他的罪行已被发现。但通常来说，反复直呼其名会让一段对话听起来很假。

如果你在创作对话中犯下了这种罪行，你无须去忏悔或做任何事情，仅需要问问自己为什么要这样做。有时，这是因为我们竭力想让人物之间的对话充满紧张感。我们认为如果他们不断叫对方的名字，读者就会知道这段谈话很重要，需要集中注意力。问题是如果我们反复这样做，就会适得其反。因为这听起来很假，故事中对话的各种效果都被削弱了。

另外一个原因可能是，我们想让读者辨认出是谁在说话，我们认为这就是解决办法。对话中有许多方式可以分辨不同人物，这一点我们将在第十三章中进行讨论，但直呼其名却不是其中一种。

在写完初稿后，拿着一支红笔（没错，这次需要红笔），通读你的故事，删掉所有直呼其名的地方，或许仅会留下一两处例外——在它们听起来很自然的地方。人物会因为你让他们听起来更聪明一点而对你表示感谢。

◎ 沉迷于形容词、副词及不恰当的提示语

记得在本章的开头，约翰怎样"反驳道"吗？这真让人无语。

"哦，伊丽莎白。"肯尼思（Kenneth）边绕着屋子跳舞，边侧耳倾听，"你愿意嫁给我吗？"

侧耳倾听？！

约瑟夫的脸渐渐变得火红，都比得上三百瓦灯泡外的灯罩了。他怒视着多洛雷丝。"出去！"暴怒地说，气愤地说，或愤怒地说——这都无关紧要。重要的是我们已经知道他站在那里涨红了脸，正怒视着另一个人物。我们真的会认为他心情很好吗？我们需要作者来告诉我们"暴怒地"这个词到底怎么说吗？

你知道答案。可笑的是那些精心选择的副词用文字表述出来时，却通常显得很做作、很荒谬。暴怒地？但我总是能看到这个词。笑着地，我会把它们删掉。我还看到不赞成地、惊奇地、惊人地、急躁地、愚蠢地、偷偷地等。微笑地——这是我最爱用的词之一。但如果你在对话上下了很大的功夫，它能传达你想要的情感和张力，那么即使如温柔地、悠闲地、刻苦地这类更常见的副词，你也无须使用。

没错——作为作者，你的任务就是确保你创作的对话能准确地传达情感和张力（欢呼吧）。有时，你需要两种辅助手段——叙述和行动。行

动每次都能对你有所帮助。如果人物有点心烦意乱，就让他摔盘子或一拳挥向墙壁，这比让他暴怒地说些什么要好。如果他很开心，不要使用"愉快地"这一副词，让他抓住另一个人物，把她举起来，抱着她转圈。

下面的对话出自《意外的旅客》(*The Accidental Tourist*)，作者安·泰勒插入了两句叙述性的行动，以表明人物的说话方式：

> "当我还是个小女孩时，"缪丽尔（Muriel）说，"我就一点也不喜欢狗或其他任何动物。我感觉它们能看穿我的心思。家人曾送给我一只狗当生日礼物，它会仰着它的头，你能想象到狗狗那种样子吧？仰着它的头，用那双明亮的圆眼睛盯着我，我说：'噢，把它从我身边弄走！你们知道我受不了被盯着看。'"
>
> 她的声音富有穿透力，在四处飘荡着。她提高音量时，嗓音尖细刺耳，降低音量时又沙哑粗粝。"他们不得不把它带走，送给邻居家的一个男孩，又给了我一份不同的礼物——带我去美容院烫了一个心仪已久的发型。"

这两句叙述足以向我们展示缪丽尔是如何说话的。这比让她**尖叫地**或**咆哮地**说话效果要理想得多。

成功的恐怖小说作家迪安·孔茨在他所著的《怎样写出畅销书》（*How to Write Best-Selling Fiction*）中，表达了他对此问题的观点，我十分赞同这一观点。他说：

在已出版的小说中，你会发现有些作家在对话中使用大量华而不实的提示语。求你别把这些作家的名单寄给我。我并没有说频繁地使用这类提示语，会妨碍你的作品出版。我只是说，这表明作者并不专业或缺乏敏感性，无法欣赏语言的音韵美。充满不当对话提示语的书籍始终都在出版问世。这些书当然可以出版，并不是所有有作品问世的作家都是好作家。

读者可不傻。如果你让读者弄清这些人物的身份及他们正在经历什么，读者就能听到人物说话的语气。如果你总是停下来解释说话的方式，动词和副词会打断对话的即刻流动。

如果你发现自己沉迷于在对话中的形容词或副词，你就应该像演员一样，进入人物的内心，问问自己："我在这一场景中的动机是什么？我说这些话时有什么感觉？我现在最渴望得到的是什么？"接下来创作一段有感染力的对话，这段对话中无须形容词或副词去为其增添活力。对话本身已能传达所有信息。

"萨拉，我没听错吧？"我扣上扳机，对准自己左边的太阳穴。

重要吗——左边还是右边？"你是说你再也不想再见到我了吗？"

我需要告诉你这一人物说这些话时的状态吗？

◎ 缺乏连贯性

两个或多个人物之间的对话是具有连贯性的。人物之间会交换意见——至少应该是这样的。当然，这主要取决于人物的性格及他们在你为其创设的场景中想得到什么。你的任务就是充分认识你在场景中想要达成的目标，这意味着你对叙述者的欲求很确定。所以你要如何达成连贯性呢？

场景的连贯性源自方方面面，我们在其他章节中已经对此有所讨论：编织对话、叙述和行动；设置背景、在场景中不断提及背景；使人物始终向前发展——无论是从外在还是从内在。

具体做法就是确保某一人物的对话与前一行对话（另一人物所说的对话）相呼应，并能引出下一行对话。这与打落袋台球很相似。你击打为你摆好的球，打完了一杆，你再为下一名玩家摆好球。

现实生活中的交谈并不总是如此顺畅，但故事中的对话可以吸取真实交谈的精髓，所以这没有问题。我们正在创作艺术作品，并享受其中的乐趣。

在下面的场景中，约翰和史蒂夫正在拜访兰迪（Randy），他欠约翰一些钱。约翰是来讨债的。其中第一句话和最后一句话脱节了。

"你什么时候必须回去工作？"约翰问，"嘿，听着，我知道你身无分文。我已经听过太多次了。我来这儿不是因为我认为你有钱，而是因为你恰好欠我钱。我想到目前为止，你已经欠我两百美元了。"约翰从茶几上拿起了一个花瓶。"嗯，我打赌，把这送到当铺，至少能值五十美元。嘿，休说你上周请她去吃饭了，光是一瓶酒就花了五十五美元。不错啊，对于一个——"

"我们离开这儿吧。"史蒂夫紧张地朝四周看着，"我不喜欢——"

"闭嘴！"约翰命令道，"我们现在就在这儿。"他饶有兴致地打量着兰迪。"能拿的我们都会拿走。"

"九点。我值第二个班。"

嗯？九点？兰迪在说什么？哦，对了，约翰问他什么时候回去工作——那是在十句话之前。

这无疑破坏了连贯性。每句话都需要跟前一句话有关联，除非你有一个非常充分的理由：人物正在分散别人的注意力以转换话题或者作者已无法控制对话。

但愿不是后者。

◎ 重复人物已知的信息

我们知道，在传达背景信息、场景细节和进行描写等方面，对话通常是最有效、最有趣的方式，因此，我们应该尽可能地利用对话去达到这些目的。然而我们要把握好度，尽管令读者感到无聊是最愚蠢的错误，但另一点却也同样重要——让笔下的人物听起来真实，就好像我们的邻居、家人或同事在说话。让我给你举一个例子，说明在某些情况下，对话不是向读者传达故事背景的最佳方式。

叙述者乔治的姐姐莫德（Maude）每年夏天都要来他家，跟他和他的妻子卡罗尔待上几个星期，今年她又要来了。你希望读者能够了解莫德婶婶的来访对乔治和卡罗尔到底意味着什么。你需要向读者交代一些背景信息，这样他们便能了解，这并不是一个令人愉快的消息。乔治刚刚在信箱里发现了莫德婶婶的来信，这预示着她每年一次的来访。他一边读着信，一边往屋里走。

"好吧，卡罗尔，我的莫德婶婶8月又要进行每年一次的来访了。你知道，婶婶吃饭时假牙老是掉在桌子上，她来自艾奥瓦州，她在叔叔威利斯（Willis）1998年去世前，嫁给了他，我认为是这样的。你记得吧，她说起话来就像一列失控的火车，即使你困得打盹了，她也注意不到。她喜欢穿格子图案的家居服，有一套蓝色的，一套红色的——"

这段对话并没有达到理想的效果，原因是显而易见的。如果莫德婶婶每年夏天都会来访，卡罗尔应该了解这一切。你不能因为读者需要了解这些信息，就让乔治将其说出来。在这种情况下，这些信息最好通过叙述来传达，又或者如果读者不需要立刻知道全部信息，你可以在莫德婶婶到达后，将其通过行动展现出来。

要确保每个人物的话语都是出于自身需要，而不是出于听者或读者的需要。基于此场景的目的，乔治或许可以从信箱旁走开，脑子里充斥着各种念头，这些念头会引向一个真实的对话场景。假设乔治的目标是先不让卡罗尔知道莫德婶婶的来信，直到他能想出好办法来告诉她，因为她讨厌婶婶来访。

"有我们的信件吗?"卡罗尔问。

"没什么令人兴奋的消息。"这话不假。到目前为止,一切顺利。他没必要撒谎。乔治将传单放在厨房的桌子上,暂时将信塞到了这下面。如果卡罗尔知道他们收到了莫德婶婶的信,就有的好看了,他想暂时避免这种不快。他可能不太在意这位上了年纪的婶婶是否来访,但卡罗尔对此却很厌烦。他并不十分确定卡罗尔为何如此厌烦婶婶每年夏天的来访,可能是因为她吃饭时老是把假牙掉在食物里,又或许是因为大多数时候,她说起话来就像一列失控的火车。

"这是什么?"她问道,将传单下的信封抽了出来。

"哦,没什么。"他又说,把信从她手里夺了过来。或许是莫德婶婶的衣服让卡罗尔厌烦。她有一件蓝色格子的和一件红色格子的衣服。

"不是莫德婶婶吧!"卡罗尔大叫。

听起来自然多了,你认为呢?这并不完全是由对话组成,但仍是一个效果理想的对话场景,因为基于他力图不让妻子发现信件这一事实,这些或许是乔治的实际思维活动,并且读者也得到了所有必要的信息(如果这些信息都是必要的)。读者所需的信息量同样取决于情节及你要将这些人物带向何处。

◎ 演讲

现实生活中,听某人就某件事——任何事——没完没了,没完没了地说个不停,你会有什么感觉?即使这是一个我们感兴趣的话题,我们也很少能听很长时间,我们甚至不想听很长时间。除非我们是在参加讲座或诸如此类的事情,我们才**期望**听到演讲。

同样,你也不应该为人物写演讲词。这是我在新手作家创作的对话中,经常看到的问题。某个人物就某一话题有很多话要说,作者就让他连续说上一页、两页或三页。这可不妙。这在电影中很少能取得理想的效果,在书本里效果也绝对不会好。喋喋不休的人通常很容易使听者感到厌烦。这些人就从来没有想到过,关于这一话题,在座的其他人或许也有话要说或者也有自己的看法或主张。

例外总是存在的——做演讲的主要是那些本性使然的人物。但是你要明白,这种人物并不受读者喜爱,他的演讲最好不要过多,并且要有存在的理由,能与整个故事相融。否则,看起来很糟的那个人是你,而不是进行演讲的那个人物。

◆ 尝试一下

你是否曾想过要创作一个烂故事?你知道每年都有最烂小说竞赛吗?写一段超级烂的对话,只是为了娱乐一下。做到最烂,让对话尽可能地造作、陈腐、愚蠢。你或许应该从你正在创作的故事中选出一段,仅将对话毁掉,然后折回来,认真地进行改写,让对话变得真实。

◎ 枯燥乏味的时刻

有些对话段落,对故事的情节发展、人物刻画或悬念营造没有任何帮助。这些枯燥乏味的时刻或许以人物介绍的形式出现。

"乔,这是萨莉。"

萨莉伸出了手:"嘿,乔。"

"嘿,萨莉。"乔边说边跟她握手。

"很高兴见到你。"萨莉说。

"我也是。"乔说。

这实在太无趣了。有时,这种对话还会持续下去,继续折磨读者。

"你住在这附近吗?"萨莉问。

"离这里不远,"乔回答,"在主街上。"

萨莉笑了:"哦,真巧。我有一个朋友也住在那儿。"

"你朋友叫什么名字?"

谁会在乎?!这一场景需要一个劫匪、一架从天而降的飞机或萨莉脱光衣服——任何会有帮助的事情。

我们要用对话去捕捉场景的精髓,而不是记录人物口中可能说出的每一个词语,尽管在现实生活中,他们可能会进行这种闲聊。说实话,即使我恰巧卷入此类谈话,我也不会像萨莉一样,聊那么久。

你正努力让人物从一个地点移动到另一个地点,这时枯燥乏味的时刻也很容易出现。下面的场景展现了一位妈妈正开车送儿子去进行足球训练。

"你走之前做完家庭作业了吗?"

"嗯。"

"科尔顿(Colton)先生那门课的报告呢?写完了吗?"

"是的。"

"我想我在回家的路上应该去一下商店。我需要买鸡蛋和牛奶。"

"和我掌上游戏机的电池。"

"哦,当然可以。你能提醒我吗?"

"嗯。"

"那个孩子在训练中还找你的碴吗?"

"没有。"

随便吧。这只是提醒我,我需要给我的掌上游戏机换新电池了。我真是受够了这个故事。

如果你想让小说出版,我们都知道你是这样想的,你就不能写出枯燥乏味的对话。你不能给读者制造这种痛苦。很显然,讲故事就是关于冲突和解决。这一点在对话中尤为适用。意见一致的人物乏味无聊。言之无物的人物也乏味无聊。生动的对话是最能为故事增加亮点的。你要确保你创作的每个故事中的每个场景中的每行对话都是生动的——这会使读者成为你的头号粉丝。

下面的例子本该是个枯燥乏味、令人厌烦的场景,因为人物之间正在进行自我介绍。这一场景出自一部大家非常熟悉的小说——肯·克西(Ken Kesey)所著的《飞越疯人院》(*One Flew Over the Cuckoo's Nest*)。

在这一场景中，主要人物 R.P. 麦克墨菲（R.P.McMurphy）第一次登场，这时他刚被关进疯人院不久。故事实际上是由一个从旁观察的次要人物讲述的。作者没有仅是让麦克墨菲走进房间，让其他人物自报姓名，相反，他让麦克墨菲的登场颇具戏剧性，而其他人物对此做出反应，也相继登场。

"我的名字叫麦克墨菲，伙计们，R.P. 麦克墨菲，我是个赌鬼。"他眨了眨眼睛，哼起了一段小曲，"……我只要遇到了扑克牌，就会放……下……我的钱。"又一阵笑声。

他走到一伙玩扑克的人面前，用粗壮的手指掀起一名急性患者的扑克牌，眯眼看着他的手，摇了摇头。

"是的，先生，这就是我来这里的目的，为了在赌桌前给你们这些家伙找点儿乐子。彭德尔顿劳教农场里，已经没有人能再为我的日子添乐子，于是我就请求换个环境，你们懂了吧。我需要新鲜的血液。嗯，看这个家伙握牌的姿势，让每个人离老远就能看到。天哪！我要像修剪小羊羔一样，把你们这些小宝贝儿修剪一下。"

契思威克（Cheswick）握拢了自己的牌。那个红发男人伸出了手，要跟契思威克握手。

"嘿，老兄，你们玩的是什么？皮纳克尔纸牌游戏？"

这一场景或这一人物一点都不会让人感到枯燥乏味。读者开始期待麦克墨菲接下来会做什么。

◎ 语言过于规范

"约瑟夫,我认为我们应该与其他人交往看看。"珍妮特(Janet)屏住呼吸,拨弄着盘子里的胡萝卜。

"你认为我们应该与其他人交往看看?你是想要跟我分手吗?"

"我现在是这样想的。我认为我们现在已经不再适合对方,应该跟其他人约会。"

约瑟夫看起来很困惑:"我不明白。就在昨天,你还说你认为你或许想跟我共度余生。"

"我已经改变主意了。女人有时候就是这样善变。"

"哦,那么你可以把戒指还给我,我想我还留着收据,可以去退货。"

相较小说的其他元素而言,你在对话中更不应该严格使用规范用语。如果有人告诉你,你创作的对话听起来"呆板"或"正式",他们的意思就是你所用的语言太规范了,人们实际上并不这样交谈。至少我希望,你从来没跟别人像上文中那样交谈。问题很明显——人物用极其规范的语言在谈话。说明一下,在历史上的某个时期,人们的确那样交谈。但如果你的故事不是发生在那一历史时期,而你又不想让读者嘲笑你,那你在编写对话时,就要灵活。让我们再试一次。

"约瑟夫，我觉得或许我们应该跟其他人交往看看。"珍妮特屏住呼吸，拨弄着盘子里的胡萝卜。

"嗯？你说什么？要跟我分手吗？"

"我想，我不知道。我的意思是，我只是想或许我们应该，你懂的，在成家之前与其他人交往看看，就这样。"

约瑟夫一脸困惑："我不懂你的意思。就在昨天，你还说你想跟我一起过下半辈子。"

"好吧，我改变主意了。女人就是这样，你知道的。"

"哦，当然了，没错。好吧，那么能把戒指摘下来吗？我想我还留着收据，可以把我的钱退回来。"

◆ 搞定你的故事

读一下自己的故事，看看是否能根据你在本章中学到的东西，将不足之处修改一下。

（1）尽可能地将直呼其名的地方删掉——那些人物之间不断喊对方名字的地方。

（2）通读故事，将对话段落中描写说话方式的副词和形容词统统删掉。

（3）每一段对话都应该与上下文有关联，除非你正在塑造一个完全脱节的人物，这一人物患有注意力缺乏症、吸毒或有点心不在焉。

（4）在对话中，找出那些信息量很大的地方，这些信息通过叙述传达效果可能会更理想。在审视每一对话段落时，要对自己绝对坦诚，以确保人物的话语是出于自身需要,而不是为了向读者传达信息。

(5)在编写对话时,你能犯的最严重错误就是让读者感到无聊厌烦。通读你编写的所有对话,增加张力和悬念,激化冲突,如果缺少这些元素,就添加一些。是否有人愿意偷听你笔下人物的对话?还是根本没人愿意听?

(6)确保每一段对话都轻松自然,符合人物的说话风格。除非你笔下的某个人物真的很吹毛求疵,否则你就应该使用大量的缩写、习语、破折号、省略号及适当的俚语,或让说话者及周围的人物打岔。

(7)如果你在任何地方发现,你已经通过叙述告知读者某些信息,或利用行动向读者展示了某些信息,那你就要遏制自己的冲动,不要在对话中重复此信息。

这次要稍微好一些,不是特别呆板、正式、规范。

如果你怀疑你编写的对话很呆板,试着大声读出来,读给自己或写作小组的成员听听。看看这段对话听起来是否像现实生活中的交谈。你越是了解你笔下的人物,你创作出的对话就越不可能呆板,这一点始终不变。

◎ 重复赘述

当我们笔下的人物对话时,我们没必要重复叙述或行为中已经提到的信息,一遍足矣。我见过许多诸如此类的问题,并且发现自己也这样做过。

> 兰迪决定去商店买些牛奶。
>
> "我要去商店买些牛奶！"他向乔伊丝喊道。

多余。我不确定为什么这一问题会出现，除非我们只是想把对话介绍给读者。对话不需要介绍，最好直接进入正题。你或许觉察不到自己正在这样做，因此在修改阶段，你要注意这一问题。

需要考虑的事情太多了，不是吗？不要感到不知所措。在小说家的成长之路上，我逐一犯过这些错误，才会对此有所了解。你在实际创作过程中，不可能考虑得面面俱到，如果想做到完美，你会把自己逼疯。这是左脑需要做的工作，在创作过程中一直想着这一点，会破坏你的创造力。在学习一项新技能时，你不能一直想着自己哪里或许犯了错。

几年前，我报了一个班，学习骑摩托车。教练就像军队的教官，总是冲着我们大呼小叫，严厉斥责我们所犯的危及生命的错误：切断对方的去路、转弯太急、盯着地面而不看路口等。我迫不及待地等着课程结束，好在无人监视的情况下骑车。有一次，我骑车上坡，同时遇到了一个急转弯，我立刻从车上摔了下来。另一次，我启动得太快，冲进公寓门前的灌木丛里，但我保持住了平衡，穿过灌木丛，骑到了大街上，我为自己感到很骄傲。

有人曾告诉我，如果我没从车上摔下去过几次，我就没冒过一点风险。

只管写下去。冒些风险。你会犯一些错误，但这样你才能学会。

在第十三章中，我们将把有关对话的某些细枝末节加以归纳。要完善对话以更精准地击中目标，同时也令其听起来更真实，你还有许多小细节需要处理。

▲ **练习一**

约翰玛莎综合征。下面这个段落中，有许多直呼其名的地方。改写一下，去掉其中大部分的名字，再进行一下调整，使对话读起来更加流畅。

"我要去商店，埃伦。需要买什么吗？"

"电话旁边有便签和笔，汤姆。我去列个单子。"

"埃伦，我觉得我们应该买些巧克力牛奶，也许特迪会顺路来访。"

"汤姆，好主意。"她写了下来，"汤姆，买些奥利奥饼干配着牛奶一起吃怎么样？"

"这样巧克力就太多了，埃伦。买点奶油夹心饼干吧。"

"汤姆，好的，奶油夹心饼干。"她写下了奶油夹心饼干。

"埃伦，你觉得我们是不是应该看一下，糖是不是用光了？我上次看的时候就剩一点了。"

"你去看吧，汤姆。我正在这儿列单子呢。"

▲ **练习二**

沉迷于形容词、副词及不恰当的提示语。下面的对话中包含一些形容词和副词，用来说明人物是如何说话的。我故意写得很夸张，这样你改写起来才会有趣。

"我们要去夏威夷了！"柯蒂斯（Curtis）兴奋地说，他从后门走进来，将公文包扔在地上，"老板从员工里选两个人去——"

"我讨厌夏威夷。"帕蒂（Patty）厌烦地回答。

"你讨厌夏威夷？！"柯蒂斯吃惊地、一字一顿地说道，"怎么会有人讨厌夏威夷？"

"很简单，"帕蒂重申，"那里太热了。"

"太热了？"柯蒂斯激动地重复，"那又怎么样？天哪，那是夏威夷。夏威夷本来就应该热。"

"我只是告诉你我为什么不喜欢那里。"帕蒂紧张地嘀咕。

"我真不敢相信。"柯蒂斯一边叫喊着，一边重重地坐在厨房的一张椅子上，"我们可以免费去夏威夷，你却不想去。"

"我没说我不想去，"帕蒂反抗地争辩，"你在外面潜水或做其他事的时候，我可以坐在宾馆房间里吃雪糕。"

"哦，那么你会去？"柯蒂斯迟疑地问。

"我想是的。"帕蒂顺从地说。

▲ 练习三

缺乏连贯性。在下面的对话中，人物之间的交谈有几处缺乏连贯性。看看你是否能将这段对话进行修改，使人物直接回应对方。

"妈，你知道爸爸去开会往哪个方向走吗？他是往第四大街的方向吗？"

"你能把垃圾倒一下吗？"妈妈说着，从厨房往客厅走去。

电话响了，她接起了电话。"不，他没在家，"她说，"不客气。"妈妈挂断了电话,想了一会儿。"我需要在晚饭前,去趟商店。"

"你能买点甜麦圈吗?家里没有了。"

"我想他是往那个方向。"她说着抓起了钱包。

"我晚饭后倒。"

▲ 练习四

重复人物已知的信息。改写下面的对话,使有关萨拉(Sarah)的信息,能够以自然真实的方式传达给读者。

蕾切尔靠着桌子,把身子探向帕姆(Pam)。"他们让萨拉走人了,你知道吧。"她低声说道,四处张望着,确定周围没有人在听。

"哦,真的吗?"帕姆边说边嚼着满嘴的五香熏肉。

"是的,你知道她上班时总是休息很长时间,还老是打电话。她说她有个智障儿子,但我从没见过他。你知道她总是说,她打电话是看看他的情况怎么样了。我们有一次下班开车送她回家,见过她的房子——一座两层的又大又破的房子,在城市另一头的,你记得吧?你记得她下车时说了什么吗?"

"啊,不记得。"

"说她住在那座房子的后面,你记得我们开车转到后面的小路上,后面一个房子都没有吧?记得吗?"

"好像有印象。"帕姆用餐巾擦了擦自己的嘴。

"你看她每天都穿着同样的裙子上班，鞋子破成那样，你知道，她还从来不穿袜子。"

"是啊。"

"我想她的头发原本不是红色的，你觉得呢？那种红色？她需要减减肥。让她在前台工作，对这个公司的形象都有影响。"

你或许应该考虑让萨拉登场，这样便能对她进行更直接的描写。

▲ 练习五

在下面的段落中，叙述者正就她对男人的强烈感受，发表演讲。从这一人物的视角改写这段对话，让其他人物的话语及叙述者的沉思和行动打断这段演讲。

"男人就是那样，你知道，总是想着上床。他们的脑子里想的全是这种事。我最近在网上认识了几个男人，正在和他们约会，每个都想跟我上床。男人们为什么这么在乎这种事？为什么他们就不能放松下来，好好了解一个女人？我受够了，我再也不会跟他们出去了。压力太大了，要不停地演戏，掩饰自我，如果你表现出很有头脑，对事业发展或除他以外的任何事感兴趣，他们或许就会觉得扫兴。为什么要始终把他们放在第一位？我不愿去想自己或许会变成个老姑娘什么的。我真的想找个男人，但这太难了。哦，另外，你在任何事情上都不能比他们强，因为他们都有自尊心。这让我抓狂。我或许只是谈论一些我擅长的事情，但我要轻描淡写，因为我不想让那个男人觉得或许在某件事上我真的比他强。

就这样喋喋不休地说个不停。即使人物性格就是如此，你也可以在展现这一特征的同时，插入叙述者的想法，展现叙述者和其他人物的行动，让他们偶尔打断叙述者或至少插上一句话。

▲ 练习六

枯燥乏味的时刻。改写下面这段对话，让其充满张力、悬念和/或冲突，让其读起来有趣，因为有要紧的事情正在发生。你可以从莱尔（Lyle）和艾丽斯的视角任选其一。另外，你要发挥你的想象力。

> 莱尔走到艾丽斯身边，艾丽斯正站在阳台上吃爆米花。
> "你在想什么呢？"他问。
> 她笑了："你真想知道吗？"
> 他点点头。
> "我明天要做的所有事情。洗衣服、去杂货店、打扫房间、给花坛除草……"
> "嗯……"莱尔若有所思地嚼着爆米花。"格兰杰（Granger）家新买了一辆车，你看到了吗？"他指着马路对面问道。
> "是的，一辆绿色的车，跟他们折旧卖掉的那辆车一个颜色。"
> "是的，绿色很好看。"

也许你需要一点帮助，这两个人物可能正在回避谈论艾丽斯得了癌症，或许他们的婚姻已如一潭死水，两个人已无话可说。关于这段对话，你可能有一个疯狂的想法，甚至连你自己都对此感到惊讶。让你的想象力纵情驰骋吧。

▲ 练习七

语言过于规范。对两名刚刚撞车的司机来说，下面的对话太正式了。看看你能如何进行修改。

帕特（Pat）叹了一口气，下车去质问另一名司机："看上去我们似乎撞车了。我是否可以看看你的驾照和登记证？"

"这是我男朋友的车，"那个金发碧眼的女人对他说，"他会杀了我的。你为什么开到我的车道上？"

"我在自己的车道上，那辆摩托车插到你前面时，你转向了我的车道。"

"我没有转向。我知道怎么开车。我的男朋友会杀了我。我死定了。"

"听到你感觉要命不久矣，我感到很抱歉，但我需要看你的保险证明。"

"你这样说好像你认为我没有保险。我去取。你稍等一下。我也要看一下你的保险证明。"

"我没有保险。"

标点符号和最后的
考虑因素
——细枝末节的处理

第十三章

这样写出好故事 - 人物对话

有一次，我接到了一位版权代理人的电话，他的一位客户在语法、标点符号和句子结构方面，需要"一点帮助"。

"这是一个快节奏的推理故事，但我知道没有一个代理人或编辑会愿意读现在这个版本。"他在电话中告诉我。他提到，他还是惊悚小说大师汤姆·克兰西（Tom Clancy）的版权代理人，因此我料想他大概知道自己在说什么。在其他方面，他真的认为这份手稿的质量极佳。

收到这份手稿时，我就明白了他的意思。他说得一点没错。这是一个精彩的故事，但语法、标调符号和句子结构糟透了——特别是在对话场景中。

有的作者很会用文字讲故事，但在对话写作技巧上却频频犯错，虽然多年来我指导众多的写作者，写了数以千计的故事，但每当遇到这样的作者时，我还是会感到惊讶。我猜想，我只是认为我们长久以来读了许多其他人创作的故事，因此我们已经学会如何编排对话，以使其在自己的故事中读起来通顺流畅。

但情况完全不是这样。我们不会因为读了许多对话，就自然而然地知道怎样创作对话。如果你想成为一名小说家，对你来说，重要的事情之一就是学会对话创作技巧：如何确定表明人物身份的提示语的位置、如何使对话听起最自然及如何在对话中加入标点符号。有时，不清楚这些简单的细节是写作者害怕创作对话的潜在原因。如果你能搞定这些技巧，你就可以消除顾虑，大胆地创作对话。对了，还有一件小事——掌握技巧并不能确保你把自己的故事推销出去，但这可以使你的作品离出版更近一步。

下面的内容能够帮助你创作出规范的对话，保证你看起来像个内行。

◎ 通过标点符号控制节奏

每个故事都有其自身的节奏，大部分或许绝大部分的节奏都来自对话场景中标点符号的使用。将逗号放在蹩脚的位置，可以毁掉一个句子，有时甚至能毁掉整个场景。

提到创作对话的实用技巧，你首先要清楚怎样在句子中使用标点符号，我想不到有什么是比这还重要的，这可以使人物的声音听起来真实，使对话节奏达到最佳效果：那种独特的、造就整个故事的节奏感。

请原谅我介绍这些最基本的知识，但我想确保我们涵盖了所有的内容，这样你便没有借口写出粗糙、蹩脚的对话。

·将引号放在每一段对话的开头和结尾。

例如："我准备好出发了。"琼妮（Joanie）说，她站了起来。

或者：琼妮站了起来："我准备好出发了。"

又或者："我想我准备好了。"琼妮说着站了起来，"咱们出发吧。"

·在人物说话时，声音逐渐变小的地方，使用省略号。

例如：琼妮迟疑地站了起来："我准备好出发了……"

·当对话中断或某个人物突然插话时，使用破折号。

例如：琼妮站了起来："我准备好出发——"

"我不这么认为。"卡尔站在她身前，挡住了门口。

仔细阅读上述句子，看看每个逗号、句号、省略号和破折号是如何被放置在引号里的。问号和感叹号也应该放在引号里面。在某些已经出版的书籍中，我看到对话中使用了冒号和分号，但我个人认为这看起来很傻，这不像对话，倒像个备忘录。在对话中，我们要尽量避免使用冒号。

来谈一下感叹号。通常，新手作家在对话场景中会依靠感叹号来营造激动的情绪。但这样使用感叹号就好像在依赖一根拐杖。当人物因某事感到异常激动时，偶尔地使用感叹号能达到非常理想的效果。但除此之外，还是让言语来达到这一目的。你为人物创作的对话，要使读者对激动、焦虑或愤怒的程度感到确定无疑。

◎ 划分段落

对新手作家来说，如何为对话场景划分段落，是最难掌握的技巧之一。这其实非常简单。你只需对这一问题进行有意识的思考。划分段落有一个基本"原则"——按人物划分。这适用于行动、叙述及人物的沉思或对话。一切与这一人物相关的事物都划分到同一段落。

"就想问一下，你打算怎么破门而入呢？"汤姆只是想知道他还要听丹的蠢主意多久。

丹笑了笑："我打算找开锁匠。"他掏出了手机。

◎ 使用缩略形式

"我不能告诉她有关汤姆的事,"吉尔(Jill)说,她低下了头,"她会认为我是罪魁祸首。"或者,"我不能告诉她有关汤姆的事,"吉尔说,她低下了头,"她会认为我是罪魁祸首。"[①] 哪句话听起来效果更好?

即使我们对吉尔和汤姆一无所知,我们也不得不说第二句话的效果更好,因为这是我们在现实生活中的交谈方式。这通常是我们可以信赖的"规则"。如果它在现实生活中行得通,那么它在对话中也就行得通。当然,例外始终存在。你笔下或许有一个非常循规蹈矩的人物,无论如何他都**不会**(*will not*)使用缩略形式。当然,如果人物的性格或教养令他用非常正式的英文交谈,那就让他这样交谈。这是你可以信赖的另一"规则"——了解自己笔下的人物。但使用缩略形式完全没有问题,尤其是在对话中,这通常听起来才是最真实的。

以下是一些例外情况:

"我没有跟那个女人——莱温斯基女士(Ms. Lewinsky)——发生性关系。"(I did not have sex with that woman—Ms. Lewinsky.)

"我没有,不能,也不会杀死妮科尔(Nicole)。"(I did not,could not,would not kill Nicole.)

[①] 第一句话的英文没有使用缩略形式:"I cannot tell her about Tom," Jill said, her head bowed. "She will think I am the one who started the whole thing." 而第二句中使用了缩略形式:"I can't tell her about Tom," Jill said, her head bowed. "She'll think I'm the one who started the whole thing."——译者注

即使你笔下的人物通常用缩略形式，但有时我们却需要强调某件非常重要的事情（通常是个谎言）。我曾读到，如果一个人宣誓出庭做证，而他回答问题时没有使用缩略形式，那他就是在撒谎。有趣吧。

◎ 使用斜体字

作为写作导师，我在有关斜体字（中文使用中一般采用加粗或者变字体）的使用方面遇到许多问题，何时应该使用，何时又不该使用，下面两条"规则"会对你有所帮助。

第一条，就像使用其他手段一样，你在使用斜体字时也应该有所节制，这样它们才不会失去效力。如果你滥用任何一种可用的技巧，你都是在削弱它们的表达能力，无论你想表达的是什么。

第二条，斜体字有两个作用：表示强调及提示人物思维活动。

如果想强调人物对话中的某个词或者短语，你就使用斜体字，提醒读者这部分很重要，需要特别注意。

例如：我可以告诉你，明天他不可能跟我一起走。

同样，若非必要，不要使用斜体字。

无论是在第一人称叙述，还是第三人称叙述中，你若想强调人物的思维活动，就使用斜体字。当你笔下的主人公在讲述自己的故事时，实际上，他的所有话语都是他的思维活动，这便是你不能过度使用斜体字的最充分理由。如果所有文字都使用斜体形式，人物思维活动的内容便被弱化了，因为你正指着所有的内容说，这些都很重要。"少即是多"的原则在此处很奏效。只有当思维活动中充满难以抑制的情感或者人物或许有了某种顿悟，而你不想读者将其忽略时，你才使用斜体字。你可以将斜体字插入一段对话的任何位置。

"你想要这辆吗?"汽车销售员追问,"我可以给你一个优惠价。"

苏珊娜(Suzanne)当然想要。**但我买不起**,她想。**无论如何都买不起。**

◎ 使用提示语

写作新手们总是问我,怎样才能避免在每行对话的结尾都使用说。他们想指明说话者是谁,但如果不使用这个字,他们便束手无策。

我们的确需要指明说话者。没有提示语,读者不得不返回十多行之前,看看最后说话的人是谁,然后再接着往下读,要数着每一行以弄清是谁在说话,这可太令人懊恼了。我们不想让读者费太大的力气去读我们的故事。

当然,如果你想找一个词来代替说,我们能想到许多词:咕哝、耳语、惊呼、解释、提醒、纠正、怒吼、嘲笑等。这些词都很棒。而反驳、重申、推断之类的词语,我们绝不应该使用。

然而,指明说话者的最佳方式却不是使用上述任何一个词语。最佳方式是使用行动;如果说话者是叙述者,那就将他的思维活动加入他所说的那段对话之中,这样也能表明是他在说话。下面的选段便能说明这一点。这一段落出自安·泰勒的作品《补缀的星球》,马丁内(Martine)将车停在了路边,来接叙述者巴纳比。

马丁内按下了卡车的喇叭。我吓得差点跳起来。

"别这样做了,好吗?"我边说,边打开了副驾驶那侧的车门。"一句简单的'嘿'就够了。"

"怎么了?"她问我。她已经关掉了引擎。"我以为我们这样做是锦上添花。"

"奥尔福德(Alford)太太死了。"我说。

"不!"

我并不打算如此唐突。我在座位上坐好,关上车门。"她突发心脏病。"我说。

"哦,该死的。"马丁内说。她又发动了引擎。但她开得很慢,好像是在致敬。"她是我最喜欢的客户之一。"当我们到达福斯路的时候,她说道。

在这一场景中,每段话中的行动都清晰无疑地指明了谁是说话者。为已经出版的小说挑毛病,我感到并不自在,尤其是当这些小说是出自像安·泰勒这种优秀作家之手时。但事实是,在上述段落中,我们真的不需要任何"说"。行动已经告诉我们每一段话是出自谁之口。当能用行动来指明说话者时,你根本就不需要"说"。

◎ 避免不恰当的提示语

新手作家会让笔下的人物在对话中点头、咳嗽和大笑一整句话,顺便说一下,这可行不通。一个人物只能说一句话。没错,说有各种各样的形式:咕哝、嘟囔、耳语、惊呼、怒吼、乞求、哭诉及许多诸如此类的词语。这些词语都可以使用,因为它们都是说话方式。但点头、咳嗽和大笑却是行动。它们可以伴随着对话,这样能增强情感,并帮助读者设想人物说话时在做什么。但人物不能点头、咳嗽或大笑一整句话。

例如，一行对话可能读起来是这样的："我走了。"他说道，点了点头（或咳了一声或笑了笑）。而不是："我走了。"他点了点头（或咳了一声或笑了笑）。除了这三个动作之外，我还见过作者使用许多其他的动作：露齿一笑、抽泣、微笑等。他们通常想展现人物在对话时的身体反应。这没有问题，只是要将其放在一个独立的句子中，或附加在句子提示语的后面。

◎ 确定提示语的位置

在对话段落中，提示语的位置有优劣之分。为了创作出节奏理想的对话，我们需要意识到这一点。

在一句对话中，提示语最不理想的位置是句首：**简说："如果你不介意，我想试一下。"**

其次是将提示语放在一句话的中间位置：**"如果你不介意，"简说，"我想试一下。"** 将提示语放在句中意味着停顿，并且能改变节奏。

提示语的最佳位置是句末（通常来说是这样，但也有例外）：**"如果你不介意，我想试一下。"简说。**

不过，将提示语置于一系列对话句子的末尾却通常是错误的，我经常能看到新手作家这样做，他们只是不知道有更好的办法：**"如果你不介意，我想试一下。我之前做过，我想我可以再做一次。让我至少试一下吧。"简说。**

这个句子要如何改写，才能产生理想的效果呢？如果人物对话包含一系列的句子，你始终要把提示语置于第一个句子的末尾：**"如果你不介意，我想试一下，"简说，"我之前做过，我想我可以再做一次。让我至少试一下吧。"

如果你将上述句子大声读出来，你应该就能看出节奏上的差异，找到它们效果理想与否的原因所在。就对话段落的总体效果而言，提示语的位置起着很重要的作用。

◎ 处理电话交谈

在通过电话交谈的对话中，写作者们所犯的最大错误就是仅描述其中一方的谈话——叙述者那一方。但如果我们处于叙述者的头脑之中，这就意味着他不仅能听到自己的声音，还能听到电话那头另一个人物的声音。因此，我们要将另一个人物的声音和叙述者的回应同时写入对话之中。

下面这个例子能说明我的意思，这个例子出自安·泰勒的作品《意外的旅客》：

"我是缪丽尔。"她说。

"缪丽尔。"他答道。

"缪丽尔·普里切特（Muriel Pritchett）。"

"啊，是你。"他说，但他仍感到毫无头绪，不知道她是谁。

"宠物医院的缪丽尔，"她问，"与你的狗相处得很好的那位，想起来了吗？"

"哦，宠物医院。"

对话中的电话交谈有点麻烦，这当然是因为电话交谈主要由言语，而不是由大量的行动组成。使用手机时更容易融入行动，因为人物在使用手机交谈时，可能在打壁球或飞向高空秋千另一头的搭档。所以，人物使用手机时，没有理由保持静止，就只是坐在同一个地方说话。

◎ 在对话中加入幽默成分

有些人知道如何在对话中加入幽默成分，而有些人却不知道。想要弄清我们是否属于前者，最好的办法就是将我们的作品读给其他人听或将作品交给他们，看着他们阅读——猜猜看吧——如果他们笑了，我们就成功地写出了幽默的对话，而如果他们没有笑，我们最好还是继续为人物写严肃的对话吧。即使是对我们中最聪明的人来说，写出令人放声大笑的幽默故事也绝非易事。我曾听戴夫·巴里（Dave Barry）说创作幽默故事是很**艰巨的任务**，这太令我惊讶了，他可是戴夫·巴里！如今最富幽默感的作家之一！

幽默的对话最好出自滑稽人物之口，比如，骗子、丈母娘、隔壁的傻邻居和愚蠢的恶棍等。幽默的对话可以使一个沉重的故事变得轻松，使读者在一个紧张的场景之后，舒一口气。

如果你怀疑自己并不幽默风趣，那就努力学会创作幽默对话的技巧吧，这样在需要的时候，你至少可以偶尔幽默一把。幽默感似乎来自某些作家看待世界的方式，所以，如果你不是他们其中之一，你大概永远写不出喜剧小说，不能创作出那种令人从头笑到尾的故事。但偶尔在对话中插入一句搞笑的对话，却对吸引读者的注意力大有帮助。幽默感能勾起读者的兴趣。他们知道如果一个人物说了一次搞笑的话，他极有可能还会再说，所以，他们一直在密切关注，等着你再给他们惊喜，令他们开怀大笑。

◆ 尝试一下

深夜，一位女性人物正走在一座大城市的闹市区的街道上。突然三个少年和她搭讪，并抢了她的钱包。他们跑开了，她对着他们大喊。她喊的是什么呢？为下面每一类型的人物编写一行对话。尽可能地别出心裁，目标是令读者感到惊喜。

- 来自郊区的妈妈・便衣警察
- 妓女・祖母
- 女商人・男扮女装的同性恋

◎ 了解有所保留的重要性

我们通常会让笔下的人物在每一场景中，将自己所知道的一切对其他人物和盘托出，并认为我们是在推动故事向前发展。现在，我们来谈一下这一问题。对大多数人来说，这种行为并不正常，因此，对人物来说，这种行为自然也不正常。

有所保留、不再敞开心灵进行交流是我们长大以后学会的。有时，我认为这是失去天真的一种表现，这太糟糕了，但我们只是分清了我们能信任谁、能向谁倾吐心事。如果想让人物真实，我们就必须让他们如同现实生活中的人一样，对事情有所保留。当然，例外总是存在的——有些人谁也不信任，结果就是几乎缄口不言，而有些人则傻傻地相信所有人，对遇到的每一个人都毫无保留。

当有人毫无保留地倾诉时，我们大多数人都感到不自在，同样，人物在这样做时，读者也感到不自在。因此，当你笔下的人物在对话场景中要对其他人物敞开心扉时，在大多数情况下，让他们循序渐进，先做试探，不要上来就毫无保留。这样做不仅更真实，还对制造悬念大有帮助。关于自身，人物透露得越少，让我们知道有更多的未知，我们就越有可能会继续读下去，去发掘那余下的部分。

我们要花一生的时间去进行练习，以成为一名技巧娴熟的作家，同样，我们也要花很多年去学习对话创作，以使其在方方面面都能达到理想的效果，与读者建立联结。你能在自己的对话创作技能中，越多地融入本章中的技巧，读者就越会认真地对待你所创作的对话。

除此之外，我还想到了与对话相关的一些注意事项。为人物创作对话主要是凭直觉，但有些事情非常明确，是你可以去做或可以避免的，这将有助于你为人物创作出更为真实的话语。

▲ 练习一

通过标点符号控制节奏。所有对话场景都有其自身的节奏，节奏至少部分源于标点符号。句号、逗号、感叹号——它们都会产生微妙的差异，能够影响对话场景的成败。为下列句子加上标点符号，以达到最佳节奏。

- 我一直爱着你她对他说并且现在我能随心所欲地去爱你
- 他挥了挥手喊道嘿道恩（Dawn）到这儿来
- 这是我听过最蠢的事情但就在那时约翰打断了他
- 小心他提醒说你不会想把拇指切断吧
- 你认为我想要什么她问道渐渐向他靠近
- 我很高兴那样做但我的声音越来越小我知道我无法完成

- 在那边她指向车后面
- 你以为你无所不知她尖叫道但你一无所知

▲ 练习二

划分段落。将下面的段落划分为三个独立的段落。

"但我还不准备回家。"珍妮弗边说边径直走过家门口,她越走越快。莉萨(Lisa)在后面努力跟上她的脚步。"如果你九点之前不回家,你的父母不会发火吗?"她们之前就经历过这种事,莉萨记得珍妮弗的爸爸是怎样大吼大叫的。"谁在乎他们发不发火?"珍妮弗稍微放慢了脚步。"这是我的人生,我要按我的方式生活。"

▲ 练习三

使用缩略形式。改写下面几段对话,将没有使用缩略形式的地方变为缩略形式。看看缩略形式所产生的影响。

- "他不能骑马,因为他从来没上过马术课。"
- "我不会跑那么快,因为我的关节受不了。"
- "我已经认识他很多年了,他是我最好的朋友。"

▲ 练习四

使用斜体字。创作一个两页的对话场景,其中主人公正力图使他的老板明白,每个加班的夜晚,他都在伤害自己的家庭。下班回家时,孩子们都已经睡下,他见不到孩子们,而妻子大部分时间都怒火中烧。他希望晚上不再加班。在对话中加入斜体字,以表明这是主人公需要对老板强调的。在每一对话场景中,我们说不出口的话通常是最重要的。让这一场景包含至少三行的内心想法,以强调他的感觉,他知道这些话他无法说出口。

▲ 练习五

使用提示语。创作一个两页的对话场景,让三个人物参与到对话之中,不要使用"说"。你可以利用行动、主人公的思维和观察,但不要使用"说"。

▲ 练习六

避免不恰当的提示语。仔细阅读下列句子,在旁边写上对或错。在开始前,务必要把这个练习末尾处括号里的答案挡住。

(1)他点点头,"是的,我想我终究还是会去参加比赛。"

(2)"嘿,布伦达(Brenda),"他傻笑着说,"下班后喝一杯怎么样?"

(3)"你不是真的认为我会回答,对吧?"她微笑着。

(4)"我不会。"布伦达大笑,"或许我看起来好像真的知道自己在做什么。"

(5)"我不会,"布伦达笑着说,"或许我看起来好像真的知道自己在做什么。"

[答案:1.错:"点点头"后面应该是句号。2.对。3.错。大写。(中文体现不出大写,现在看这个句子是对的。)4.对。5.对。]

▲ 练习七

确定提示语的位置。通读一个你创作的故事,重点是注意提示语的位置。尽可能地将提示语改为行动或主人公的内心想法。有时,你不想描述行动或想法,而选择使用"说",特别是在处理多行对话时。尽管有时你想做些改变,但在大多数情况下,如果你必须使用"说",你就应将其置于第一行对话的末尾。

▲ 练习八

处理电话交谈。编写一页电话对话。让某件要紧的事情发生,这件事关系到叙述者的成败。确保我们能听到交谈双方的声音。省略你好和再见。

▲ 练习九

幽默。创作一个两页的对话场景,其中两位年长的女士,就谁应该"去请"新来的绅士亨利(Henry)发生了冲突,亨利刚刚住进了她们的养老院。这个练习的目的是"努力"创作一个滑稽搞笑的场景。如果你不喜欢这个想法,就尝试一下自己的想法。

▲ 练习十

了解有所保留的重要性。两个人物在婚恋网站上遇到了对方,他们正在咖啡馆进行第一次约会。他们无疑互相吸引,但两个人背后都有各自的秘密,这会对这段关系产生负面的影响。创作两个两页的场景——每一场景采用一个人物的视角。重点是要让人物在对话中逐步展现自我,从而让对话尽可能自然,并注意推动两人关系向前发展。

创作对话的注意事项
——一些实用的建议

第十四章

这样写出好故事 - 人物对话

"这是创作小说的一条规则。"我轻松地说,结束了我那晚的指导。

"规则?"其中一个学生高声说,"你说的规则是什么意思?你在开玩笑,对吧?"

"哦,不,嗯,不完全是。"

"当我没有问过。"

"瞧,他们不是真的规则。"我给自己寻找退路。毁了学生美好的一晚,我感觉很糟。我讨厌令写作课的学生感到沮丧。这是我最不想做的事情。"你知道,它们就像,嗯,马路上的停车或让路标志。我们不得不——"

"不。在疯狂写作的过程中,谁会想停下来或让路呢?如果你正在认真创作一些好东西,你懂吧?"

他说得没错。"好吧,它们不像停车或让路标志,但我们需要,嗯,一些指导原则,这样我们看起来才知道自己在做什么。"

他最终接受了这种说法。

瞧,我与你一样,都不喜欢"规则",但相比之下,我更不喜欢看起来不知道自己在做什么。说实在的,我觉得看起来像个傻瓜,比不得不遵循规则要更糟。至少对我来说,是这样的。因此,我猜想,我学习创作小说的"规则"是为了保持自己的形象,这才是最重要的。倒不是说我们的形象有多高大，但有时我们会有这样的幻想。

本章无关"规则"，但却能给你提供一些指导原则，让你能更清楚地意识到小说的创作过程。知识就是力量，这是真理。下面是一些注意事项，它们能赋予你力量，使你创作出能力范围内最棒的小说。我发现这些指导原则也赋予了我力量，当今后有学生问，我们为什么需要"规则"时，我能够给出更好的答案。

当处理注意事项时，我们总是从要做的事情说起，但这次我们从不要做的事情说起，这样结尾处就是积极的东西——要做的事情。

· **不要太过努力**。我最近注意到，有些明星努力使自己新上映的电视节目受欢迎，但表现得一塌糊涂。无论这个明星的腕儿有多大，他似乎都有可能表现得很糟糕。对此，我有自己的看法，因为每次看新节目时，我心里都会想，**为什么他就不能只是做自己呢？他太过努力，所有台词感觉都很做作**。这个节目不受欢迎，我一点也不感到惊讶，从看到最初的努力开始，我就知道会是这个结果。

所以，猜猜看，如果我们在创作对话时太过努力，会发生什么？会露出痕迹。因为露出痕迹，理想的效果就没有了。与我对失败的电视节目的观察结果一样，如果作者过于努力，对话通常就会令人感觉做作牵强。

好吧，我们已经知道不要去做什么。但我们怎样才能不去做呢？我们怎样才能在创作对话时，不会过于努力呢？

只要放松，进入角色，让对话源于内心深处的某个地方，即人物所在的地方。没错，每一对话场景中都至少有两个人物（可能还会更多），所以这样做有点精神分裂，但谁说过作家是精神正常的？你塑造了这些人物，正因为是你塑造了他们，你就应该能从他们的内心深处说话。只有我们不喜欢、想抛弃这些人物时，我们才会与他们拉开距离，而结果就是牵强、不自然的对话。我知道这听起来有些像心理呓语，但这却不影响其真实性。

你下一次坐下来创作故事时，试着做些本章结尾部分的练习，看看它们是否能对你有所帮助，让你创作出符合每一人物身份的对话。

· **不要背叛笔下的人物或读者**。写出糟糕的对话就是同时背叛这两者。如何背叛的？你让人物说出他们本来永远不会说出口的话。这就是在背叛人物，因为你没有忠于人物的本性；你没有诚实地创作，这就是在背叛读者。

我们必须让人物讲述自己的故事。从某种意义上来说，没错，这些是**我们的**故事，但我们已经塑造了各种人物来扮演不同的角色，所以我们需要确保他们有尊严，不能利用他们来说出我们想说的话。

背叛、利用我们笔下的人物就是：

· 让他们就某些话题，表达强烈的情感，而这些话题通常或许会令他们昏昏欲睡。

· 让他们就某一问题喋喋不休，而这一问题他们真的一点都不感兴趣。

· 让他们透露大量的信息，而这些信息他们本来绝不会说出口，他们这样做仅仅是因为我们需要向读者介绍故事背景。

· 让他们进行大量的描述，而他们本不会这样做，他们这样做仅仅是因为我们需要让读者了解其他人物或背景。

· 随意给他们一个不符合人物本性的声音。

· 利用他们就我们的个人目进行说教。这是我们下一件不要做的事情。

- **不要利用人物就你的个人目的进行说教**。对于死刑、虐待儿童、巧克力、监狱改革、原教旨主义者、减肥和路怒症，我有非常强烈的感受。但如果一有机会，我就让人物谈论这些问题和话题，我又会是一名怎样的作家呢？我就会为人不诚实，我也一定无法塑造出为人诚实的人物。

好吧，如果我说我创作的故事中不包括令我气恼的事情和令我有强烈感触的问题，那我就是在撒谎。我不知道哪个作家会如此超然，在创作中完全不掺杂个人目的。我们的创作主题对我们来说都很重要，能引起我们强烈的感情。我们应该这样做。但只有我们让人物有自身关心的问题，让他们用自己的声音表达他们对这些问题的看法和情感，我们笔下的人物才可能真实。

例如，我恰巧写了一部有关死刑的小说。这就是主题，但人物来自不同的环境，当他们说出富有哲理的话语时，我最好确定这富有哲理的**话语是他们的**，而不是我的。其中一个主要人物拥有许多我并不敬重的品质，我有时并不想创作有关于她的场景。她说的话令我抓狂，然而我需要她，因为她代表了对死刑的反面观点（这里的反面指的是与我的观点相反），她还是故事中各种讨论的催化剂，我想让人物就这一话题展开讨论，是的，我对这一话题有很强烈的感受。

- **不要竭力表现得机智聪明**。这与**不要太过努力**并不属于一类。有些作者认为，他们笔下的人物每次开口都要说出一些有趣、搞笑或机敏的话语，这种作者与现实生活中那些总是尽力让我们发笑的人是一样的。用不了多久，这些人就会让人感到厌烦。你一定不想让笔下的人物使读者感到厌烦。这可不是一件好事。

你怎么知道，自己正竭力表现得机智聪明？这是最难的部分。我觉得人们在现实生活中并不知道自己正在这样做，所以我怀疑作者们是否能知道。我希望仅是指出这一点，便能让你意识到这种可能性的存在，从而注意这一问题，避免这种倾向。你正在这样做的其中一个迹象就是你笔下的人物总是在笑。如果你发现自己不停地在写，他大笑、她偷笑、他大笑不止、他们都笑了、他们捧腹大笑，你很可能就是有点自作聪明了。轻描淡写要好过过分夸张。微妙之处总是更能令读者对人物性格感到印象深刻。

· **不要让对话主导场景**。我读过一些作家（未有作品出版的作家——在此语境中，这是一个很重要的区别）所写的故事，其中对话的比重占到了80%至90%，一个故事全部或大部分由对话组成是行不通的，除非你对此十分擅长或正在创作某一特定类型的故事，对这种类型的故事来说，这能达到很好的效果。

对话是一种手段，能用来推动情节向前发展、刻画人物形象、给读者提供背景信息、描写其他人物及制造悬念和张力——达到本书中目前谈到的所有目的。但对话是达到目的的手段，而不是目的本身。

在以情节为主线的故事中，跟情节相关的事件推动故事向前发展，在人物为主线的故事中，主人公的内在转变推动故事发展。对话只是让人物共同参与到场景之中的一种手段，这使他们可以从外在或内在，最好内外在同时**发展**。

如果你让对话主导场景（除非你是个精通对话创作的作家），你笔下的人物就会一直谈论各种故事事件和其他人物，行动和叙述因此而受到妨碍。人物会显得很肤浅。因为他们只是在**说话**，没有思考和行动，只是在动嘴皮子。我们都清楚我们对现实生活中空话连篇的人持有什么看法。

你希望自己的故事富于立体感，包含行动、叙述和对话。当然，这也存在着例外——有时场景中只有对话——正如有时场景中只有行动和叙述。情况本应如此。但这些无疑都是例外。大多数情况下，你应该将这三种元素编织到你所创作的每一场景之中。在一个富于立体感的场景中，对话影响着叙述，叙述影响着行动，而行动又影响着对话，如此等等。你可以用多种方式将其组合，因为在大多数情况下，你同时需要这三种元素。

· 不要担心是否完美。对话是一种小说元素，你最无须为这种元素是否使用"正确"而感到担忧。我的意思是指语法和句子结构。相较其他任何一种小说元素而言，对话是最容易应付的，因为我们希望笔下的人物听起来像真实的人在现实生活中进行交谈。人们在谈话时，会使用不完整的句子、习语、部分省略的习语、俚语和方言。闲聊时，我们大都不会在乎我们听起来怎样或表现如何，我们笔下的人物也不会在乎。只有作者才会对这种事感到紧张不安。

对话中根本不存在什么完美的句子，除非是一个快要淹死的人物喊"救命"，或者一个女性人物在不想发生性关系时说"不"。情况就是这么简单。如果你能从本书中了解到这一点，你就能放松下来，永远不会再为对话而感到担忧。对话只是人们在交谈。

不再纠结于创作出完美的对话，这意味着你能创作出更真实的对话，因为你让人物展现自我，让他们的话语出自本心。最近，我们总是听说呼吸练习，有时，我在想，作为作者，我们是否能不再这么紧张不安，是否能在创作对话时只是跟我们笔下的人物一道呼吸？这值得我们尝试一下。

当感觉需要创作出完美对话时，你只要记住：

·你笔下的人物是常人，绝不是完美的。

·你笔下的人物并不像你一样，不会为了他们的话语而绞尽脑汁。

·你笔下的人物有话要说，你只需倾听，而无须努力思考你想让他们说什么或认为他们应该在说什么。

·你说的话并不完美，所以你凭什么认为人物说的话应该完美？

·你正力图给谁留下深刻印象？

◆ 搞定你的故事

列出自己的注意事项——那些你发现存在于你编写的对话中的不足之处，这些不足之处影响了故事的节奏、人物的可信度或情节的发展。

现在，你已经了解了创作对话时你不应该做的所有事情（几乎是所有事情）。但什么才**行得通**呢？创作对话时，你能做什么，做什么才能达到理想的效果，才能使读者被人物之间的对话所吸引呢？

·**要创作出值得偷听的对话**。这种说法最先是由加里·普罗沃斯特（Gary Provost）提出的，我认为这是一个了不起的、值得我们铭记的说法："关于何时应使用对话，何时不应使用对话，没有固定的规则，但却有一个很好的概论：如果旁边有陌生人，他是否会力图偷听这段谈话？如果答案是否定的，你就不要使用对话；如果答案是肯定的，就使用。"

这让我醍醐灌顶。在通读我们创作的每个故事时，如果我们能记住这一点，我敢肯定我们能删掉许多枯燥乏味的对话。

我偶尔会带着平板电脑和纸张，坐在餐馆里创作。如果旁边有其他客人，并且他们正在谈论任何有趣的事情，那我就完蛋了。我完全无法集中精力。安·鲁尔（Ann Rule）是一名名副其实的犯罪小说作家，我曾听她谈论，她与恐怖小说作家约翰·索尔（John Saul）之间的友谊。他们一起出去吃午餐时，谈话的焦点就是谁杀了谁，使用了什么样的武器。她说周围人会向他们投来各种各样的目光。

所以你需要记住的问题就是：会有人想偷听你笔下人物的对话吗？为什么想偷听或为什么不想偷听？

·要了解自己笔下的人物（尤其是次要人物）。这点我在本书中已经多次提过，但值得一再重复。你只有了解自己笔下的人物，才能为他们创作出听起来真实的对话。否则，对话听起来就像呆头鹅在交谈，并且所有的人物听起来都像一个人——他们听起来都像你。我曾在一本写作书中读到，如果你的故事可以发生在任何地方，那么你就没有掌握背景或整个故事，因为背景与故事有着丝丝入扣的联系。这也同样适用于对话。如果你创作的对话可以出自任何一个人物之口，那你就没有了解自己笔下的人物。

关于这个问题，达蒙·奈特（Damon Knight）在他的著作《短篇小说创作》（*Creating Short Fiction*）中给出了一些很好的建议："小说中的对话应该与现实生活中的对话类似，包含各种犹豫、重复和其他编辑过程中删掉的小毛病。听听人们的谈话，没有两个人物说话完全相同。通过他们的说话方式、措辞、谈话的内容及表达的态度，他们会告诉你，他们在哪里长大、受过什么样的教育、做何种工作、属于哪一社会阶层等很多信息。如果你了解笔下的人物，知道他来自何处、是什么样的人，你就应该本能地知道他会说些什么及用什么样的方式将这些话说出来。如果你故事中的人物说话时**没有**'与自己的个性相符'，那一定是因为你对他们不够了解或者你没有花足够的时间来认真倾听人们的说话方式。"

我们通常会下很大功夫去弄正面人物、反面人物和一两个次要人物的人物特写及他们的人物图，但我们还需要了解其他所有的人物，这样当每个人物说话时，整个故事都会听起来很真实，而不是只有主要的参与者说话时才是如此。如果我们不了解说话的人物，我们怎么能知道他说的这句话是否听起来很假呢？

几年前，我开始为故事中的所有人物创作第一人称速写。这让他们用自己的声音向我讲述他们是谁。你试想一下，这实际上是一页又一页的对话，因为我正在让他们对我倾诉。这令人物对我敞开心扉，这是我之前从未体验过的。这么多年来，我一直埋头于人物档案表中一长串的问题，为了了解笔下的人物，写作导师建议我们这样做。在回答完所有的问题、填完档案表之后，我烦透了，等到创作故事时，我已经没有任何激情。因此，我主张进行第一人称速写，尤其是反面人物的第一人称速写，因为以第一人称创作，会迫使我们进入人物的头脑之中。

• **要为对话设定节奏**。每个故事都有一个节奏，我们需要尽力掌握这种节奏，这样故事才能顺利向前发展。正如我们在第八章中所了解到的，我们可以利用对话让场景加速或减速。当我们能意识到这一过程，我们创作的对话就会与行动和叙述一道，创造出一种流动性，这与我们想要讲述的故事是浑然一体的。例如，如果这是一个动作/冒险故事，对话就会与行动和叙述以同样快的速度发展，除非行动过快，你想利用平淡的对话使场景稍微慢下来。如果这是一个爱情故事，你或许可以主要依靠对话来讲述故事，在这种情况下，对话大概就会推进得很快。

如果你刚刚结束了一个快节奏的行动场景，你或许想创作一个人物之间交流的场景，以反思刚刚发生过的事情。无论你的故事需要什么，你都应该清楚地意识到对话对节奏起到怎样的作用，这样你才能自如地加速或减速。这会使对话产生更好的效果，因为这有助于故事的总体节奏，能使整个故事读起来更顺畅。

· 要创作功能型对话。功能型对话是指有方向性、有目的性，能够推动故事向前发展的对话。功能型对话就是有目的的对话。通过本书我们了解到，对话需要在故事中发挥诸多作用，有时是同时发挥所有的作用。当我们让人物开口说话时，我们怎样才能一直留意对话所起的全部作用呢？

答案就是：**不要思考**。什么都不要想。你创作的对话源自你的内心，而不是源于你的头脑。你越早学会这样做，你在创作对话时就越会得心应手。

"好吧。"我能听到你说，"你已经告诉过我很多次，创作对话时需要思考。这本书从头到尾都在谈论这个问题。现在你又告诉我：'不要思考'？你是疯了吗？"

事实上，学习本书中的内容很重要，这样它们便能成为你的第二天性。但当你运用它们时，你不应再去进行思考。几年前学骑摩托车时，我只在最初的几个月里想着那些"规则"。现在我已经掌握那些规则，所以我绝不会再去思考它们。我不必去思考它们。它们已成为我的一部分。好吧，你可以思考本书中的规则，因为你对它们还不太熟悉，但最终你必须放手，投入对话创作过程。这跟骑摩托车一样容易，你只需学会，然后放手去骑。有一种方法能检验你是否已经学会——如果过程中还有颠簸，那你就还没有学到位。如果一路顺畅，这说明你已经放手。其结果就是能创作出功能型对话——真实的、充满悬念的、有目的的对话。

- **要尊重人物的旅程**。你笔下的人物要前往某个地方。你在头脑中可能已经为他设定了目的地，但现在他欢喜地走在自己选择的路上，丝毫不在意你原本为他制订的计划。同样，如果你想让故事浑然天成，你就要尊重人物，让他说出的话语与他的内在和外在旅程有着丝丝入扣的联系，这才是你的故事。

当然，要尊重人物的旅程，你就必须了解什么是他的旅程。在开始创作前，一定要花时间仔细思考这一问题。这样一来，他在说话时，就会知道自己的方向，能够明智诚实地谈论这一问题。例如，在第三章中，我们读过一段阿提库斯·芬奇在《杀死一只知更鸟》中的对白。这个男人从故事的开头就非常清楚自己的旅程——反对种族主义。他的话语只是表明他对此是多么确定。我们再来看一下他所说的一段话：

> "她犯错的证据是什么？汤姆·鲁滨孙，一个大活人。她必须把汤姆·鲁滨孙从身边除掉。汤姆·鲁滨孙的存在让她每天都会想起自己做过什么。她做过什么呢？她勾引了一个黑人。"

哈珀·李了解阿提库斯·芬奇的目的地，并且通过他在小说中的大部分对话专注地将他带往这个目的地。对话中没有说教，而是说出了他在故事结尾时的命运及给整个小镇带来的改变。这就是有力对话的作用，表明了创作对话时尊重人物旅程的重要性。

- **要寻找精髓**。在《怎样写出畅销书》中，迪安·孔茨告诉我们：

许多作家——错误地——认为小说应该是反映现实的一面镜子。事实上，小说应该是提炼现实的过滤器，去粗取精直到展现在读者眼前的都是精髓。这点在小说的对话中表现得最为明显。在现实生活中，交谈通常不是直截了当的，其中充满了含糊的评论和客套的寒暄。在小说中，人物对话时必须总是直奔正题。

每个对话场景都有精髓，这是由作家去负责再现的。他的目标始终是要创作出真实的对话，并且创作出的对话只在当下的场景中才显得重要，因为这是与故事的总体问题相关联的。所有对话都包含有价值的信息，如果我们想要突出这些信息，我们就必须删掉所有不重要的、干扰信息精髓的话语。

我个人认为，大多数人在写作时所用字数过多。我们可以用更少的字数写得更好。作为写作导师中的一员，我可以说我指导的写作者中，大概有75%的人经常抱怨，他们的写作任务有字数限制，我这样说并没有夸张。他们还不能理解，字数限制是一种礼物，可以教会他们创作，让他们写下的每一个词都有价值。某些写作者学着在创作时控制字数，接受而不是抗拒这一过程，最终他们成了佼佼者，因为他们欣然接受这些经验，在创作每个句子时都能发现其中的精髓。

如果想养成寻找故事对话精髓的习惯，你就要梳理人物的话语，找出那些他们必须说的话，如果少了那些话就会影响读者对故事的理解。我向你保证，这类话语相当少。没错，我们需要那些刻画人物形象、制造悬念和拉紧张力的话语，但寻得精髓意味着，将这些话语与故事主题连接起来，这样场景中的每一个词在某种程度上都与整个故事相关。

我不认为，在创作故事的每一场景时，你必须总是从一开始就了解对话的精髓，但如果你的意图是寻得精髓，去粗取精，让其显露出来，那么你就能做到。你需要的只是寻得精髓的意愿，直到去除所有与精髓无关的一切，你才会感到满意。

这就是一些注意事项，这些指导原则会就对话创作中的重点，给你提供一些帮助。回到我的学生在本章开头时提到的疯狂创作过程。在创作初稿时，不要思考这些指导原则，不要为你是否遵循这些原则而感到担忧，不要考虑风格、语气、形式或其他任何事情正确与否。但当你完成了初稿，开始利用你的左脑进行修改时，这些指导原则就会派上用场，它们会给你提供一些切实的标准来衡量作品的质量。

最后一章将讨论我们与读者的关系。除了与人物的关系之外，这对我们来说是最重要的关系。如果我们能明白对话对读者来说意味着什么，我们创作对话时就会感到更加兴奋，这些对话能传达实质内容、能与读者建立联结，有时甚至能改变读者的生活。

▲ **练习一**

不要太过努力。在创作一个场景之前，如果你想轻松变身笔下的人物，下面的练习或许会有帮助：

· 在创作某一人物的对话时，戴上一顶这一人物会戴的帽子（为了做这个练习，你或许应该出去买几顶帽子）。

· 播放人物会听的音乐。

· 租一部电影，里面的某个人物能让你想起自己笔下的人物，就在开始动笔前，观看这部电影。

·在着手创作故事之前，用人物的声音给故事中的其他人物写五封邮件，以进入最佳状态。

·从杂志上剪下一张与你笔下人物很相像的照片，在创作这一人物的对话时，将照片贴在附近。

·如果上述几点你都做不到，你就需要在人物塑造上多下功夫。

▲ 练习二

不要背叛笔下的人物或读者。思考一下，在故事中创作出背叛人物的对话意味着什么。对这一问题的思索最终能表明你对人物的了解程度。为每个人物编写一段对话。为这段对话想出一个主题，这一主题与人物的基本性格及你在故事中为他设定的各种目标相违背。

▲ 练习三

不要利用人物就你的个人目的进行说教。选择以下任意一个或所有话题，为人物编写一段说教性的对话和一段仅是表明自己观点的对话（当然，某些人物就是会进行说教，因为这是他们的本性，在这种情况下，进行说教没有问题——但他们通常是读者不太重视的人物）。如果这些话题不能引起你的兴趣，就选择其他的话题。

·堕胎·环境保护·安乐死

·无家可归·战争·虐待儿童

▲ 练习四

不要竭力表现得机智聪明。如果你不清楚在创作对话时，你是否竭力表现得机智聪明，这个练习或许会对你有帮助。你的目标就是要意识到这种倾向，你或许怀疑自己在某些对话中自作聪明，就所有值得怀疑的对话，尽可能诚实地回答下列问题：

・这行对话听起来像出自这个人物之口吗？

・为了尽力制造欢乐的气氛，我是否让人物在这一场景中笑得太夸张、太频繁？

・这行对话是必要的吗，还是我将其加进来只是为了让读者感到有趣？

・我能理解人物的幽默感吗，我能在故事的每一场景中，都忠于这种幽默感吗？

・我是否能通过一种更微妙的方式来展现人物的幽默感？

▲ 练习五

不要让对话主导场景。创作一页仅由对话组成的场景，展现出一个人物就金钱问题与另一个人物发生冲突。现在，利用对话、叙述和行动这三种元素，从一个人物的视角，对这一场景进行改写，然后再从另一个人物的视角进行改写。这个练习的目的是看一下行动和叙述能在场景中达到怎样的效果，这种效果仅靠对话是无法达到的。

▲ 练习六

不要担心是否完美。创作一页对话场景，不要思考任何创作对话的规则。你可以重新构思一个人物或利用你故事中的现有人物。目的是不要思考，放手去写。让人物想到什么就说什么，再怎么离谱都无所谓。只要你愿意，你甚至可以不使用标点符号。如果你经常这样做，这个练习或许可以使你不再害怕对话创作。

▲ 练习七

要创作出值得偷听的对话。带上你的平板电脑和笔，去公园或商场等公共场所坐一坐，倾听人们的交谈，直到听到令你感兴趣的谈话为止。如果始终听不到（许多人的谈话毫无内容），就将其中一段毫无内容的谈话编写成能让周围所有人竖耳聆听的对话。

▲ 练习八

要了解自己笔下的人物（尤其是次要人物）。为你正在写的故事中的所有人物，创作第一人称速写。如果你最近没在写故事，就即兴发挥。为三个你想就其展开故事的人物创作第一人称速写。你喜不喜欢这些人物都没有关系。这是构成整个故事所必需的，因此大胆尝试一下，看看会发生什么。

▲ 练习九

要为对话设定节奏。练习为对话设定节奏。利用以下情境进行练习，创作一页对话场景。

快节奏

- 三个朋友在参加派对
- 两个偷车贼在开车兜风
- 一对女性朋友在商场购物

慢节奏

- 身处修道院的两名修道士
- 走在小径上的两名徒步旅行者
- 一个女人和她的心理治疗师在他的办公室里

▲ 练习十

要创作功能型对话。来进行一个试验。编写一页对话，不要进行任何思考。你可以利用你正在创作的故事中的人物，也可以凭空编写一段对话。这无关紧要，因为你只是为了不受规则支配，任意发挥。

▲ 练习十一

要尊重人物的旅程。从你最近读过的短篇故事或长篇小说中，选择五个人物，找出尊重每个正面人物甚至反面人物旅程的对话，因为反面人物也有目的和使命。这些对话应该表明他们是谁及他们在故事中的目标是什么。如果你想利用自己故事中的一个或几个人物来做这些练习，那再好不过了。挑选出故事中能够清楚地表明人物本质的对话。

▲ 练习十二

要寻找精髓。从你最近看过的电影、读过的故事，甚至生活中遇到的人中，挑选一个人物，编写一页小说对话，这段对话的内容对这个人来说极其重要。当完成这页对话后，你要进行删减，只留下与情感和主题相关的精髓。

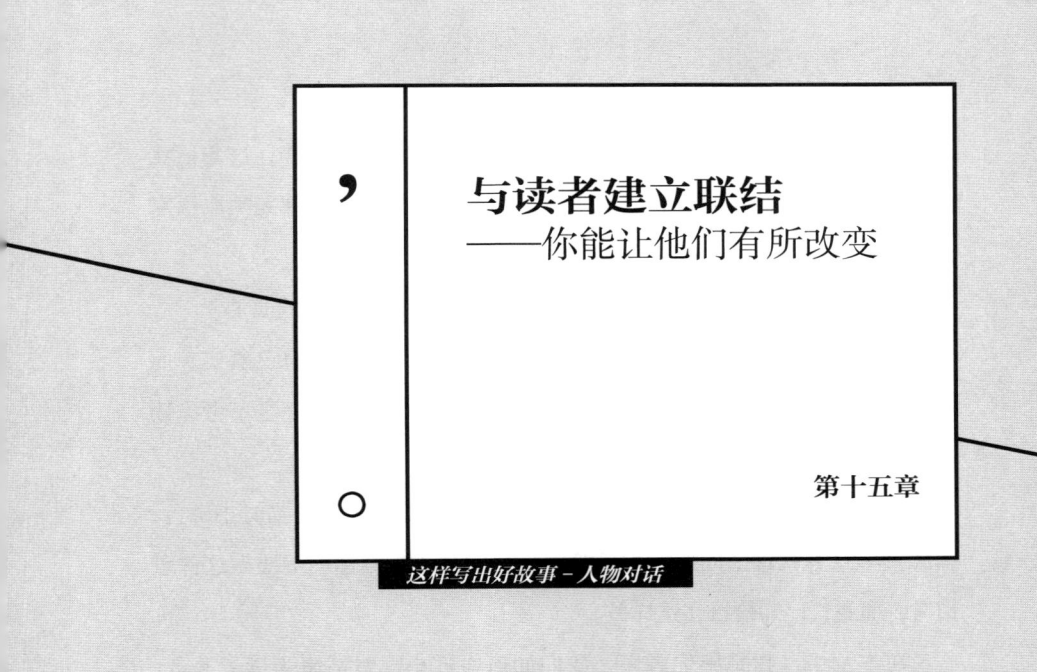

与读者建立联结
——你能让他们有所改变

第十五章

这样写出好故事 - 人物对话

作家应该为了自己，而不是为了其他任何人而进行创作，这句话我们听过多少遍？除了自己，我们不应该力图取悦任何人。你无须取悦家人、朋友、同事、熟人和对手。创作时只有你和空白的页面。

这种说法有道理。正直诚实的品性要求我们创作时要发自真心。

但这中间存在着微妙的平衡，因为如果我们只在意对自己真实，而不考虑取悦他人，我们就会变得只为自己服务，结果就是完全不考虑读者。你不要认为读者感受不到。

如今已经有太多只为自己服务的作家。这里是我个人的临时小讲台，因此我不打算就这个问题发表长篇大论，以免我告诉你们不要做这件事情时，而我自己却恰恰在这样做。

在本章中，我想跟你聊聊，我们如何通过小说对话来为读者服务，确保他们一旦开启与人物的故事之旅，便能保持对人物的忠诚与投入。我一直很喜欢《圣经》中的一句话："……你们中间谁愿为大，就必作你们的用人……"（《马太福音》20：26）我相信伟大与服务精神有着千丝万缕的联系。如果我们能学着在创作每个故事时都考虑读者，我们就能用我们的小说为他们服务，赋予他们力量，改变他们的生活。对我来说，这就是创作小说的全部意义。

充满激情和真实性的人物对话，能切实变读者的生活。这不是许多人在创作时想要的吗——改变生活？当然，我们中有些人，甚至可能很多人想要以此赚钱。有人甚至有点想名利双收。在读者的世界里，我们创作是为了给朋友、亲人和陌生人带来乐趣。但在我们的内心深处，如果我们知道，我们通过刻画小说人物而使某人的生活发生了改变，这难道不是一件很美妙的事情吗？

这种美妙的事情可能发生，我就是一个实例。如果让我思考一下，我确定我能想到很多诸如此类的对话，它们在某种程度上改变了我的生活，让我成为一个更好、更有爱的人。但我现在确定能想到的，就是我之前在本书引用过的一段对话。这段话出自拉里·麦克默特里的作品《母女情深》，是埃玛临终前对儿子说的。

"……你会记起你爱我。"埃玛说。

"我猜想，你将来会希望，你能告诉我你已经改变了看法，但那时你却没有机会了，所以我现在就告诉你，我已经知道你爱我，这样你今后就不用对此感到怀疑……"

埃玛是个令我难忘的人物，因为就在此刻的这些话语之中，她赠予了儿子汤米一件礼物——理解。他脾气很坏，并且拒她于千里之外。对于她的死亡，他感到气恼。她把这一切都抛在脑后，只是让他知道，作为母亲，她能理解他的行为和封闭的心，她清楚在他的内心深处，他爱她，尽管他现在暂时忘了这份爱，但他之后会记起来。

我理解埃玛的话，并真的在儿子对我无法敞开心扉时，对他说了这些话。"我知道你爱我,"我一再地告诉他,"我知道你爱我。"这句话是遇到此类情况时,我赠予我们之间关系的一份礼物。

我给你讲这个故事是让你知道,你可以为人物创作出令读者铭记于心的对话,并且他们可能会永远铭记。这是我在最后一章中想要告诉你的。我想鼓励你,让你尽你所能地与读者建立情感上的联结,为读者服务,从而使你创作的对话直击他们的内心深处。要做到这一点,我已经发现了几种方法。

◎ 给读者带来乐趣

我母亲是一名作家,她喜欢给他人,尤其是给孩子们带来乐趣。她会写出最荒唐可笑的故事。我记得其中一个故事是关于住在怪屋里的男人。他会和那些从房顶或墙壁进来拜访的人聊天。她很擅长此类言辞巧妙的对话,这会令孩子们笑个不停。她会用滑稽可笑的人物吸引他们,让他们开心好几小时。

◆ 搞定你的故事

认真读一下你最近创作的故事。你是否考虑到读者?
- 故事有趣吗?
- 故事有教育意义吗?
- 故事能带来惊喜吗?
- 故事能得到认同吗?
- 故事能激起情感吗?

- 故事能提出挑战吗？
- 故事能带来力量吗？

然而，在20世纪60年代末、70年代初，各种类型的小说都发生了变化，尤其是儿童小说。首先，它们从多年刊登小说的杂志上消失了。但与此同时，编辑们还开始要求作家们创作出有"寓意"的故事。这个寓意可能是有关儿童健康的，也可能是有关道德真理的，但编辑们不再想要会说话的动物或怪房子的故事了。

母亲内心的某部分死掉了，再也没能活过来。

钟摆开始摆向言之有物、表达某种观点的小说，我个人对此感到很欣慰。但我同时也认为我们创作的小说能够并且应该给读者带来乐趣。我认为一个技艺超群的小说家能够同时传达思想和提供乐趣。我想说的是，为读者服务的其中一种方式就是创作出能给他们提供乐趣的对话。这看起来似乎并不是一个激进的观点，但你要考虑到，在提供乐趣的同时，编辑们仍然想要那种"有寓意的"小说。

如果我们的小说无法传达一种思想，那读者在读完故事后就不会有任何改变。如果我们的小说无法提供乐趣，读者就不会坚持读下去，等不到我们与其交流思想，那最终的结果便是相同的——没有产生任何改变。

至少，对话的其中一个目标应该是提供乐趣，从而吸引读者，人物说出的话语会使读者欢笑、哭泣、成长、思考、微笑、铭记、感知、理解、渴望、捶胸顿足。简而言之，对话会以某种方式打动读者。当读者得到乐趣时就会放松下来，愿意接受我们想通过人物之间的交流向其传达的各种道理。

我很喜欢肖恩·佩恩（Sean Penn）最近在《演员工作室》节目中说的一句话。他说，如果我们离开电影院时感到很孤单，那电影就未能成功地传达它的信息。这种说法也适用于刚读完一本小说的读者。

◎ 使读者受到教育

我不认为小说家的首要任务是教育读者，但读者在被人物对话吸引时，一定会学到某些东西。无论我们笔下的人物是在谈论别国的生活抑或监狱中的生活，只要这种生活是读者不曾经历过的，他就能学到某些东西。

当我阅读肯·克西所著的《飞越疯人院》时，这部作品就对我产生了极其深刻的影响，原因就在于我完全不了解精神病院的生活。克西的小说中充满了古怪人物的生动对话，对话的背景对我们大多数人来说又是完全陌生的。无论是拉奇德（Ratchett）护士还是任何一个病人在说话，我都迫不及待地翻着书。对这个一无所知的背景，我感到十分着迷。这部故事中有大量的教育性叙述，但吸引我的却是对话，因为正是通过对话，我才真正了解了这些人物的日常生活。

在阅读芭芭拉·金索沃的作品《毒木圣经》和休·蒙克·基德所著的《蜜蜂的秘密生活》时，这种情况也发生过。小说对话使陌生的背景跃然纸上，因为对话即代表活生生的人。

对话不仅可以让读者了解陌生的文化或背景，还可以使读者学习人与人之间的交流方式，因为在故事中，许多人物的交流方式都与读者所熟悉的方式截然不同。读者了解到更多有关争论、示爱或表达情感的方式。

人物对话还可以使读者了解不同的历史背景。相较阅读一本乏味的叙事性历史书籍而言，通过两个士兵之间的对话来了解南北战争就有趣得多。

◎ 使读者感到出乎意料

读者喜欢出乎意料的事情。如果人物之间翻来覆去地聊同一件事情，读者就会感到无聊。我曾经指导过一名写作者，她认定笔下的人物有许多话要说，并且要对许多不同的人诉说。于是她连续写了四个餐厅场景，主人公每次都和另一个人物在餐桌前，对面而坐，倾吐心事，不同的只是换了一个餐厅而已。问题不仅在于背景极其相似，而在于这个人物所讲的故事是相同的。

我思考了一下，其实你可以沿用这一情境，并给读者带来惊喜。要怎么做呢？让她就相同的情况，对其他每一个人物讲一个不同版本的故事。这会让读者感到出乎意料。因为这表明这个人物是个大骗子。

通常，这个人物说出的话甚至会令自己感到惊讶，又或者其他某个人物会说出某些令所有人吃惊的话，而这个人物的反应又带来另一个惊喜。对话中的不可预测性，正是我们所追求的。

注意，在你所创作的场景中，人物不能只是重复刚刚在行动场景中发生过的事情。我们已经知道发生了什么，因此，除非人物能带来新信息，否则就转入下一个场景。通常，在行动场景之后，叙述者需要在情绪上和心理上消化整个事件，因此你需要创作一个非戏剧性的对话场景来给他这个机会。但即使是在这一场景之中，你也应该通过对话展现出他出乎我们意料的反应。我指的不是不符合人物性格的反应，而是他或许会跟其他人物谈谈他的情感，分享他的看法，在这一过程中，他会认识未知的自己或者分享连他自己都搞不懂的情感。对话场景中的所有这些元素，都会给读者带来惊喜，让他们沉浸其中。

◎ 使读者产生认同感

如果你能使读者产生认同感，那他就会喜欢你，在接下来的日子里，无论你写什么，他都会读。没错，读者选择读一个故事的初衷之一便是需要认同感。这通常发生在无意识层面，但如果你笔下的人物对其他人物（尤其是恶毒的母亲和婆婆）的情感和想法，并不总是友好的，读者便会欣然接受你笔下的人物和故事。

读者觉得只有自己拥有这些异乎寻常的情感和想法，这些情感和想法有时很暴力，有时很有爱（但爱的却是错的人），有时是（对他们来说）不适宜的悲伤。你笔下的人物在车里与丈夫交谈，坦白她爱上了他最好的朋友。这使读者产生了认同感。

这个世界充满了正常人，而读者觉得自己很不正常，而能带来认同感的对话会使他自我感觉良好。人物口中带来认同感的对话使读者和人物产生情感上的共鸣，从而令他们真的记住这些人物，并对学到的东西念念不忘，或许会铭记终生。

带来认同感的对话让读者知道他并不孤单，有一类人跟他有共同的感受，这使我们记起了肖恩·佩恩之前说过的话，这也正是我们所追求的。

◎ 使读者感同身受

如果我们塑造的有真实感的人物对他们生活中的真实处境，产生了真实的情感，读者就会被我们的故事所吸引，仿佛置身故事之中。读者与你笔下的人物产生共鸣，在乎这些人物，当他们经历生活中的悲喜时，读者会同他们一道感受喜悦、愤怒、悲伤、恐惧和所有其他的情感。

如果我们希望读者能记住我们笔下的人物及他们的故事，我们就需要唤起读者的情感。想想自己的生活，我们生活中最记忆犹新的时刻就是情感最强烈的时刻。这种情感是什么都无关紧要。我们的情感使我们身处当下这一时刻，因此，如果我们让人物说出的对话使读者联想到他与某人之间的谈话或者想起对他来说很重要的某件事或某个人，我们就是在为他制造又一难忘的时刻。从某种意义上来说，我们正让读者通过人物重温自己的生活。

这就是对话之所以要言之有物的又一原因。在现实生活中，我们可能会漫无目的地闲聊，但当我们笔下的人物言之无物时，读者便不会与他们产生情感上的共鸣。只有当对话有关某件要紧的事情，它才能打动读者的心，在意识到自己被打动之前，读者就已沉浸于故事之中，对发生的所有事情都会做出反应，好像他们正亲身经历这一切。

这便是我们创作出有效对话的目的：吸引读者，使他们对人物的经历感同身受。

◎ 使读者面临挑战

正如我们笔下的人物通过对话向对方发出挑战，我们也想让读者面临挑战。当一个人物向另一个人物发出挑战，要决斗时，读者的肾上腺素也会跟着飙升。但这是外部挑战。我们还想从内部向读者发起挑战，让他们改变自己的生活，假如他们的生活需要有所改变。我们希望读者以全新的方式审视自己的生活，超越从前的思维和理解方式，这些东西现在已不再适合他们。当我们笔下的人物在交谈中这样做时，我们的读者也会跟着效仿。

我的意思不是让人物接受心理治疗。只要我们致力于创作有意义、有内容、有关某一主题的对话，读者就会受到挑战。他们怎么可能会无动于衷呢？如果你笔下的一个人物向另一个人物暗示，他可能吸毒、受虐或在某种程度上活在幻觉之中，你难道不认为读者或许会思索自己生活中类似的经历吗？

相较类型小说家而言，文学小说和主流小说作家更愿意向读者发出挑战。但即使在类型故事中，叙述者也有要克服的障碍，这些障碍应向读者发出挑战，让他们克服自己生活中类似的障碍。

◎ 使读者充满力量

最后，我们应该赋予读者力量，使他们活得淋漓尽致，活得真实，能为自己的生活感到骄傲。我们创作的对话能做到这一点，因为我们为人物创造的正是这种机会——他们之间有机会进行交流并最终在结束这些经历后，带着力量离开。

你是否曾跟某人——一个朋友、亲人或敌人——进行交谈，而在分开时感到失落沮丧、筋疲力尽？这是因为你在交谈中，将力量传给了那个人。同样，你是否曾跟某人——一个朋友、亲人或敌人——进行交谈，而在分开时感到充满力量，你知道自己在交谈中坚持自己所信奉的真理，正直诚实，没有背叛自我？如果我们创作的对话能忠于我们所塑造的人物本性，读者就应该能识别出哪些是失去力量而哪些又是获得力量的人物，在这一过程中，读者学着怎样在与他人交谈时保存自己的力量。在我们为其设置的故事情境中，我们笔下的人物可以通过自身的成长历程教会读者这一点。

如你所见，我们与读者建立了诸多层面的联结，在这一过程中，故事中的对话起到了相当重要的作用。这难道不是创作小说的全部意义吗？我们让人物开口说话，赋予他们灵魂，从而塑造出我们了解、喜爱的人物。在这个国家的另一头，也可能在世界的另一端，当一个陌生人读到了我们的故事，他会通过我们赋予人物的语言，用同样的方式了解我们笔下的人物。作为作家，我们通过这种方式，为全球意识做出了不可思议的贡献。

听起来很了不起。没错。这便是我们决心创作出有效、真实、充满力量的对话的原因，这类对话能与读者建立持久的、有时甚至是延续终生的联结，能影响他们的生活、左右他们的抉择，给他们的人生之旅提供鼓舞与鞭策。

我们能学着创作出此类对话。

附录

Appendix

清单

（1）你是否已在故事中寻得自己的声音？对话是否引起每一人物的共鸣，是否感觉真实？

（2）你是否已做了一切能做的努力去摆脱自己的恐惧，现在人物对话正从其内心深处源源流出吗？

（3）无论你正在创作类型故事、文学故事还是主流故事，为了使对话听起来与故事相符，你是否已经了解每一故事类型所需的对话类型？

（4）是否故事中的每一对话场景都能推动情节向前发展？

（5）对话中是否也包含叙述、行动和人物的自省，从而能给读者营造一种立体感？

（6）对话是否捕捉到每一场景的精髓？是否聚焦每一人物在故事中的欲求？

（7）对话是否包含至少部分背景细节？

（8）你是否控制了对话节奏，从而使对话能根据人物和故事事件的需要进行加速和减速？

（9）对话场景是否充满张力和悬念？

（10）对话是否清晰展现人物的情感？

（11）对话中是否存在理由充分的语言癖好，它们是否与人物的本性相符？

（12）你是否已经了解对话创作中最常见的错误，从而能避免这些错误？

（13）对话中的标点符号和格式编排是否使对话在每一场景都有一种流畅的节奏？

（14）有效对话能与读者建立联结，你是否遵循了创作有效对话的注意事项？

（15）你的故事中是否有一行对话能令读者的生活发生改变？

致谢

Acknowledgments

我要感谢凯莉·尼克尔（Kelly Nickell）——我在《作家文摘》写作指导书系中的编辑，感谢她对我的激励和鞭策，让我并未就小说对话这一主题，创作出一本肤浅的作品了事。在她的帮助下，我认为，我颇具独创性，从新颖的视角探讨了这一主题，这是同类书籍中所不曾采用的。感谢凯莉在我一步步深入主题的创作过程中，给我的激励和敦促。